编委会名单

世界华文文学评论

第2辑

中国世界华文文学学会　编

暨南大学出版社
JINAN UNIVERSITY PRESS

中国·广州

图书在版编目（CIP）数据

世界华文文学评论. 第2辑/中国世界华文文学学会编. —广州：暨南大学出版社，2016.4
（世界华文文学研究系列）
ISBN 978－7－5668－1735－8

Ⅰ.①世… Ⅱ.①中… Ⅲ.①华文文学—文学评论—世界—文集
Ⅳ.①I106－53

中国版本图书馆 CIP 数据核字（2016）第 007212 号

⋯⋯⋯⋯⋯⋯⋯⋯⋯⋯⋯⋯⋯⋯⋯⋯⋯⋯⋯⋯⋯⋯⋯⋯⋯⋯⋯⋯⋯⋯⋯⋯⋯⋯⋯⋯⋯

世界华文文学评论·第 2 辑
编　　者：中国世界华文文学学会

出 版 人：徐义雄
策划编辑：陈绪泉　杜小陆
责任编辑：陈绪泉　孙柯贞
责任校对：胡　芸

地　　址：中国广州暨南大学
电　　话：总编室（8620）85221601
　　　　　营销部（8620）85225284　85228291　85228292（邮购）
传　　真：（8620）85221583（办公室）　85223774（营销部）
邮　　编：510630
网　　址：http：//www.jnupress.com　http：//press.jnu.edu.cn
排　　版：广州市天河星辰文化发展部照排中心
印　　刷：佛山市浩文彩色印刷有限公司
开　　本：787mm×960mm　1/16
印　　张：14.875
字　　数：235 千
版　　次：2016 年 4 月第 1 版
印　　次：2016 年 4 月第 1 次
定　　价：38.00 元

（暨大版图书如有印装质量问题，请与出版社总编室联系调换）

目　录

痛悼曾公敏之先生

——在曾敏之先生告别仪式上的致辞

王列耀

今天，我们怀着无比沉痛的心情，悼念曾公敏之先生。

曾敏之先生因病医治无效，于 2015 年 1 月 3 日凌晨在广州逝世，享年 98 岁。

曾敏之 1917 年 10 月生于广西罗城，祖籍广东梅州，是享誉海内外的著名报人、文学家，同时也是成绩卓越的学者、教育家、书法家、社会活动家。他不仅见证了 20 世纪中国的百年沧桑，而且积极投身于火热的革命与建设事业，展现了中国传统知识分子心怀天下、忧国忧民、清风朗润、正直无私的人文精神和崇高品格。

曾先生于 20 世纪 30 年代后期开始涉足新闻工作领域，1942 年进入《大公报》任记者，对大批颠沛流离于大后方的文学名家和文化名人进行了全方位报道，后来又以战地记者的身份深入前线，报道中国军民奋勇抗战的伟大事迹和精神风采。1946 年 4 月，曾敏之在重庆两次专访中共领导人周恩来，撰写出报告文学《十年谈判老了周恩来》，这是周恩来第一次接受中国记者的采访。这篇极具文学感染力的人物通讯全面展示了周恩来从留学法国开始就献身于革命的前半生历程，并向外界清晰地传达了中国共产党追求和平建国的愿望。而曾敏之先生也因为报道周恩来十年谈判、闻一多遇刺事件和支持重庆学生反抗国民党统治，于 1947 年 5 月遭国民党当局拘捕，后经多方全力营救才得以脱险。中华人民共和国成立之后，曾敏之继续在新闻领域发挥巨大的作用。1950 年，曾敏之先生奉调广州任香港《大公报》、香港《文汇报》、中国新闻社驻广州联合办事处主任。

1978 年冬，曾敏之先生被委派赴香港任《文汇报》副总编辑、代总编辑，《文艺》周刊主编及文汇出版社主编，花甲之年接棒驻港工作新使命。在任香港《文汇报》副总编辑期间，他撰写了大量杂文和社论，对于香港与内地的社会建设提出了很多前瞻性的意见。他富于远见地看到文学在文化交流和情感认同中所起的深刻作用，遂广泛联系香港各界作家。在他的努力下，香港作家联会于 1988 年成立，他前后担任了四届会长。后又创建了世界华文文学联会，致力于香港和世界华文文学事业的发展，推动香港文坛与内地文学界的互动，为香港顺利回归祖国从文化层面作出了独特的贡献。

曾敏之先生后期的大部分时间虽只在粤港两地，但是他在文化领域发出的光和热无远弗届。50 年代生活于广州期间，他出版了有关《红楼梦》和鲁迅研究两种学术专著。1957 年被错划为"右派"，下放白云山农场劳动，直到 1959 年，"右派"处分才被撤销，调到广东作家协会《作品》编辑部工作。1961 年到暨南大学中文系任教，担任现代文学教研室、写作教研室主任，讲授古典文学、现代文学、大学写作和鲁迅研究专题等课程，与高校结下了生命中的机缘。改革开放初期，他利用在香港工作的便利条件，撰写海外文情报告，率先向内地介绍港澳台和海外华文文学，如发表于《花城》杂志创刊号的《港澳及东南亚汉语文学一瞥》。此时，先生担任暨大中文系客座教授，组建港台文学研究室，协助搜集研究资料，成为世界华文文学学科建设当之无愧的先行者。他数十年如一日，积极推动世界华文文学的研究工作，正是通过他和同道们的不懈努力和多方奔走，中国世界华文文学学会于 2002 年获国家民政部批准成立。尤其令人感动的是，就在 2014 年 11 月病情恶化住院期间，他还一直关心着首届世界华文文学大会的筹备情况。对此，我们心怀感恩。

曾敏之先生实践了"书生报国，秃笔一枝"的价值理念，也秉承了知识分子的高尚美德。在曾老 70 多年的笔耕生涯中，除新闻政论之外，他还创作了大量的诗词和散文，已结集出版的著作有《海上文谭》等 30 多种，最近一本是 2014 年春出版的《寒晖集》，主要收入近年其关于文化思考的文章。他既欢呼时代的进步，又警惕资本之于公民道德伦理的冲击，所有这些，都一一化为他笔底的波澜。曾老一生重情重义，广结文缘，珍藏了大批名家往来书信。近两三年来，他分批向中国现代文学馆、巴金故居、巴金研究会无偿捐赠了大批极具文史价值的书信资料，并把自己数十年收集的藏书悉数捐赠给中国世界华文文学学会。这些善举，是曾老淡泊名利、无私奉献的印证。

今天，虽然我们因为曾敏之先生的溘然辞世而不胜悲怀，值得庆幸的是，我们曾经拥有曾敏之，我们将沿着曾敏之先生开辟的道路朝前走。他的一生是圆满的。曾敏之先生在1946年那篇著名的《闻一多画像》中说："前驱者走了，他的走是向着伟大的休息。"如今，曾公这位前驱者，也走向了"伟大的休息"。

敬爱的敏之先生，安息吧。

2015年1月9日

（作者单位：暨南大学中文系）

海外华文文学的开拓者

—— 悼念曾敏之先生

饶芃子

曾老仙逝，在那个宁静的清晨，安详地与世长辞。此前，曾老曾因出现心衰问题数次在华侨医院住院治疗，在穗文友均为他的健康担忧！但1月3日，在惊闻先生辞世之时，仍有一种发自内心的、难以言说的感伤！

我是1961年认识曾敏之先生的。当时他从新闻界调入暨南大学中文系执教，讲授"写作"和"中国现代文学"课程，我是系里的青年教师，讲的是"文艺理论"课程，因和他不在一个教研室，所以接触不多。但我知道他是20世纪40年代大后方的著名记者，也读过他抗战时期写的短篇小说，还有他结集出版的散文随笔，我觉得他的文章笔底有情，是诗情、文心、史志交织的一个审美空间，心中十分敬佩。1978年后，曾敏之先生调到香港继续从事新闻工作，因仍担任学校的客座教授，所以系里不时会有他发来的香港各种文学活动的信息，这些信息常常引起教师们特别是中国现当代文学教研室一些中青年教师的关注，他们后来都成为这一领域的先行者和骨干，这也是后来暨南大学中文系几经发展得以成为国内该领域重要"基地"之一的缘由。

1979年5月，曾敏之先生在《花城》杂志创刊号上发表了《港澳及东南亚汉语文学一瞥》一文，介绍中国香港、澳门与新加坡、马来西亚、泰国等国家和地区的汉语文学情况，这是中国大陆文学界刊登的第一篇倡导关注本土以外汉语文学的文章。接着，他又以"海外文情"为主题，在广州、上海、北京发表了系列介绍港澳台和海外华文文学作品的文章，在学界引起了很大的反响，并由此打开了一扇瞭望、考察本土以外各地区和国家汉语文学的"窗口"。1981年3月，由曾敏之先生建议，中国当代文学学会成立了分支机构"台港文学研究会"，并在大陆学界掀起了台港文学的介绍、研究热潮，而后来蓬勃发展的海外华文文学，则是从"台港文学热"引发、扩展开来的。现在，三十五年过去了，这个领域在国内外文学界已广为人知，而且成果丰硕，影响日大，这一切，都离不开曾敏之先生所作的开拓性贡献。

更令我感动和敬佩的是，曾敏之先生不仅倡导，还不遗余力地推动中国世界华文文学学会的组织和筹备工作。1993年8月，在江西庐山召开的"第六届世界华文文学国际研讨会"上，学界同仁有感于世界范围内的"华文热"正在升温，汉语文学日益成为一种世界性的文学现象，由曾敏之先生倡议，经与会者讨论，一致同意成立"中国世界华文文学学会筹委会"，并选举曾敏之先生为筹委会主任。此后八年，先生还四处奔走、呼吁，经多方联络、沟通，克服了种种困难，2002年5月，作为国家一级学术团体的"中国世界华文文学学会"获国家民政部批准，在暨南大学正式成立，成就了这个领域的一项殊荣。这是曾敏之先生对世界华文文学学会的又一大贡献。

如今，曾敏之先生虽然离开了我们，但他为世界华文文学所作的努力和贡献，我们会铭记在心！他的精神和实践，将永远记载在文学史上。

（作者单位：暨南大学中文系）

曾敏之先生百日祭

陆士清

2015年1月3日早晨，一颗搏击时代风云、奔腾着热血的文化战士的心脏停止了跳动。驰誉海内外的著名作家、诗人、学者和报坛健笔，中国世界华文文学学会名誉会长、香港作家联会创会会长、香港世界华文文学联会会长——曾敏之先生走完了他坎坷而辉煌的人生历程，悄然仙逝了。虽然曾先生享年九十有八，可说是福寿双全，但我们仍深感悲痛，因为失去了一位杰出的文化前辈，失去了一位可亲可敬的师友。

曾先生走了，他身后留下的是一串串光辉的脚印。

抗日硝烟中的文化战士

曾敏之生于广西桂北，十岁时就失去了父母，小学毕业后辍学，青年时代到广州半工半读，受邹韬奋抗日救国思想的影响，于20世纪30年代后期，在抗战文化名城桂林，以笔当枪，投身抗战，走上"书生报国，秃笔一枝"的道路。

曾敏之先是写了反映少数民族青年爱国抗日热情的报告文学《烧鱼的故事》《芦笙会》，刊于茅盾在香港主编的《文艺阵地》。1941年出版小说散文集《拾荒集》。著名小说家孙骏青先生在40年后回忆说："在一个大雪纷飞的冬夜里，我如饥似渴地一口气把它读完了。读着它，我忘记了屋外呼啸的朔风寒夜，忘记了不远处敌人据点里的犬吠声……"曾敏之先生的短篇小说《孙子》被茅盾先生收入《抗战八年小说集》。他还曾协助王鲁彦编辑《文艺》杂志。

1942年任桂林《大公报》记者后，曾敏之采访了当时在桂林的巴金、田汉、艾芜、欧阳予倩、聂绀弩、千家驹等 31 位作家、学者，写了《桂林风雨与文人》，描述了这些作家在战时苦难中挣扎的生活面影，颂扬这批文化人在国难家仇中的不屈和坚持。他参与宣传和报道了 1944 年在桂林轰动大后方的、宣传抗战并演出了 93 天的"西南剧展"。1944 年 5 月长（沙）衡（阳）会战展开之际，曾敏之临危受命，作为《大公报》战地记者奔赴前线做战地采访，在前线坚守了两个多月。撤退到重庆后，他夜访白崇禧，密访苦守衡阳 47 天的第十军军长方先觉，抨击国民党军政局腐败无能，致使三千侵略日军，在一个月内克桂林、陷柳州，长驱千里，一直攻打到了贵州独山，城池遭毁，百姓尸横遍野！沈钧儒、柳亚子、徐悲鸿、马寅初、侯外庐、傅抱石、郭沫若、茅盾、巴金、冰心、老舍、力扬、陶行知、顾颉刚等 312 名文化界进步人士联名发表《文化界时局进言》，抗议当局政治腐败，这一举措震动山城，使得蒋介石暴跳如雷。曾敏之也在这份《文化界时局进言》上签了名。《文化界时局进言》现珍藏于成都巴金纪念馆。

抗击黑暗，追寻光明

在《文化界时局进言》上签名，是曾敏之人生价值的重要宣示。抗战胜利后，曾敏之采访旧政协，期盼国共谈判能取得进展，从而建立一个和平、民主、团结和统一的新中国。但是在比较中曾敏之看到，共产党的愿望是真诚的，而国民党一心想消灭共产党。果真，国民党特务制造重庆校场口事件、撕毁《双十协定》。在国共和谈行将破裂，全面内战即将爆发之际，曾敏之毅然采访周恩来，写成了报告文学《十年谈判老了周恩来》（后更名为《周恩来访问记》），公布了周恩来给他的题词："人是应该有理想的，没有理想的生活会变得盲目。"《周恩来访问记》真实、生动地描绘了一个共产党领袖的英伟形象：一直以来，国民党污蔑共产党是共产共妻的"共匪"，可是周恩来却是世家子弟，博览群书、渴求真理的知识精英，反对帝国主义和封建主义的革命家，不计前嫌、胸怀博大而促成国共合作抗日的爱国者，民主、团结、统一、和平建国的不懈追求者，光明磊落、重情重义、具有高尚人格魅力的时代英雄。《周恩来访问记》所塑造的周恩来的英伟形象，不仅是对国民党泼在中共身上的污泥浊水的冲刷，而且也必将教育那些受国民党宣传蒙蔽的人，使之端正认识。其影响如一位诗人所言："妙笔颂周公，重庆振铎凝望延河灯火。"

国民党违背民意，发动全面内战，激起了人民的反抗。李公仆、闻一多拍案而起，但他们却倒在了国民党特务的枪口下。曾敏之怀着忧愤写下了《闻一多的道路》（后更名为《闻一多画像》）。他明知这是挑战已举起屠刀的国民党，会危及生命，但他义无反顾，"充其量也不过像前辈一样，'走向伟大的休息'"。曾敏之支持重庆学生反内战、反独裁、反饥饿运动，成为当局的"眼中钉"。1947年5月31日深夜，在当局发动肃清所谓"共谍"的大逮捕中，曾敏之被关进了国民党的黑牢，历经坎坷才得以脱身。

迈过坎坷，尽情贡献

曾敏之被营救出狱后，南下香港，参与筹建香港《大公报》，与聚集在香港的进步文化人士一起迎接新中国的诞生。广州解放后，出任香港《文汇报》、香港《大公报》和中国新闻社驻广州的联合办事处主任，执掌对外宣传之大任，同时开始散文创作和学术研究。1957年，他被错划为"右派"，撤销处分后到暨南大学执教，后来又在"文革"中累遭折磨，但他在磨难中看到了希望。1976年清明悼念周总理以后，他在《丙辰仲春之夜约胡希明、李曲斋严霜小饮互倾牢愁有作》一诗中道出了信心："严城风雨沉沉夜，广宇迷茫隐隐雷。道是醉乡宜梦稳，何须清浅问蓬莱。"后来，"四人帮"被粉碎，劫难度过。曾敏之应港澳工委邀请，于1978年初冬，跨过罗湖桥，出任香港《文汇报》副总编、代总编。在执掌香港《文汇报》笔政期间，他为国家的改革开放、经济文化建设、香港回归和祖国的和平统一鼓与呼。收集在《思辨集》中的他执笔的一百多篇社论，记录的即是他的心迹。

在港近四十年间，曾敏之以自己的创作丰富了香港文坛。他创作出版了《望云海》《观海录》《文史丛谈》《文史品味录》《人文纪事》《绿到窗前》《曾敏之文选》《四海环游》《晚晴集》等近四十本著作。他的散文、杂文多次获奖。他悼念在"文革"中被迫害致死的文苑师友的文章，如《司马文森十年祭》《风范难忘——记陈序经》《浩歌声里请长缨——记田汉》《水远山长失俊才——记黄谷柳》《悼绀弩》等，是真情与血泪凝成的诗。香港诗人秦岭雪赞之为:"忧愤催发了诗思,凝结成血泪,锻造了寒光闪闪的利剑,真是气冲斗牛、掷地有声。"这些文章,"一方面是忧愤、控诉、战斗,一方面是热忱、挚爱、知己情长、战友情深……于死者是行状,是丰碑,于作者是心香,是热焰,是誓词……在历史的天幕上画下一串血红的感叹号"。

此外,他还和文友们一起建设香港文坛。1979年初,他在香港《文汇报》恢复《文艺》周刊,出任主编,刊登巴金、茅盾等著名作家的动态和优秀作品,推动内地文坛与香港文学界的交流。编选出版了《香港作家散文选》和《香港作家小说选》。在《海洋文艺》这本纯文学杂志停刊后,他和罗孚先生建议新华社创建纯文学杂志。后来由陶然等策划、创办了杂志《香港文学》。1988年1月,他与文友们创立了香港作家联会,担任首任会长,连选连任三届。香港作家联会由31人发起成立,如今已发展到了300名会员。香港作家联会不仅是香港作家之家,而且是内地与港台、世界华文文学界交流的重要平台。2006年12月,他与刘以鬯、潘耀明、陶然、黄维梁、新加坡的骆明、马来西亚的戴小华、泰国的司马攻、加拿大的陈浩泉、美国的贺郎,以及内地多位作家、学者,一起创建了世界华文文学联会(同时创办了纯文学杂志《文综》),进一步推动了世界华文文学的交流。

在世界华文文学研究方面,曾敏之也卓有建树。1980年初,曾敏之就提出了文学要"面向海外,促进交流"的课题。1979年春,他建议暨大中文系将研究台港文学列入议程。1979年5月,他在《花城》创刊号上发表了《港澳及东南亚汉语文学一瞥》,开启了中国内地关注港澳台及海外华文文学的历程。1982年,他发起和主持了在暨南大学召开的"第一届台港文学国际学术研讨会"。现在,这个世界华文文学研讨会开了十八届,已成为世华文文学界的盛事。他担起了筹备建立中国世界华文文学学会的责任,经八年的努力,学会终获批准,于2002年正式成立。学会成立后,他出任名誉会长,支持饶芃子、王列耀会长的工作,团结文友,拓展学术交流。学会已拥有由专家、学者和资深编辑组成的366名会员。学会不仅是一个团结的、与世界华文文学作家保持密切联系的、富有学术朝气的团体,而且得到国务院侨务办公室的支持和重视,成为对外文化交流的一支力量。

2003 年，香港特区政府授予曾敏之荣誉勋章，表彰他对文学事业所作出的贡献。

家国情怀，辉耀晚年

最近几年，因为年事已高，曾敏之离休后长住广州。"难得旷怀观万物，最宜识趣拥书城"，他自题对联挂于书房，以旷达的情怀自处，但"老"关不住他的赤子之心。2014 年 5 月，在回答记者提问时，他说："我'三照样'：文章照写，老酒照喝，小麻将照打；我信奉'三忘记'：忘记年龄，忘记功利，忘记恩怨。不能忘的是萧干先生所说的心中'良知的明灯'，那就是百多年来我们先贤们所追求的人民解放、国家富强、民族振兴的理想。'国家兴亡，匹夫有责'，作为知识分子，我们要为国家和民族克尽言职，所以要活到老学到老，走好生命的最后一里路。"

他写过一篇名为"老人心事"的文章，说的是于右任老先生的"心事"，表达的却也是曾先生自己的心情，那就是始终把国家安危、民族振兴放在心上。在《谈忧患》一文中，他说"忧患意识是知识分子投入、推动改变中华民族命运行动的思想动力"，当今的知识精英仍要保持清醒，要有家国兴亡的忧患意识，而他自己也始终保持着一颗忧国忧民之心。西方帝国主义和日本军国主义对祖国的侵害，他忧心；香港分裂势力的嚣张和折腾，他忧心；一些干部的腐败、人文精神的流失，他忧心；社会奢靡之风盛行，他忧心……

> 阶前频听雨潇潇，独抱轻寒送晚潮。
> 世事难忘天不老，百年忧患未全抛。
>
> 自顾浮生也有涯，卅年曾溉紫荆花。
> 依然家国萦宵寐，风雨鸡鸣怅岁华。
>
> 尘网羁留忘故山，梦回海上愧收帆。
> 闲情合向闲中老，记取灵台守岁寒。

　　分别刊于《人民日报》和香港《大公报》题为"雨夜"的这三首诗，流溢的正是这种心情！这三首诗写于 2012 年中共第十八届全国人民代表大会期间。他为胡锦涛在政治报告中所警告的情况而深感忧虑。

　　曾老同时也充满期盼。他热切期盼高扬改革开放的旗帜，把祖国治理好，建设好，发展好；期盼香港民心的归顺和社会的稳定；期盼执政团队的坚强和纯洁；期盼国防力量的强大，回击帝国主义的封锁和日本军国主义者的挑衅……他紧握战斗的笔，写下《人文精神的失落》《谈尊严》《"和谐"隐藏的文化智慧》《"渐"送浮生》《谈浮名》《谈交换》《谈文化，不妨先谈谈教育》《谈"饬伪"》《恩来精神不朽》等杂文，批判浮躁和腐败之风，呼吁发扬周恩来的为国为民精神。

　　党的十八大会议以后，我们国家、社会发生了巨大的变化，温暖了曾先生的心。他说："回顾国家、民族历经百年的苦难，到今天取得了翻天覆地、国强民富、崛起于世界之林的成绩，谁能闭目塞聪呢？中华民族的复兴还有艰难的过程，但是中国人民已经觉醒，将以众志成城的力量创造辉煌的前程，我毫不掩饰振大汉之天声的欢跃情绪！"

　　曾先生就是以这样崇高的情怀，走完了生命的最后一程。

　　曾先生离开了我们，但他献身祖国，献身于华文文学事业的精神，将永远是我们心中的明灯。

　　曾先生，安息吧！

2015 年 3 月于上海莱茵斋

（作者单位：复旦大学中文系）

仁者之风　山高水长

——悼曾敏之先生

曹惠民

2015 年 1 月 3 日下午，惊悉曾敏之先生于当天早晨仙逝，未及期颐。乍闻噩耗，十分沉痛，再翻检出近 10 年来曾老给我的 10 来封亲笔信，更是难抑心中的悲痛，与曾老过从的往事一幕幕浮上心头……

初见曾老，是在 23 年前也就是 1991 年，在中山翠亨。那年 7 月，我第一次参加"台港澳暨海外华文文学国际研讨会"。翠亨会后，便常有和曾老见面的机会。近距离的接触，较为深入的交谈，拜读他几次赐赠的新著，聆听他在多次学术会议上的讲话，确实让我获益良多。听闻他为了中国世界华文文学学会的成立而以古稀、耄耋之年奔走于粤、港、京之间，全心投入而又功成不居，也逐渐感知了他对事业的一片深情，领略了他开阔宽容的胸襟风范和人格魅力。从他的身上，我真切地懂得了何谓学者襟怀、何谓长者风范。我赞同有的朋友对他的概括：既有学者的智慧，又有记者的敏锐，哲人的思想与诗人的激情兼备。厦门大学朱双一教授认为，曾老"堪称华文文学研究之父"，我高度认同。

2000 年，我到台湾"中央"大学开会，回苏经港，曾老特地做东请我聚餐，除陶然外，还专门约了著名评论家璧华，介绍我与他相识。席间问起，才知道曾老是自己一个人搭地铁来的，真是没想到！那时曾老已年过80，精神却那样健旺，又如此重情重义，令我既钦佩不已，又深受感动。2002 年中国世界华文文学学会成立以后，和曾老见面的机会越来越多，几乎可说是年年见面。使我永难忘怀的是，曾老多次在会上、人前对我褒赞与肯定。2003 年，在第二次海内外华文文学研究机构负责人联席会议上，曾老在讲话中感谢多年来给他"鼓励""扶掖"的朋友（其实那时我还没写过专门评论他的文章，只是在主编的《台港澳文学教程》中列有一节他的文章），列举了四五位同行专家的名字，且把最年轻的我列在最前面！这让我大感意外，更觉得担当不起。曾老提携后学的拳拳爱心，于此可见一斑。

2005年秋日，由陆士清、秦岭雪几位朋友策划了一个小规模的笔会，在杭州西湖畔金溪山庄祝贺曾老88岁米寿，我也应邀出席，并代表苏州大学给曾老敬献了一个花篮，曾老十分开心。回苏不久，就收到他的来信，除谈及近时他为筹划成立"世界华文文学联会"返港之事外，还再次讲到我在杭州祝寿会上的发言："垂顾与溢美鼓励之情，令我感激涕零。此种古道热肠、重义轻利的风格，于今之滔滔俗世，已难复举！"他对重义轻利的推崇，我感觉，绝不只是对我个人行事风格的一种肯定，而是他的基本价值观的宣示，是他为人处事的一种方式，表明他对学界的某些不正之风绝不容忍、认同。"垂顾""扶掖"等语本用于长者对晚辈，却被曾老用在比他年轻近30岁的我身上，读着他的信，我一则深感惶恐，一则又无法不被他谦和的仁者之风与真情深深打动！他待人接物保留着传统士大夫的古风遗韵，言传身教，给我的教益很深。

2012年初，曾老得知我主编的《台港澳文学教程新编》将由复旦大学出版社推出时，特地在3月6日赋诗《七律一首——奉赠惠民教授》以贺，诗云："纵笔勤探两岸潮，知珠识璞艺评高。潜心绛帐栽桃李，远播神州树坐标。翰藻驰思腾美誉，缥缃长卷证辛劳。环球拭目谁争势，抒展华文载体超。"几天后，又写了一首《浣溪沙·奉赠曹惠民教授》，词云："如椽笔探港台文，辨璞识珠最认真，著述长卷赋先声。绛帐勤栽菁莪美，艺林共仰德行深，华文迈世作干城。"字里行间充满对后学的提携嘉勉之意，曾老还亲笔把七律写在宣纸上寄来。是年暮春之日，96岁高龄的曾老，坐着轮椅乘飞机出席在复旦大学召开的"华文文学学科建设研讨会"，会前他曾兴致勃勃地希望自己"还期策杖游江南"的夙愿得偿，结果却因突发足疾而未能来苏州大学出席后半段会议，更未能和我们同游瘦西湖，于我，可真是说不尽的大遗憾。会后，他在6月4日特地来信，信中述说："只因老病腿疾转频剧痛未能追随诸贤赴苏州参访苏大，遗憾可想。何时再到江南，于我衰残之年，难卜后会之期了。"读之令我心酸不忍。又提及我赠他之书："您对学术研究之殷诚与识见，反映您对华文文学的贡献。期待您的史著问世，您的整合创见具有远瞻的影响，特致敬意。读您的旧文，对师道友谊的追述，表现得真诚纯朴，历久弥珍，证之如今浇薄的世道人情，已属罕睹了。感佩何如！"在另一封信里，他又称我是他的"知交""忘年之交"，我在深感荣幸之余，更把它看作是曾老对我的激励与期望。此后的日子，我总时时提醒自己：所言所行，是否与曾老的期望有悖。

2014 年，我要出一本自选集，想把曾老的另一首赠诗（见拙著《边缘的寻觅》）作为该书的代序，便征询他的意见，他很快来信表示同意，又特地用传真发来亲笔所写数语，并说"您的享誉，是实至名归"，于我，则把这话看作是对我的鞭策。其实，他不仅对我如此器重厚爱，据我所知，曾老对真诚治学的后辈学人，从来都是不吝赞誉之词，显示出他的高境界、大胸怀。他对后学的帮助、提携，时时感动着我，而我内心也一直以曾老为楷模：为了华文文学这份志业，当尽一己微薄之力，扶持举荐年轻学人，俾使事业常青，后继有人。

曾老在回忆半个多世纪前在《大公报》"程门立雪"受教的往事时，说到感受最深切的教诲，便是当时主持《大公报》笔政的总编辑张季鸾先生向编辑、记者告诫的一番话："我们常有一种觉悟，就是要做一个完善的新闻记者，必须由做人开始，个人的人格无亏，操守无缺，然后才算具备一个完善的新闻记者的基础。"现在来看，"人格无亏，操守无缺"这八个字用以概括曾老一生，可说十分贴切。他也曾自言道，自己是"右手拿笔，左手拿梅花"。"拿梅花"之意，即坚守做人的气节和操守。环顾当下的文坛学界，如此人格，如此操守，曾老之后，何其难觅！

前辈的风范、风骨，山高水长，是我们这些后学最应珍惜的精神财富。当此滔滔俗世，面对"浇薄的世道人情"，我从内心深处知觉，曾老对"古道热肠、重义轻利"的肯定和我的导师钱谷融先生对"淡泊以明志，宁静以致远"的推崇，在为人处世的价值观上，其实是深度相通的。这些无疑是我立身处世的最高信条、准则——我将此生力行，直到最后。

曾老（字望云）虽然离开了我们，但他的功德业绩将不会为后人忘记。特撰一联，献于曾老灵前：

音容宛在　望云山高，
风范永存　德懿水长。

2015 年 1 月 4 日作

（作者单位：苏州大学中文系）

怀念曾敏之先生

龙扬志

2015 年元旦之前，曾敏之老人约定我们几个去他家小聚，不料还差几天就传来先生仙逝的消息，一代名记飘然西去，令人扼腕叹息。曾老是有恩于我的，他一离世，广州两个定期叫我打牌的人都走了。会打牌的人都知道，打牌的乐趣在于过程，隔三岔五找个理由聚到一起，既轻松又愉快，世界上简直没有比打牌更好玩的事情了。这样一种令人感觉温暖的挂念，一直催促我写点什么，然而他去世之后，看到各种怀念和凭吊文章如潮水般涌现，我竟然一个字也写不出来，千万情绪无法用言语来表达。

我接触曾老其时也晚，一切绚烂归于宁静，而他仍在有条不紊地展开人生的精神图景，直至终极之完满。在先烈中路黄花岗剧院后的那座小楼中，我有幸多次与曾老交谈。不论是风雨人生的起承转合，还是家国命运的兴衰起落，于聆听者皆是一种特别的财富和荣耀。曾老的一生是一部波澜起伏的大书，既有"潮平两岸阔"的炫丽情节，也有"风正一帆悬"的静穆风景。在他笑看沧桑的生命长河中，像我这样的"小伙计"想必是不计其数的。

曾老近年听力衰退得厉害，但只要降低语速，日常交流基本可以顺利进行。先生一大雅好是搓麻将，一到周末召集三五老友，酣战半天。大概因为年岁已高，很少在牌桌上听到他指点江山、激扬文字，一心只专注打牌。麻将是国粹，各地玩法不同，曾老祖籍广东梅州，但麻将素喜海派，最少三番开和。不管谁和牌，他都很开心，乐呵呵从桌上捡出打完的废牌，一遍又一遍帮忙算番数。曾老好客，一边打牌，一边吩咐保姆准备饭菜，甚至炒几个菜、炒什么菜都要细细过问。眼看华灯初上，曾老意犹未尽，大手一挥，"好喽，记账，喝酒，吃饭"。晚上围桌小饮，俨然开辟第二战场。他劝酒时话不多，把杯中酒一饮而尽，然后笑盈盈地把杯底翻给我们看，盛年豪情满怀、风流倜傥的情景不难想见。

曾老始终保持着老报人的职业情怀。我的日记载有 2013 年 11 月 2 日与师弟去黄花岗拜访老先生的细节。除了我和师弟，他还特意叫上当年的助手潘梦园老师。龙门阵开摆之前，曾老照例询问了我们有关学术和生活的情况。那时他已届 96 岁高龄，思维敏捷，一见面，笑呵呵地朝我说，刚在报纸上读过我发表的文章，勉励我兼顾研究和创作。因为阅读，他对这个时代大大小小的公共问题保持着令人惊讶的关注热忱。那阵子，一场记者被拘事件正闹得沸沸扬扬，他对于对新闻伦理的随意逾越痛心疾首，但也指出全社会必须认真关心记者的处境，他坚信新闻自由是社会建设的必备条件和体现内容。

他特意问及我们对钱钟书先生信札拍卖风波的看法，当时他已把巴金写给他的书信悉数捐赠给巴金故居，连同萧乾、柯灵、峻青、邵燕祥等著名文人的往来信函，共四百七十多封。他跟我们说，他婉谢了受赠方提出的包括文集出版在内的任何回报。曾老不存丝毫个人欲念的胸襟，与拍卖事件形成了鲜明的对照。他找出巴金研究会编的《点滴》，上面刊载了巴金致曾老的书信若干，巴老这批重要史料终于向学界公开，意义不言而喻。他决定把《点滴》分送给我们，于是，拄着拐杖，在客厅和书房之间跑进跑出，快乐得像个孩子。之后，又找出他刚从作家出版社出版的《沉思录》，细心地写上我们的名字，盖章纪念，一丝不苟。后来又搬来几册已经题好字的书，用报纸细细包装，让我们转送暨大图书馆和文学院资料室。曾老 60 年代即到暨大中文系工作，作为一位老暨南人，他始终对暨大心存感念，念兹在兹。

曾敏之先生 90 年代初彻底退出香港《文汇报》的编辑事务，重心基本上转移到文学事业，对海外华文文学用力尤多。为更好地推动世界华文文学研究与交流，中国世界华文文学学会决定创办一份学术刊物，曾老始终关心刊物的筹备，因刊物刊号申请之事，他多次致信北京的老友们请求帮助，得知刊号获批渺茫的消息，他建议我们以学术专辑的方式开始运作，将来再另觅机会。每回去拜访他，他必定要问到辑刊的进展，为了做好这份刊物，他提出了很多极有建设性的意见。一次适逢陆士清教授自沪抵穗，曾老热情邀请王列耀会长一同商量办刊之事。那天下午大家谈兴甚高，曾老见时间不早，拿起电话联系饭馆，执意留我们吃饭。席间，他突然想到请一位德高望重的书法家题个刊名，议论一阵之后，他认为当代大儒饶宗颐先生是非常合适的人选，决定联系饶先生试一试。为了慎重起见，他还让我把"世界华文文学学刊"写在纸条上，曾老细心阅读之后，再三询问了刊名命名的前后过程，才把纸条认真折好，小心收入口袋。

后来曾老告诉我题字的人换成了金耀基先生，其中缘由我没有询问。金教授名声在外，深受西方学界器重，书法造诣精深，虽然不从事华语新文学研究，但写得一手好文章，我读过他的《剑桥语丝》，属于典型的学者散文。当初我们计划编"世界华文文学学刊"，不料寄过来的题词写成了"世界华文文学丛刊"，丛刊管制很严格，估计问世无期，只能辛苦曾老转告金教授另外再写一幅。曾老立刻委托潘耀明先生亲自跑到金耀基先生寓所，督促金先生重写刊名快递来广州。我们收到题签之后与出版社交接，得知所有与"刊"相关的出版物都不能出版，无奈之下，我们征求各方学者意见，商议改为"华文文学评论"，不得已再次让曾老与金耀基先生联系，麻烦潘耀明先生重新出面。此种交涉确实令人尴尬，不过曾老未有半句怨言，潘先生亦任劳任怨，好在金先生高风亮节，不厌其烦，写完之后亲自把条幅寄到广州。

此事后来还有尾声，古远清先生告诉我，四川大学已经正式出版了《华文文学评论》，因此这个刊名也不能用，于是紧急求助杨匡汉先生，最后确定为"世界华文文学评论"。为了不再骚扰曾老、金老和潘先生三位，我觉得可以从前面的书法中挖出"世界"二字，集成完整的刊名。待一切准备妥当，又好事多磨。原本上半年即可出版的学术专著，十月份临近还没有踪影，十一月的世界华文文学大会召开在即，时间已经不站在我们这边，只能暂时以专题文集的方式出版，这样，费尽曾老和金耀基先生诸多心血的题名只能暂时锁在我的抽屉里。2014 年 11 月 15 日，曾老因病入住华侨医院，我带着刚印出的书去看曾老，他的内心充满了喜悦，捧着书，连声说：出来就好，出来就好。他是一个实践派，行胜于言是他一辈子的生动写照。之所以特别提到这件题签的小事，是因为我觉得他们三位先生生动地阐释了传统文人所坚守的"义"，从年龄上看，他们已经算是三代人，即使其中的"小伙计"潘耀明先生，也生于 40 年代，并且同样是驰名中外文坛的文化人，为了祖国文学事业的繁荣，他们内心始终保持一种义不容辞的担当。将来书写文学史或文学交流史，这些先生的中介作用和道德文章是应该被浓墨重彩书写的。

读过曾老写的书和写曾老的书，我多次对他说要给他做一个人生访谈，曾老很感兴趣，但也委婉提及对溢美的担忧，后来我干脆拟定一个访谈计划，让他细细审阅，他觉得提纲基本可行，也可借此阐述一些没有公开表达的看法，希望在精力调适一段时间之后着手进行。不料此事正欲开展，曾老遭遇疾病困境，随即溘然长逝。由于我自己的拖延和懒散，失去了一次记录整理曾老心曲的机会，每念及此，心生无限愧疚。

追悼会那天我正好在外地上课，无法送曾老最后一程，内心倍感戚戚。王列耀会长在送别曾敏之先生的悼词中说："曾敏之先生在 1946 年那篇著名的《闻一多画像》中说：'前驱者走了，他的走是向着伟大的休息'，如今，曾老这位前驱者，也走向了'伟大的休息'。"曾老诞生于新文化运动元年，1940 年涉足新闻工作领域，1942 年进入《大公报》，对大批文化名流在抗战时期颠沛流离的生活境况进行了全面报道，后来又以战地记者的身份深入前线，报道了中国军民奋力抗战的伟大事迹和精神风貌，那段经历塑造了他心系家国与民族的情感基础，这与曾老后来扮演记者、作家、教师、学者、报人、社会活动家等多重角色体现出来的价值立场是一脉相承的。他在 2012 年 10 月出版的学术论文集《海上文谭》的后记中说："中华民族的复兴还有艰难的过程，但是中国人民已经觉醒，将以众志成城的力量迈向辉煌的前途，我毫不掩饰振大汉之天声的欢跃情绪。"曾老生前最后一本著作《寒晖集》2014 年 1 月由香港文艺出版社出版，集中收入近两三年的怀人记事文章，这是他一生笔耕不辍的真实写照。陆士清先生在评传中说他是"书生报国，秃笔一枝"，准确而形象，他用一个人的一生，阐释了一种书生的格局和情怀。

曾老，安息。

（作者单位：暨南大学中文系）

写作与搓麻将

——晚年曾敏之先生小记

温明明

  曾敏之先生是著名的报人和作家，在世界华文文学研究界更早已是一棵让人仰止的"大树"，但我认识曾敏之先生却极晚。2008 年秋，我南下羊城追随王列耀教授研究世界华文文学，同年 10 月，暨南大学海外华文文学与华语传媒研究中心主办"北美新移民文学国际学术研讨会"，曾敏之先生受邀参会，就是在这次会议上，我认识了德高望重的曾老。此后，我更有幸在历次由暨南大学主办的华文文学研讨会中专门接待曾敏之先生，且一直充当他与王师列耀先生之间的"信使"，渐渐也就熟识起来。2014年 11 月曾敏之先生病重期间，在其寓所，他还饶有兴味地对我讲，"我们认识有 7 年了"，未曾想，时隔月余我们就天人永别。

  我与曾敏之先生相识时，他已是 90 多岁高龄的老者，然除腿脚稍有不便外，头脑仍十分清醒，且笔耕不辍。私下曾向其讨教长寿秘诀，答案竟是写作与搓麻将。初闻有些不解，细想却觉也不无道理，两者都颇费脑力，称得上是健脑运动。

  晚年的曾敏之先生行动不便，减少了大量的社交活动，尤其是在香港的诸多应酬，于是就把大量的时间用于阅读、写作。曾敏之先生作为一位经历过山河破碎、颠沛流离的老报人，即使到晚年，对世事仍保有敏锐的洞察力，对家国则怀有强烈的忧患意识。因而，曾敏之先生阅读、写作，既非消磨时光的闲读，亦非茶余饭后的消遣，往往借古谈今，指摘时事，年岁虽高，却仍意气风发。近日重读曾敏之先生于 2013 年出版的《沉思集》，仍感佩其丰富的文史知识及分明的爱憎之心。

  笔耕之余，曾敏之先生最主要的娱乐活动即是每周约上三五好友在其住所搓一到两次麻将。曾敏之先生喜打上海麻将，一般从中午一点开始，中间除了晚饭稍有休息，晚饭后再打几圈即结束，"赌资"或五毛或一块，整场下来输赢百元之内。我加入曾敏之先生牌友之列，是近三年间的事。此前常听闻曾敏之先生手书有"麻将新手入门指南"，如遇新手，则取出"曾氏指南"辅导之，我虽也算新手，却无缘一睹先生手书版"曾氏指南"，时常引为憾事。

搓麻将之于晚年的曾敏之先生，既是一项健脑的娱乐活动，更是朋友畅聊的聚会活动。2014 年 11 月重病后的曾敏之先生，已无法久坐，但仍组织多次搓麻将活动，我有幸受邀参加两次。此时的曾敏之先生虽不能亲自参与，但仍倚坐沙发，从旁观看，乐在其中，间或插上几句，询问我们各自的"战况"，听完"汇报"，曾敏之先生总要发出爽朗的笑声。或许是朋友相聚减轻了曾敏之先生的病痛，那几日他看上去精神了许多，甚至偶尔还能起身借助拐杖在客厅走几步，参与聚会的朋友们都为曾敏之先生的这种变化感到无比的高兴，甚至乐观地以为他能够尽快地恢复。2015 年元旦前夕，我致电曾敏之先生询问其身体状况，电话中他告知我身体没有恶化，仍需休养，希望我近期能到其住所一聚，顺便搓一次麻将。既然还能搓麻将，我想当然地认为曾老身体应无大碍。元旦当天，曾敏之先生电告搓麻将时间定在 1 月 2 日，但当时我已在外地，来不及赶回，就跟曾老约在 1 月 5 日。熟料 3 日中午，即接到曾敏之先生女儿的电话，曾老已于当日早晨逝世。悲乎，这最后的一次搓麻将之约终成憾事！

如今，岁月无情，曾敏之先生走了。有幸的是，曾老生前留下的大量作品，足使我们缅怀先生崇高的人格和文品。搓麻将虽是写作之余的消遣，却展示了曾敏之先生重情的一面。追念与晚年曾敏之先生交往的点滴，不胜悲怆。大树既倒，后辈如我当承继其华文文学事业，勤力垦拓！

（作者单位：暨南大学中文系）

中国世界华文文学学会举行曾敏之先生追思会

刘笑宜

2015 年 1 月 9 日晚，中国世界华文文学学会在暨南大学举行"曾敏之先生追思会"。中国世界华文文学学会名誉会长饶芃子教授，名誉副会长陆士清教授、曹惠民教授，顾问许翼心教授，会长王列耀教授，监事长杨匡汉教授，副监事长白舒荣女士，副会长刘俊教授、陆卓宁教授、朱双一教授，副会长兼秘书长杨际岚先生等 20 余人出席，沉痛悼念香港著名作家、报人、学者、世界华文文学学会名誉会长曾敏之先生。追思会由杨际岚主持。会议开始之前，与会人员全体为曾敏之先生默哀。

在追思会上，中国世界华文文学学会名誉会长饶芃子说，曾敏之先生是中国世界华文文学学会成立的最大功臣，不仅打开了内地学界关于海外华文文学研究的大门，还为了学会的成立四处奔走，呕心沥血，将一颗真诚的心奉献给了中国世界华文文学学会。

杨匡汉讲述了曾敏之先生作为"学人、报人、作家"的人生历程：作为报人，曾敏之先生为真理而斗争，揭露、批判社会的不良现象；作为作家，他著述颇丰，诗词功底深厚；作为学人，他为学会鞠躬尽瘁，务求力行。杨匡汉教授说，人的生命分物质自然的生命和精神灵魂的生命，曾先生的精神是世界华文文学学界的一棵大树，佑荫后世草木。

许翼心用"青山不老松"高度概括了曾敏之先生的人品、文品。他深情地回忆与曾敏之先生的交往，认为曾先生最重"青山"二字，即使遭遇困境，先生总以"留得青山在"自勉；曾敏之先生也正如"青山"一般，忘记年龄、恩怨、功利，永存典范，永存浩气。

陆士清在发言中强调，曾敏之先生是热血的文化战士、渊博的学者、伟大的诗人，同时也是一位心怀天下的志士。曾敏之先生对社会、对国家常怀关切之心，发表了大量针砭时弊的文章，对社会的各种现象进行批判；曾先生不仅是在枪林弹雨中穿行的战地记者，也是具有诗情、文心的作家，是心系时政的爱国人士。

曹惠民对曾敏之先生在《大公报》的记者生涯作了补充，他对曾敏之先生作为报人的品行仰慕不已，认为曾敏之先生是"一棵大树，有着丰富的内容"。同时，他动情地回忆了曾敏之先生给他写的几封信，信中对他的关怀、肯定与鞭策让他一直铭感于心。

王列耀动情地回忆了曾敏之先生生前的生活点滴。他指出，虽然曾先生的人生历经坎坷，却丝毫不影响先生对生活的热爱，始终言行如一做真性情之人；曾敏之先生还时时记挂学会，即使 2014 年 11 月住院期间依然心系学会承办的首届世界华文文学大会。"他讨论的都是大事情，总是以宏观的角度谈论文化的传承、海外文学的发展，完全不在意自己所受的委屈。"曾敏之先生生活中的点点滴滴，都展示了曾先生的伟大人格。

白舒荣表达了对曾敏之先生的感激之情，同时赞誉曾敏之先生生性豁达，乐观处世。她说："他的生命是鲜活的，他的百折不挠的性格，让他一直不畏艰险，勇往直前。"

暨南大学 1966 届校友谭显明转达了原暨南大学党委书记张德昌对曾敏之先生逝世的哀痛，肯定了曾先生对暨南大学的贡献，认为曾敏之先生"富有正义感，轰轰烈烈的人生为后人所纪念"。他回忆了曾敏之当年讲课的情景，"曾先生讲课认真、语言风趣，给我留下深刻的印象"。

几位青年学者回顾了与曾敏之先生相识、相处的点滴细节。熊国华忆及曾敏之先生对他的鼓励，曾先生的去世让他心情沉重。朱双一的关键词是"感动、感恩"，感动于曾敏之先生对生命、事业的热忱，感恩于曾敏之先生对于世界华文文学学科的垦荒贡献。视曾敏之先生为"老父亲"的陆卓宁在谈话中数度哽咽。刘俊专门写了一首悼诗："儒生本色笔如花，壮士情怀何惧压。晚岁但期华夏盛，中文四海成一家"，并作挽联："是报人是作家是学者三位一体敏锐过人，方能成就后人；写伟人写凡人写自己一笔三法臻于至善，才显立意高远。"

最后，秘书长杨际岚对追思会进行总结。他说："谈及曾老，我们总有说不尽的话题，曾老已经与学会融为一体，愿我们继承曾敏之先生的遗愿，为华文文学研究事业的发展不懈努力。"

（作者单位：暨南大学文学院）

古典诗歌的创作与在地化

——加拿大早期华人文学初探①

梁丽芳

【摘　要】从 19 世纪中淘金时代到 20 世纪上半叶，流传到加拿大的华人文学类型，除了以文学、音乐和表演艺术相结合的粤剧之外，数量最多、成就最大的，莫如古典诗歌。本文从报刊和个人诗集等资料，梳理早期华人的古典诗歌中的"旧瓶新酒"的实例，试图从这个个案研究，解释离散文学的在地化的不可避免的现象。

【关键词】文化记忆；壁诗；加拿大华人文学；旧瓶新酒；在地化；离散文学

　　自 19 世纪中叶加拿大卑诗省菲沙河谷（Fraser River Valley）和汤姆逊河谷（Thompson River Valley）一带先后发现金矿以来，"去金山"便成为广东珠江三角洲以南特别是四邑②一带人们的愿望和跨国行动。这些侨民可能没有意识到，他们带去"金山"的，除了自身的"黄金梦"，还有中华文化。他们带着自己原有的文化记忆奔向他乡，在异地空间，跟世界上离散侨民的跨国迁移一样，他们在企图保留这些文化记忆的同时，不可避免地沾染了别国的色彩。他们在与本地人交往之中，又不自觉地扮演着文化桥梁的角色。他们既是原籍国文化的携带者、传播者，但对于移居国而言，他们又是域外文化的带入者。

　　从 19 世纪中淘金时代到 20 世纪上半叶，流传到加拿大的华人文学类型，除了以文学、音乐和表演艺术相结合的粤剧之外，数量最多、成就最

---

　　① 本文曾在 2014 年 11 月 9—11 日在湘潭大学举办的"中国韵文学会成立三十周年纪念会暨第七届中国韵文学国际学术研讨会"上口头发表，是山东教育出版社即将出版的多卷本"中外文学交流史"中的《中加文学交流史》卷其中一章的一部分。

　　② 在华侨历史上，四邑是指台山、开平、恩平、新会四个县，80 年代行政上加上鹤山，称为"五邑"。为了还原历史场景，本文仍用四邑来论述。

大的，莫如古典诗歌。古典诗歌在中国文学史上享有崇高的地位，有悠久而丰厚的传统，是雅文学的瑰宝。

一般人可能会问，这些早期的华人不都是"卖猪仔"去当劳工的乡下人吗，他们怎么能够写出那么多古典诗歌呢？其实不然。报刊和书籍资料显示，他们很多并非目不识丁，而是具有相当的旧学训练（见下文）。在1885—1923 年的人头税和 1923—1947 年的全面禁止入境期间，这些华人即使身处系统歧视、男女比例严重失衡、工作种类严加限制的困难环境之中，也没有放弃精神生活，没有放弃作为文化人的尊严。他们不做沉默的"他者"，他们经常演出粤剧、话剧，举办对联和诗歌比赛，创办国学书院，开设读书报社和书店，自发地以蓬勃的文化活动形成一个有活力、有凝聚力的独特群社。他们的活动除了娱乐身心，强化对原籍国的文化认同之外，更积极地利用这些活动，资助革命、支持抗战、救济灾民、捐款办学。后人在回顾这段历史和他们留下的业绩之时，不觉由衷感到敬佩和震惊。这些群体性的文化（文学）活动和业绩我先后在拙文《试论岭南人对加拿大华文文学的起源及形成的贡献》和《试论前期加拿大华人文学活动的多重意义：从阅报书社、征诗、征联到粤剧、白话剧》中，[①] 已经做过一些梳理，此处不再重复。

本文将侧重研究自淘金年代到 20 世纪上半叶，加拿大华人在古典诗歌方面的活动情况，比如作者的背景、发表的空间，以及在特定时空纷繁多姿的主题等，我将特别注意那些糅合了加拿大元素的诗作。我提出"旧瓶新酒"这个理念，来概括这个混合新品种。"旧瓶"指的是汉字和古典诗歌的形式，"新酒"指的是混合后的新内容。

在加拿大多元文化政策的语境之下，华文文学是加拿大文学的组成部分，也是众多族裔文学中的一种。对于中国来说，它是中国文学的一个外延，但是这个外延不是牢不可破的密封体，而是一个具有吸纳性、扩张性、调整力的灵活体，它一出国门便开始面对异质文化，在长年累月的撞击、回应、调整、纳入的过程中，自身也起了变化，产生了新的品种，这是海外侨民文学自然的演变过程和规律。一旦离开原籍国，它便像浪子一

---

① 两文分别载于《世界华文文学论坛》2010 年第 3 期，第 3~8 页；《华文文学》2011 年第 6 期，第 52~60 页。

样，在异地际遇的洗礼中成长。古典诗歌的在地化，就是这样的一个结果。本来在地化是后殖民的一个术语，指的是宗主国在殖民地的管理等机制中因地制宜的做法。现在，我借来探讨中国古典诗歌融入加拿大元素这个现实，相信这个个案探讨，也适合其他海外华人地区。

一、来自岭南侨乡的作者

从 19 世纪中淘金年代到 20 世纪中叶，广东岭南珠江三角洲以南的四邑（台山、开平、恩平、新会），是加拿大华侨的主要来源地。历史资料显示，从 19 世纪 90 年代到 20 世纪 40 年代，超过 75% 的华人来自四邑一带，四邑人中又以台山人最多，占华人总数的 34%，新会占 18.4%，开平占 15.7%，恩平占 4.6%，① 其余来自番禺、中山、鹤山等县。根据研究，如果就全加华人从 1881 年到 1981 年的分布而言，卑诗省的华人在 1881 年占 99.2%，1891 年占 97.6%，1901 年占 86%，1911 年占 70.5%，1921 年占 59.4%，1931 年占 58.3%，1941 年占 53.8%，1951 年占 49%，1981 年安大略省才占 41%，稍微高出卑诗省的 33.5%。可见到 20 世纪初，加拿大近 90% 的华人分布在卑诗省，亦可知在近一百年的时间内，加拿大华文文学的读者和作者，几乎都来自广东岭南一带。他们的活动空间，大多是在卑诗省的温哥华和维多利亚。温哥华在 1886 年建市后，维多利亚的华人流向温哥华，使之成为华人集中地。20 世纪下半叶，华人东移渐多，多伦多遂成为东部另一个华人聚居地。

二、报刊提供的发表平台

这些海外游子工作之余的精神寄托，究竟以什么方式呈现呢？报纸无疑是最基本的生活需要和精神需要，也是构筑华人想象社群的最重要的媒

---

① 数据是黎全恩根据中华会馆的捐献记录（1892—1915）、运回中国的骸骨记录（1937）和在维多利亚重新埋葬骸骨的记录（1960）而计算出来的。见 David Chuenyan Lai, *Chinatowns: Towns within Cities in Canada*, Vancouver: University of British Columbia Press, 1988, p. 58.

介。据李东海的《加拿大华侨史》记述，维新运动初期，澳门《知新报》在维多利亚（或称域多利）与温哥华均设有推销处。① 1903 年，出现了梁启超首创的《日新报》。民国前后出现的《大汉公报》和《新民国报》，到北伐和抗战时，加国华人报章每天的销售量达到数千份。②可见在维持与原籍国的联系、承传祖裔文化以及文学创作方面，连续数代的读报群体和作者，扮演了重要的角色。

我曾在拙作中提到，这个相当高的阅报率，颠覆了早期华人都是目不识丁的劳工的刻板形象。③ 淘金时期的华人，可能教育水平不高，可是，到了 20 世纪初，经过了数十年的来来往往，他们思想开放，重视教育投资，通过办学，提高侨乡的教育水平。根据研究，早在 1909 年，北美华侨捐款创立的台山中学（即后来的台山一中），已成为当时中国设备最为现代化的学府。而且，四邑各县在办学方面互相攀比，蔚然成风。民国时期，台山有中等学校二十二所，小学八百多所，日报三家，小报两家，杂志月刊七十多种，教育文化之发达为全国之冠。1913 年建成新宁铁路之后，商业和文化发展迅速。华侨子弟到外地升学的甚多。④因为侨乡"去金山"的传统以及为了生计，华侨子弟跟随父辈来到加拿大，在系统的种族歧视之下，不得不从事狭隘的工种。而就是这些具有教育背景的早期华人，成为加拿大华人文学的奠基者和开拓者。

三、从壁诗开始

早期到加拿大的华人，自香港出发，乘搭最低等的仓位，经过三个多星期的航程才到达，但是，到达后不能立即上岸。他们先被羁留在卑诗省

① 李东海：《加拿大华侨史》（出版地不详），加拿大自由出版社 1967 年版，第 273 页。
② 李东海：《加拿大华侨史》（出版地不详），加拿大自由出版社 1967 年版，第 348 页。
③ 梁丽芳：《试论岭南人对加拿大华文文学的起源及形成的贡献》，《世界华文文学论坛》2010 年第 3 期，第 3 ~ 8 页。
④ 李东海：《加拿大华侨史》（出版地不详），加拿大自由出版社 1967 年版，第 48 ~ 49 页。

首府维多利亚一座守卫森严，外墙用20寸厚红砖围起来的两层高大楼，这座大楼俨然是个监狱，窗口装上铁条。第一层的接待室没有窗口，室内阴暗。入境的也有其他亚洲人，但绝大多数是华人。因为加拿大在香港或者其他中国口岸没有移民办事处，因此，船一到岸，华人就被带到这个地方，接受盘问和体格检查，支付500元人头税。如果入境人多，他们就会被羁留几天甚至更长时间。如果体格检查被认为不及格，或是人头税不够，便在此等候第二只船来，然后被遣返。1977年，这座大楼被拆。在该大楼被拆之时，维多利亚大学地理系教授黎全恩前往观察，他发现油漆铲除后，墙上露出模糊的汉字，细看之下，发现是羁留在此的华人写下的，形式都是五言和七言古诗，内容都是表达无端被困的苦楚、离乡别井的忧思、前途渺茫的失落、对远方妻儿父母的挂念。这些诗篇虽然没有美国旧金山天使岛上的诗那么多、那么清楚可辨，但也可以拼凑成篇。黎教授把这仅存的几首墙上诗，翻译成英文。① 其中一首七言诗墨迹比较清楚，作者是新会人，自称无名氏，劝谕同胞，告诉他们"去金山"之路并非坦途：

告示□□□快看

□□□日数百多

□□□国到番邦

□□拉我入牢房

且看此□无路往

不见天地及高堂

自□□思泪成行

此等苦楚向谁讲

□□数言在此房

新会□□无名氏

　　这首壁诗虽然模糊不清、字句不齐，但是其中的困苦不平之情表露无

---

① David Chuenyan Lai, "A 'Prison' for Chinese Immigration", *The Asianadian*, 1980, Vol. 2, No. 4, pp. 16－19.

遗。以上的实例证明，古典诗歌无疑是早期华人带来加拿大的第一个文学形式，作为 20 世纪上半叶加拿大华人文学成就最大的文体，实在有迹可循。

四、吟诗作对的活动空间

加拿大历史最悠久的权威报纸《大汉公报》（1915 年冬之前以《华英日报》和《大汉日报》名义出版）所开辟的"大汉杂录"版面，以及在 20 年代改版的《汉声》文学版面，一直担任着推动中国古典诗歌创作的角色，此外，众多的侨团不定期出版的社团刊物也载有少量的篇幅。但是，假如没有报纸提供空间，推波助澜，古典诗歌不可能如此兴旺。《大汉公报》几乎每天开设"诗界""吟坛""诗林"栏目发表古典诗歌。从作品的形式来看，七言绝律居多。这些古典诗歌的作者，绝大多数来自加拿大，也有美国、中南美洲、中国香港等国家和地区。古典诗歌的大量出现透露了三个事实：一是有古典文学修养的不乏其人；二是工余的娱乐选择少；三是古典诗歌是他们最为熟悉和喜爱的创作形式，以此作为寄托思想感情的载体。

拙作曾对《大汉公报》进行梳理，看到华人社区经常举办征诗、证诗比赛，这些活动是全国性甚至是国际性的。可见，通过《大汉公报》的平台，古典诗歌把海外游子紧紧地联结起来，形成想象社群。[1] 这些活动很多与祖国的命运息息相关。例如，1915 年 6 月 16 日，《大汉公报》登载了征求好诗，标明其目的是"欲与诸侨胞究研国事起见，使天下英才同具忧国心者，假吟诗而作不平鸣也。每期评定后，编印诗集，仿李太白诗集样本，俾后世学者传诵，便知中国今日之国势与人心，有诗才诸君，喜嗜吟留名者，当速整笔枪墨炮，以救中国而兴共和"。首期的主题是"中国现象"，第二期的主题是"华侨苦况"。冠军奖金十五元，相当高。预期获奖者高达一百名，可见写古典诗歌是华人社区的一种风气，是华人社区的重要文化活动。因此，酒楼参与其事乃是意料中事。例如，《大汉公报》

---

① 梁丽芳：《试论前期加拿大华人文学活动的多重意义：从阅读书社、征诗、征联到粤剧、白话剧》，《华文文学》2011 年第 6 期，第 52 ~ 60 页。

1921 年 5 月 21 日登载，温哥华唐人街的西湖酒楼举办征联活动，全榜有百名，登报十名有奖，十名之外加赏茶票，华人参与的热情可见一斑。

征诗活动的范围很大，而且往往是国际性的。例如，1951 年 7 月 26 日的《大汉公报》刊登回应征诗八首，投稿作者有来自爱德蒙顿、温尼辟的，更有来自南美洲秘鲁的。他们利用"叠前韵"的方式，跨国唱和。可见几十年间古典诗歌的文学活动，已经形成加拿大全国以及跨国的固定网络。在民国初年前后，维多利亚爱好吟诗者曾经成立的"黄梅诗社"，可能是加拿大华人最早的诗社。① 不过，更有规模的应该是"大汉诗社"。《大汉公报》"诗界"栏目在 1951 年 9 月 16 日、9 月 27 日、10 月 16 日登载的七言律诗，标题都提到大汉诗社。这个诗社囊括了大量经常投稿古典诗歌到《大汉公报》的各国人士。古典诗歌创作的国际参与，从 1957 年《大汉公报》出版的《诗词汇刻》可见一斑。这个集子收集的古典诗歌达三千首之多，题材宽阔，从一般惯常的怀念故国、感怀身世，到歌咏异国时节风物，包罗甚广；作者绝大多数来自加拿大和美国，唱和者不少居住在中、南美洲等其他地区。《大汉公报》销路之广，也显示了古典诗歌在海外离散华人之间广泛流行，并且成为他们构筑想象社群的媒介。

五、旧瓶新酒：古典诗歌中的加拿大元素

20 世纪上半叶，加拿大华人的古典诗歌不仅有非常传统的内容，也有糅合加拿大风物人情、价值观以及个人异乡感怀的内容。对于后者，如果要探讨其渊源，可以上溯到晚清"诗界革命"。"诗界革命"被认为是"近代诗歌中最富于创新意识并且体现出诗歌发展主流"。②恰巧，早期来加拿大的黄遵宪（1848—1905）、康有为（1858—1927）和梁启超（1873—1929）就是这个诗界革新运动的领军人物。黄遵宪曾与维多利亚的骚人墨客以诗作往还。至于康有为和梁启超，都是维新人物，他们周游列国，见识广博，处处以如何革新中国人的文化和精神面貌为职志，尤其是康有为

---

① 李东海：《加拿大华侨史》（出版地不详），加拿大自由出版社 1967 年版，第213 页。

② 严明：《清代广东诗歌研究》，台北：文津出版社 1991 年版，第 48 页。

在加拿大的三十多首诗作,把域外风物,例如洛基山、哈里逊温泉(Harrison Hot Spring)、西部草原风光、印第安人居住的帐篷和个人感受一一写进诗中,对于加拿大华人古典诗歌的异地化起了示范作用。[①]

《大汉公报》的"汉声"副刊,经常刊登古典诗歌。这些古典诗歌最为明显的主题特征,是对祖国山河的思念和对亲人的怀恋。但是,也有不少诗作把加拿大的风物人情、庆典节日等意象纳入诗中。当离散作者用原籍国的传统文学形式纳入了移居国的内容时,所产生的作品就是文学交流的结合,这种混合体,可用"旧瓶新酒"这个意象来概括。

这些以加拿大为创作空间的古典诗歌中,往往把个人思乡感怀(家)与关切国运(原籍国)连在一起。例如,《大汉公报》1917 年 9 月 4 日发表的作者为筱唐的一首题为"寄怀草坪立宽君"的七言律诗,便是个典型例子:

> 回首中原几度秋,故乡人事泪交流。
> 天涯万里何须羡,海外经年只自羞。
> 论到国殇成幻梦,看来人道亦堪忧。
> 共和反复君知否?世界如今未息仇。

有的古典诗歌透露了华人争取权利的活动事迹。例如:黄文甫为温哥华中华总会馆常务,长期热心为华人争取权益。他中英文俱佳,曾经十多次(1948 年、1951 年、1954 年、1956 年、1957 年等)赴渥太华请求修改移民例。[②]1956 年,他赴渥太华完成任务后,经过卡尔加里,经常投稿给《大汉公报》的诗人黄宽达填了《送黄文甫副归云城(即温哥华)》(调寄浣溪沙)一词相赠,于 1956 年 6 月 26 日登载于《大汉公报》:

> 明月横空景色清,依依折柳送君行,分携惆怅不胜情。
> 欢聚倾尊犹记昨,厚蒙直到倍恩荣,骊歌忽唱感零丁。

---

① 康保延编:《康南海先生诗集》,台北:中国丘海学会 1995 年版,第 160 ~ 162、316 ~ 324 页。

② 林岳崯译述,林恩泽牧师著:《怀念故友黄文甫》,收入《林岳崯文稿汇编》(非出版物),2003 年,第 91 ~ 92 页。

至于单纯歌咏加拿大自然风光、城市生活和庆典节日的诗作，数量也不少。这类诗作在很大程度上摆脱了怀乡忧国（原籍国）的心绪，而纯粹用观赏者和参与者的心态来描述眼前的景物和活动。例如，黄孔昭在《大汉公报》1927 年 2 月 5 日发表的诗《和司徒英石再登洛机山》（其一）：

> 昔日曾经今复东，山中景色得毋同。
> 登临只觉全加小，美子雍容歌大风。

黄孔昭原是保皇党温哥华分会会长，后转而支持孙中山的革命。在这首诗里，他将目光投向加拿大的自然风光。

六、古典诗歌的作者

活跃在《大汉公报》古典诗歌栏目的作者，经常出现的有徐子乐、司徒英石、许鲁门、廖翼朋等。《大汉公报》几乎每天都登载古典诗歌，作者人数相当多，他们文谈诗会，互相唱和，送往迎来，留下了数量可观的作品。

徐子乐生于加拿大维多利亚市（生年不详），年六岁随父回中国，受华文教育。考入水陆师学堂，亲历战役，后回加拿大。1951 年，出任旧金山《世界日报》编辑，并主持"文艺集谭"栏。不久，回温哥华任《大汉公报》编辑。他善于诗词，尤其擅长七言对联。除了创办国学讲座课程，还经常主持征诗和对联比赛，并任评判。温哥华扶轮社马艺民在 1966 年回顾当时的情景时说："每当联榜揭晓之日，有如逊清科举之时，群情涌动，盼谁夺帜，因师评联，批语如珠，精警辟易，透视作联者之性心里，尤以七言粤联最长。"[①] 又说徐子乐"担任笔政，对于发扬文艺，致力广集南北美洲之墨客骚人彼唱此和，大汉词坛，吟侣济济备极一时之盛"[②]。徐子乐于 1970 年 11 月逝世。1978 年，他的学生雷基磐收集和整理

---

① 徐孤风著，雷基磐编：《徐孤风先生诗词集》（出版社不详），1966 年版，第 3 页。
② 徐孤风著，雷基磐编：《徐孤风先生诗词集》（出版社不详），1966 年版，第 5 页。

了他的一百多首诗词遗作，出版了徐子乐的《意园诗稿》，取名《徐孤风先生诗词续集》，其中多为唱酬怀人之作，也有感时之作，不一而足，家国之思是他的诗作特征。在这本诗集中，加国意象占主要色彩的例子有《忽书》一诗：

> 富贵防诗赋，功名随马牛；
> 晚来枫欲醉，丹色近中秋。①

由红色的枫叶联想到中国的中秋节，很自然地把两国最能点明节气的意象串联在一起，异国和故国并列，浑然一体。

经常与徐子乐在《大汉公报》的"瀛海清吟"栏唱和的，有居住在渥太华的司徒树浓。司徒树浓写了大量古典诗词，结集《旅加吟草》，乃是加拿大古典诗歌创作方面有重要成就的人物。这个诗集的内容，透露了作者长期居住加拿大，并把它当作永久家园的笃定心态。有了这个身份认同，加拿大的风物习俗、所见所闻、所感所悟，他顺手拈来，作为诗作的主题。他在形式上继承了黄遵宪等用外国意象的诗学，在心态上，已经脱离了去国怀乡的情结。因此，他的加国意象不再负荷对故国的忧患意识。例如，他的《加京楼头》：

> 白兰地酒水晶杯，豪饮宁辞酩酊回；
> 纸醉金迷歌舞地，玉山颓倒笑相陪。②

诗中，司徒树浓把白兰地、水晶杯等异国意象，自然地糅合了玉山倾倒这个传统意象，描述了一次欢快的宴会后的醉态。最能体现离散侨民对移居国的认同的，莫过于对其节庆的态度和参与程度。以下几首诗，他以欣赏的态度，写了加拿大的节庆，如他的《游加京花市得句》写道：

---

① 徐孤风著，雷基磐编：《徐孤风先生诗词续集》（出版社不详），1978 年版，第 28 页。

② 司徒树浓：《旅加吟草》（出版社及出版年份不详），第 20 页。

> 可爱加京花市来，商人特别把花栽；
> 两边大道齐排列，万朵金盘已竞开，
> 既设儿童娱乐地，兼增基督道宣台；
> 送香粉蝶翩翩舞，绿女红男笑语陪。①

　　他写了两首《圣诞吟》，把这个节日的景致（雪、林、月）、人物（"北极仙翁"即圣诞老人、信徒、儿童）、充满声色的宗教活动（迎神、屈膝、报福音）非常生动地加以罗列，同时流露出一种接受和参与的心态。

> 严寒雪满林，北极仙翁临；
> 彻夜歌声响，迎神琴韵谐。
> 信徒齐屈膝，救主秉虚心；
> 寰宇辉腾颂，年年报福音。
>
> 一年冬又过，月冷影婆娑；
> 午夜诗歌咏，风琴节奏和。
> 福音传大地，真理伐邪魔；
> 北极仙翁至，儿童喜乐多。②

　　此外，他还写有《游加京年展会场》《游加京花市》《父亲节日阖家园游》和《脱衣舞》等作品。③ 这些诗作以加拿大习俗庆节为时空背景，以舒坦的心情来欣赏，全身心投入。当一个移民作者有意识地以接受的心态书写移居国的生活内容时，全然的在地化便产生了。

七、小结

　　加拿大华文文学是个不断变化的流动体，它是亦中亦外、亦旧亦新的

---

① 司徒树浓：《旅加吟草》（出版社及出版年份不详），第32页。
② 司徒树浓：《旅加吟草》（出版社及出版年份不详），第37~38页。
③ 司徒树浓：《旅加吟草》（出版社及出版年份不详），第20、25、33、55页。

文化因子糅合起来的跨文化性质的混合。它用方块字来打造新的品种，犹如用旧瓶的形式装入了新酒，散发另一种幽香。这个新酒，就是在地化的具体表现和结果。

　　五四运动之后，古典诗歌逐渐被新诗所替代。在中国早已视为过时的文学形式，竟然在海外维持到 20 世纪下半叶，直到这一世纪归入历史。这个滞后的现象似乎说明：离散海外的侨民，倾向于保留原籍国的传统文学形式，即使内容已经因为异国生活的影响而有所变更，如果把他们看成是守旧，那是肤浅的看法。在交流的层面上看，保留形式是一回事，内容和意念上的更新以及身份认同的变化已是不可避免的结果。

　　　　　　　　　　　　（作者单位：加拿大阿尔伯塔大学东亚系）

记忆与承认

——加拿大新移民华文小说的历史书写①

池雷鸣

【摘　要】在丰富多样的加拿大新移民华文小说中，存在三种"历史的结构"，即"文革"记忆、家族记忆和加华史，并相应地衍生出三种历史书写形态，即"文革"书写、家族书写和加华史书写。本文将在承认理论视野下探讨"文革"书写（记忆）与法律承认、家族书写（记忆）与情感承认和加华史书写（记忆）与社会承认之间的内在关系，并最终展现出加拿大新移民华文小说历史书写的意义与价值。

【关键词】加拿大新移民；华文小说；记忆；承认

一、历史书写、离散语境和承认理论

在丰富多样的加拿大新移民华文小说②中，确切地存在三种"历史的结构"，即"文革"记忆、家族记忆和加华史，并相应地衍生出三种历史书写形态，即"文革"书写、家族书写和加华史书写。对此，笔者曾有专

① 本文为国家社科基金重大招标项目"百年海外华文文学研究"（批准号：11&ZD111）子课题"海外华文文学的跨界研究"、2014 年广州市哲学社会科学发展"十二五"规划课题（批准号：14G38）成果。

② "加拿大新移民华文小说"主要是指 20 世纪 70 年代末以来，从中国大陆陆续以留学、团聚、陪读、求职、婚嫁、技术、投资等形式移居到加拿大的华人作家用中文创作的小说，代表作家有：曹小莉、陈河、陈丽芬、川沙、冯湘湘、慧卿、柯兆龙、刘慧琴、李初乔、李彦、林楠、青洋、孙博、思华、诗恒、汪文勤、文章、为力、笑言、薛忆沩、余曦、原志、尧尧、宇秀、亚坚、阎真、杨雪萍、曾晓文、张翎等。

文详述。①

这种记忆与书写之间的关联并非偶然。从"小说书写"的层面来看，记忆的意义生成蕴藏在书写之中并持续召唤读者阅读；从"作家的书写"层面来看，文本中所有记忆的痕迹，是一种精思熟虑后的残留，具有极强的建构性；从"书写的作家"层面来看，作家的记忆是对遗忘的对抗，亦是对集体记忆的留存与传承，而作家的记忆书写是对所在世界所有书写的反抗，带有异质性、独特性的烙印。总之，"书写"的开放性，确保了记忆与书写之间的合力。这种合力，不仅实现了书写与被写、书写者与被书写者的合体，从而确证了作家的回忆主体位置，而且还完成了对承认理论的召唤。

记忆与书写的合力对承认理论的召唤，始于记忆与认同的关联。伏尔泰在《哲学辞典》中说，"只有记忆才能建立起身份，即您个人的相同性"。格罗塞据此发挥道："我今天的身份很明显是来自于我昨天的经历，以及它在我身体和意识中留下的痕迹。大大小小的'我想起'都是'我'的建构成分。我的记忆由回忆构成，但不仅仅是回忆，它还包含了很多因素，吸收了我们称为'集体记忆'的东西。"② 可见，"我"的身份认同源于个体记忆与集体记忆的混杂。

实际上，在加拿大新移民华文小说的历史书写里，不仅有对自己的过去和对自己所属的大我群体的过去的感知与诠释，而且还有对他者的过去甚至对他者所属群体的过去的理解与认识。比如，与"自己的过去"相应的"文革"记忆中父辈们的过去、家族记忆中祖父辈们的过去；与"大我群体"（指新移民群体）相应的加华史中先侨们的过去、华裔群体的过去；与"大我群体"（指华人族群）相应的加华史中的白人族群、原住民族群的过去等。这种自我（包含小我和大我）记忆和他者（包含族内他者和异族他者）记忆的共生，昭示着作家在记忆中的主体建构，已经克服了以往以自我为中心的原子主义倾向，而且顾及了他者的存在，从而超越了、也弥补了认同的先天性缺陷，而踏入了承认的领域。于是，"记忆"经过

---

① 池雷鸣：《比较视野下的历史书写及其形态：以加拿大新移民华文小说为中心》，《暨南学报》（哲学社会科学版）2014 年第 9 期。

② ［英］阿尔弗雷德·格罗塞著，王鲲译：《身份认同的困境》，北京：社会科学文献出版社 2010 年版，第 33 页。

"认同"开启了"承认"的大门。

在正式并郑重地开启这扇大门之前，我们有必要先将其置入一种具体的语境之中。这种语境，不是纯粹的中国语境，也不是单独的加拿大语境，而是二者混杂融合并处的加拿大新移民群体的离散语境。这种语境相对于中国、加拿大的本土作家而言，甚至相对于加拿大老移民作家、加拿大华裔作家而言，是独特的、异质的；因为前者缺乏加、中两种语境的同时性，而后者缺乏切身体验的大陆语境，比如"文革"体验。

"文革"书写中存有历史记忆与现实情境的对称结构；家族书写中有脱胎于"伤于外者，必反其家"的"伤归"母题；加华史书写有华人与白人、华人与原住民之间的对立和共生。"历史记忆"和"伤"一般总与"中国"有关，"现实情境"和"归"与"加拿大"相关，因而"文革"书写和家族书写共同具备跨越地理空间的结构性特征；而华人与白人/原住民之间具有跨族群的特点，所以加华史书写呈现出跨越文化空间的特征。总之，加拿大新移民华文小说的历史书写具备跨界性的叙事结构特征。

叙事结构与小说中的其他叙事元素和构件相比，更有内在性与揭示性，杨义在《中国叙事学》中就此进行了很好的说明："叙事结构比起作者现身说法的唠唠叨叨，更为内在地包含着作者对世界意义的理解、判断与定位，更为内在地作为他的文化哲学的模式化展示物而存在。"① 就是说，我们通过小说独特的叙事结构，可以窥探作者对人生与世界的观照角度、文化心理结构和思维模式。在这个意义上，加拿大新移民作家的离散语境与加拿大新移民华文小说历史书写的跨界性叙事结构特征实现了深层次的统一；加拿大新移民的离散体验也将投射或折射到小说创作之中，使小说文本弥漫着离散的气息，而小说人物或叙述者的离散状态就是绝佳的例证。现在，是时候让身处离散语境的作家主体在加拿大新移民华文小说的历史书写中开启承认之门了。

在南希·弗雷泽、阿克塞尔·霍耐特、查尔斯·泰勒等西方学者看

---

① 杨义：《中国叙事学》，北京：人民出版社 2009 年版，第 119 页。

来，承认理论已经成为"我们时代的一个关键词"①"当今政治的一个热门话题"②；在本文看来，它是一种有关"认同"的别样理解。

阿克塞尔·霍耐特在青年黑格尔等人的基础上，将黑格尔的三种承认模式，即情感承认、法律承认和社会承认清晰化、系统化；保罗·利科将承认视为一种过程，将其分为三个阶段，即作为认同的承认、对自我的承认和相互承认。对于海外华文文学研究而言，这一新的发现，有益于将"认同"从后殖民语境中解放出来，并将其重新置放入原本的社会语境中进行考察和理解。根据二者的理解，特别是利科的认识，认同只是承认的第一个阶段，并且它与区别一起"构成了一堆不可分的语词"，即"为了认同，必须进行区别；在区别时，人们进行认同"③。但只停留在区别的认同/承认并不能使人最终成为完整的人，在霍布斯看来，"为了关心未来的幸福而不断努力"正是人的特异之处。也就是说，人始终会为成为完整的人而不断奋斗，这一努力的过程，就是黑格尔的名言——"为承认而斗争"。在黑格尔及其信徒们看来，这一终极目标的实现即在于认可或承认模式，即人与人之间的相互承认并达到相互感谢的境界（利科），或在情感承认、法律承认和社会承认三种承认中，分别得到自信、自尊和自重（霍耐特）。

下面，我们将重点探讨"文革"书写（记忆）与法律承认、家族书写（记忆）与情感承认和加华史书写（记忆）与社会承认之间的内在关系，并最终展现出加拿大新移民华文小说历史书写的意义与价值。这将是承认理论在加拿大新移民华文小说语境中的一次可操作性的实践。

二、"文革"记忆：承认的缺失与离散的反哺

从"文革"书写具体文本语境对"文革"历史的反思、折射与构建来

---

① ［美］南希·弗雷泽、［德］阿克塞尔·霍耐特著，周穗明译：《再分配，还是承认？——一个政治哲学对话·导言》，上海：上海人民出版社 2009 年版，第 1 页。

② ［加］查尔斯·泰勒：《承认的政治》，汪晖、陈燕谷主编：《文化与公共性》，北京：生活·读书·新知三联书店 2005 年版，第 290 页。

③ ［法］保罗·利科著，汪堂家、李之喆译：《承认的过程》，北京：中国人民大学出版社 2011 年版，第 22 页。

看，无论是历史悲剧的社会根源还是主体根源，都是由意识形态的问询与召唤造成的结果。正如阿尔都塞的意识形态定义所流露出的"支配"特性以及它无所不在的普遍性所昭示的那样①，人不可能脱离意识形态之网。

在这样的前提下，人是社会的动物，也可以理解为人是意识形态的动物，毕竟社会由多种多样的意识形态构成。于是，意识形态成为人的内在规定性，响应它的召唤与问询也就成为人无法避免的命运。这一必然性未必会带来恶果，正如主体同时具有两种所指一样，被意识形态召唤的未必都成为"俯首称臣的人"，还可能是"自由的主体"；更何况，如若个体具有意识形态的选择权，就能同时欣赏数种意识形态的某些部分，而不必在一个意识形态中身陷囹圄，也就可以规避悲惨的命运。

由此来看，"历史的病症"就是霸权化的政治意识形态及国家机器统摄其他意识形态及其国家机器，进而剥夺个体自由选择权利的后果，或者说，是个体的自由意志能力在严酷的社会环境（由单一的、霸权的而非多样的、平等的意识形态构成）下丧失的必然结果。亚里士多德曾经说过，"……德行依乎我们自己，过恶也是依乎我们自己，因为我们有权利去做的事，也有权利不去做。我们能说'不'的地方，也能说'是'"②。亚氏强调的是人拥有作恶与向善的选择权利，这既是人的意志自由，同时也是他的约束，他要担负道德的责任，同时接受来自他者的道德评价，这或许可成为亚氏的另一言论——"自由人最少自由"的注解。但苏格拉底又说，"没有人自愿成为恶人"，实际上苏氏指出了人的意志自由的限制，与亚氏所言的"自由的自我主动性约束"不同，这种限制是来自狄德罗所言的"社会的潮流"，"人们从不抗拒被总的潮流的牵引"③。如果当时的社会环境条件赋予他自由选择的权利，那么他的意志是自由的，这时他的行为是他选择的结果；如果他是非此不可的，"亦即当时的条件和他自身的能力不允许他做出其他的选择，那么他的意志是不自由的，这时他做出的行为没有道德意义，即使他的行为不符合道德原则与规范，也不应该受到

---

① ［法］阿尔都塞：《意识形态和意识形态国家机器（续）》，《当代电影》1987年第3期，第100～101页。

② 周辅成编：《西方伦理学名著选辑》，北京：商务印书馆1987年版，第306页。

③ ［法］狄德罗著，江天骥、陈修斋、王太庆译：《狄德罗哲学选集》，北京：商务印书馆1979年版，第183页。

道德的谴责"①。

可见，个体虽然拥有意志自由的选择能力，但在他执行时却受制于所处的社会环境条件。这样，个体的创伤与其说是"历史的病症"，不如说是"社会的病症"。霍耐特认为，"法律承认"所处理的是对个人意志自由的尊重，②即意味着"社会的病症"就在于缺少一套保障个人意志自由的社会法律秩序和体系。

"法律承认"这一概念源于黑格尔，他在《哲学全书》的纲要中这样说：

（在）国家里……人得到承认，被当作理性的动物、当作自由、当作一个人、当作个体来对待；个体在他那方面通过克服自我意识的自然状态，通过服从一种普遍性，一种本质上和现实中作为意志的意志，即服从法律，从而使他自己具有被承认的价值；因此，他以一种普遍有效的方式承认别人是、同时也希望被人承认他是自由、是一个人，在这个意义上对他者有所作为。③

在霍耐特看来，黑格尔在此处清晰地"把法律关系理解为互相承认的形式"，并重点解析采取"普遍他者化"立场之上的相互承认④。在我们看来，特别是根据"文革"书写历史记忆的具体语境，相互承认显然需要一个重要的前提，即在一个国家，一个社会中，"人得到承认，被当作理性的动物、当作自由、当作一个人、当作个体来对待"。对此，霍耐特在黑格尔的《伦理体系》中也找到了依据，"仅仅在互相承认所能建立的制度框架中，主体的'个体意志'才能得到社会的承认"⑤。"文革"时期的社

---

①　李建华：《道德秩序》，长沙：湖南人民出版社2008年版，第69页。
②　[德] 阿克塞尔·霍耐特著，胡继华译：《为承认而斗争》，上海：上海世纪出版集团2005年版，第118页。
③　[德] 阿克塞尔·霍耐特著，胡继华译：《为承认而斗争》，上海：上海世纪出版集团2005年版，第118页。
④　[德] 阿克塞尔·霍耐特著，胡继华译：《为承认而斗争》，上海：上海世纪出版集团2005年版，第118页。
⑤　[德] 阿克塞尔·霍耐特著，胡继华译：《为承认而斗争》，上海：上海世纪出版集团2005年版，第63页。

会显然缺少一个这样的制度框架。

"相互承认"保障制度的匮乏，令自我在他者那里得不到期待的承认，也就必然造成承认的缺失，从而带来了蔑视的经验。在承认理论中，与法律承认缺失相对的蔑视经验，被称为"剥夺权利"。对此，霍耐特解释为，"我们最初仅仅是简单地把'权利'理解为个人通过正当的方式可以获得社会满足的要求，因为他作为共同体的合格成员享有参与制度秩序的权利。如果一个人被彻底地拒绝了这些权利，那就暗示着他或她并没有被赋予和其他社会成员相同程度的道德责任……这种蔑视经验十分典型地导致自尊的失落，即丧失作为在法律面前平等、与周围所有人进行交往的互动伙伴而自我相关的能力"①。

在"文革"时期，这种蔑视形式并非只是"一个人"的，而是群体的。《红浮萍》里的知识分子、父辈、农民阶层，《阳光》里的中层官员、市民阶层、学生群体，《布偶》中的华侨群体等，都不可能以平等的共同体成员身份和应当的方式获取参与制度秩序、承担应尽的道德责任、与周围所有人进行互动等和平交往的权利，也无法满足正当的社会要求，更不必奢望来自他者的承认了。这种"剥夺权利"蔑视体验的群体性，昭示了整个社会与时代的承认匮乏，或者说，那是一个承认缺失的时代。

加拿大新移民作家在展现承认缺失的时代时，意味深长地使用了"强奸"母题，如《杏树岭》里的桃子，《雁过藻溪》中的伯娘袁氏、信月、小改（末雁），《阳光》里的沈丽娟、梅姨等都惨遭强奸以及《布偶》中与莫丘、柯依丽相关的"强奸"荒诞闹剧。

在承认理论中，"强奸"是个体认同所遭遇的第一种蔑视形式（即"强暴"，包含虐待和强奸）中的一种。这种蔑视形式"是最根本的个人贬黜形式"，也"更加具有毁灭性"；其特殊性在于，它"所引起的并非纯粹是肉体的痛苦，而是一种与在他人的淫威之下感到孤独无助、无法自卫相联系的痛苦，以致个人在现实中感到失去了自我"②。

这意味着，"强奸"造成对个体自信心的持续破坏，致使受害个体失

---

① ［德］阿克塞尔·霍耐特著，胡继华译：《为承认而斗争》，上海：上海世纪出版集团2005年版，第142页。

② ［德］阿克塞尔·霍耐特著，胡继华译：《为承认而斗争》，上海：上海世纪出版集团2005年版，第141页。

去对自己和世界的信赖，甚至在身体层次上也影响到与他人的一切实践交往。信月的沉默及其对女儿小改的冷淡、小改新婚之夜的自责，甚至由此引起的家族创伤；沈丽娟的自杀、梅姨和秦田的乱伦；柯依丽的青海之行、莫丘出狱后二十多年的游荡，都是各自因蔑视体验而丧失自信的表现。在霍耐特看来，"个体心理的自信形式负载着情感前提"①，也就是说，个体自信的丧失与情感承认的缺失息息相关。而鉴于爱，特别是母爱的本源关系，始于家庭的情感承认，"不论在逻辑上还是在发生学上都优先于相互承认的其他任何形式"②，因而情感承认也在三种承认形式中获得了本源地位，以致它的缺失，即所有承认可能性的完全丧失。但值得注意的是，在"文革"书写中，小说中的人物并不缺少家庭之爱，特别是父母之爱，他们所有的蔑视经验，即"剥夺权利"和"强暴"，都是源于社会而非家庭。这种与承认理论的抵牾赋予了"文革"书写"社会之家"的比喻语境。

这种比喻语境的诞生，离不开主人公"我"（具体指《红浮萍》中的虞平和《杏树岭》中的"我"）、秦田（《阳光》）与莫丘（《布偶》）的离散体验。在小说中，三位主人公都具备回忆的能力与经历，或者说，都或多或少拥有历史记忆的叙述者身份，特别是在呈现的"强奸"事件中，即意味着他们在表述他者或自己的"强奸"事件中已经注入了各自因承认缺失的时代而引起的蔑视体验，对它们的摆脱与承认经验的渴求将成为他们自愿离开故土，踏上漂泊之途的原因所在。

就在此处，作家的幽灵踪迹得以显现。小说中离散缘起的隐喻使"文革"书写的代际特征具有一项文学史意义：具有"文革"体验的新移民作家，在其离散体验中可能拥有一种自我放逐意识。这可能是其他新移民作家所不具备的。

每一个人都有成为"完整的人"的期待与要求，这是人的内在规定性，用霍布斯的话说，即"为了关心未来的幸福而不断努力"，但"幸福"的来临，并不是通过他所倡导的"一切人反对一切人的斗争"，而是依靠

---

① ［德］阿克塞尔·霍耐特著，胡继华译：《为承认而斗争》，上海：上海世纪出版集团 2005 年版，第 142 页。

② ［德］阿克塞尔·霍耐特著，胡继华译：《为承认而斗争》，上海：上海世纪出版集团 2005 年版，第 114 页。

黑格尔意义上的"为承认而斗争"。正是在"为了未来的幸福而不断为承认而努力"的意义上，蔑视体验的存在，在其最根本的层面上将不会成为罪恶的泥沼，也不会陷入复仇报复的恶性循环中，而是作为"为承认而斗争"的动力，由此将祛除蔑视体验的消极性，展现出承认理论的德性生活理想。

"文革"书写中的离散者们恰恰呈现出了蔑视体验的积极意义——在各自离散状态的不断寻觅中获取了新的人生经验。虞平对个体自由的守卫、秦田的基督式忏悔、莫丘庄子式的原宥，都在某种程度上展现出加拿大新移民作家对道德理想的建构意图与情怀所在。查尔斯·泰勒说："'道德'能够并且经常被纯粹定义为对他人的尊重。"[①]"尊重"亦是黑格尔关心的焦点问题："作为一个单一（意识）整体，我的整体恰恰是这一为己之故而存在于他人之中的整体；这一整体是否被承认，是否被尊重，除非通过他人反对我的整体的行动的现象，我就无从知道；同样，正如我对他人显示为整体一样，他人也必须同等地对我显示为整体。"[②] 这里，黑格尔、泰勒已经为我们勾勒出了道德理想的实质与实现之途，即自我与他人的相互承认。

离散者（包含加拿大新移民作家及其笔下的人物）新经验的获取与道德理想情怀的寄托，显露出他们各自在离散语境下所获得的承认与认可。但此时的承认与认可，具有语境的相对性，是现实离散语境相对于历史故土语境而言的承认与认可；这种时空的错位，令"社会之家"的比喻语境再次得以凸显，只不过此次并非源于承认的缺失（蔑视体验），而是对故土语境下情感承认的期待与自我承认"故土"（他人）的行动。这表现在加拿大新移民作家的"文革"书写这一行为之中，分别通过自己精心塑造的"守卫自由的清醒者"（《红浮萍》里的虞平）、"自审式反思的忏悔者"（《阳光》中的秦田）、"透视历史和个体苦难的原宥者"（《布偶》中的莫丘）等人物形象所蕴藏的道德理想图景来反哺遭受历史创伤的故土。

严格地说，这并非是一次乡愁式的情感倾诉，而是清醒的新移民对

① ［加］查尔斯·泰勒著，韩震、王成兵、乔春霞、李伟、彭立群译：《自我的根源：现代认同的形成》，南京：译林出版社 2001 年版，第 19 页。

② 曹卫东：《从"认同"到"承认"》，《人文杂志》2008 年第 1 期，第 47 页。

"历史的负担"的自觉承载，是有意识的道德理想图景的建构；它表面上是作为"文化中国"一分子的义务履行，而深层里是"为承认而斗争"自我实现意识的践行。

三、家族记忆：承认的确认与离散的焦灼

加拿大新移民华文小说的家族书写至少在三个代次上填充了"家"的内涵，即两性之家、母女之家和祖孙之家，进而揭示出"家"的象征意义，即圆满、治愈与智慧；这一切的共同之源是爱，具体指亲情与爱情。显然，爱在家族书写中具有本源性的意义，并且这种本源性还时常通过神秘叙事以不可言说的"玄缘"而得以凸显，从而成为移民离散的力量之源。这一力量之源的存在，将令离散中的他们在各自所遭遇的"人生之缺"中获得源源不断的自信，从而有望实现"人生之圆"。

这种"爱—自信"的关联，实际上就是承认理论中情感承认的要义所在。在承认理论中，爱的关系被理解为一种本源关系，同时爱代表了相互承认的第一阶段并表现为情感承认的形式，为自我实现提供了自信。黑格尔将爱描述为"在他者身上的自我存在"，霍耐特在精神分析客观关系理论的指引下对此作了进一步探讨，认为情感承认"与其说是一种主体间性状态，不如说是悬置在两种经验之间的交往弧线，一边是独立存在的经验，另一边是融入他者的经验；'自我相关性'与共生状态就代表了互相要求的平衡力量，它们共同作用，促使一个寓于另一之中"①。就在既相互独立又相互融入的交往需要的意义上，我们寻找到了家族书写与承认理论之间的共通。

在上文中已指出，"强奸"这一蔑视形式原本应与情感承认，即家庭之爱相对，但由于"社会之家"比喻语境的存在，它转而成为"文革"时期法律承认缺失的有力依据。这一语境"偷换"本身就表明了这样一个"事实"："文革"书写中，始于家庭的爱的关系，特别是亲情，并没有遭到根本性的破坏，尽管受到了社会关系的干扰，甚至是严重的干扰（多与

---

① ［德］阿克塞尔·霍耐特著，胡继华译：《为承认而斗争》，上海：上海世纪出版集团 2005 年版，第 113 页。

爱情有关，如《红浮萍》中的雯和楠、虞诚）。这意味着，情感承认的缺失与法律承认的缺失相比，并不是书写的中心所在。即便是"社会之家"层面上的情感承认，实际上也没有完全缺失，只不过他们迫切需要一种"独立存在的经验"，而一旦因为离散实现了时空上的"独立"，"融入"也便成为紧迫的事。他们的反哺，既是情感承认的一种召唤，又是一种期待。此刻，"个体之家"与"社会之家"也在彼此的召唤与期待中实现了合体，即我们统称的"故乡"或"故土"；在合体中，如比喻这一修辞形式所表明的那样，"个体之家"是本源性的，而"社会之家"是生成性的。

从情感承认来看，家族书写仿若是"文革"书写在差异中的延续。与"文革"书写中的情感承认始于"独立存在的经验"的渴望，终于"融入他者经验"的渴望不同，家族书写里的情感承认始于"独立存在的经验"的调整，终于"融入他者的经验"的获取；前者是对情感承认的召唤与期待，而后者属于情感承认的应答与确认。在家族书写中，情感承认不仅没有缺失，反而是一种显性、明确，甚至神秘的存在，只不过与个体之间隔了一个大洋的距离；这蕴藏在"伤归"母题之中。

"伤归"之"伤"所蕴含的"人生之缺"哲理及其三种形态，即残缺的婚恋、残缺的心理和残缺的认知，表明了离散者（游子）处于"独立存在的经验"与"融入他者的经验"的失衡状态。与之相应，"伤归"之"归"所揭示的"人生之圆"哲理及其三种形态，即圆满之家、治愈之家和智慧之家，则暗示游子实现了两种经验的平衡。

由此可见，在承认理论视野下，游子由"伤"至"归"的时空跨越，就是一种自我发现与实现的过程，他们所发现的不是"文革"书写的独立存在，而是母体般的他者存在。在这个意义上，《雁过藻溪》的家族书写最为典型。小改（末雁）的自我发现过程，也是她对母亲历史的发现、思考、顿悟和反思的过程，最终，她在母亲历史的完全敞开中，实现与母亲互为他者的存在。这是一种主体间性状态，也是一种"独立存在的经验"与"融入他者的经验"的平衡状态，或者说是小改（末雁）在母亲的历史敞开中实现了情感承认。

在家族书写中，游子之"伤"无论表现出多少形态、有怎样的变化，大都呈现在返家之前，一旦游子们踏入"归境"之中，"家"即爱的意义便得以彰显。由此可见，"归境"是游子们自我实现所必需的情境。

从家族书写看，"归境"并不必然指向"个体之家"，而且还包含一定的"社会之家"，如黄蕙宁的飞云江（《交错彼岸》）、小改的藻溪（《雁过藻溪》）、方锦山的木棉（《金山》）、江娟娟与薛东的中国（《邮购新娘》）等，这意味着"归境"可等同于"故土"。

在承认理论中，情感承认的情境是爱，个体两种经验的平衡状态在爱中得以发现与实现，也就是说，个体自我的实现与爱紧密关联。可见，在家族书写中，"故土"既超越了爱的范围又成了爱的载体。

虽然因两种经验的失衡而导致在外的游子遭受种种"人生之缺"，但因新移民与故土之间不可切割的共生阶段以及与情感承认相对的蔑视经验的缺少，令他们的情感承认虽因时空阻隔而偶有中断，但从未真的缺失，并始终以召唤的姿态处于此岸世界之中。他们的亲历性回归为两种经验的平衡提供了适宜的情境，于是故土成了他们情感承认的确认之地。这使新移民的离散体验不同于有家难回的流亡式的乡愁。

流亡式的乡愁，因无法提供情感承认所需的适应情境即"归境"，而使"独立存在的经验"与"融入他者的经验"一直处于非平衡状态，以致容易产生苦闷、孤独、悲怆的离散体验，而这在加拿大新移民群体中是不常见的。

加拿大新移民群体，因东、西两大阵营冷战的结束以及随之愈演愈烈的全球化进程，使"出走—回归—出走—回归—出走"的圆形循环成为常态，从而使游子与故土之间的情感承认处于持续的确认之中，也就避免了缺失的可能性。这或许可作为张翎等人声称的"思乡情结"淡化，或不同于白先勇、於梨华等"无根的一代"乡愁的原因所在。

四、加华史：承认的期待与离散的自重

加拿大新移民作家，在"文革"书写的离散语境中寻到了一种相对而言的自由与尊严，即在某种程度上实现了所在国的法律承认，而这往往是他们在离散前的社会记忆里所不容易获取的。在家族书写中，离散语境中所遭遇的种种"人生之缺"，令他们重新认识了故乡与自身之间不可分割的肉体共生关系，在亲历性的"归境"中发现了人生自信的源泉，确认了从未缺失的情感承认。但这些仍属于黑格尔意义上所称的"个人"阶段，

或者说是"个人"向"完整的个人"的过渡发展阶段，而非"完整的个人"阶段，加拿大新移民群体仍需在所获的对个体普遍性承认的基础上，继续"为承认而斗争"，追求主体间的"特殊性"承认，期待着加拿大的社会承认。

加拿大新移民华文小说的加华史书写，实际上是从族群内、外两个他者的角度进行叙事：一是族群内部的他者，如《金山》通过再现三代华人之间的文化涵化的历史轨迹，来强调华人族群内部的代际之间，甚至代内之间的差异，实质上赋予了每一个华人的个体特殊性；二是族群外部的他者，如《金山》《睡吧，芙洛，睡吧》《沙捞越战事》等通过史料拼贴中的历史声音的对立与共生以及自我与他者之间的三元表述——"他者表述""表述他者"和"自我表述"，来呈现华人、白人和原住民三个族群间的权利和道德的历史冲突与化解，进而突出每个族群都有独特历史贡献的历史真相。在两个他者之眼的观照中，加拿大新移民的身份属性分别从华人族群内、外两个角度得以确认：在族群内部，它是相对于老移民、华裔而言的第三个群体；在族群外部，它作为华人族群的一分子，成为加拿大少数族群之一。这种身份意识的彰显，在"文革"书写和家族书写中是不常见的。

"文革"书写和家族书写的亲历性特征，使加拿大新移民的"故乡情结"——逃离与反哺、重归与焦灼，成为他们挥之不去的原根意识的流露。虽然他们也因时空的距离而拥有一个隔洋的视角，但他们的观望与注视仍然以"故乡回望"为中心。其中，加拿大语境虽偶有展露，但相对于中国语境的本源性而言，是生成性的，是新生的枝叶，而非入土之根。格罗塞曾说："无论是主动追求还是被迫塑造，有限制的身份认同几乎总是建立在一种对'集体记忆'的呼唤之上。"①

加华史书写所涉及的"集体记忆"是先侨对加拿大社会有所贡献的历史记忆，是在加拿大语境中，而非在中国语境中诞生的集体记忆，因此，加华史书写第一次使加拿大语境从背景走到了前景中来，而其所凝视的对象，也不再是深植于故土中的历史图像，而是掩藏在新居之地里的历史精

---

① ［英］阿尔佛雷德·格罗塞著，王鲲译：《身份认同的困境》，北京：社会科学文献出版社 2010 年版，第 3 页。

魂；所思索的，不再是外在经验的如何移植，而是内在精神的如何生长；所建构的，不再仅仅是作为离散者的身份，还有作为加拿大人的认同。

在加华史书写中建构出的加拿大人的认同，与以往在"文革"记忆和家族记忆中建构的认同最显著的区别在于，对人类主体个性差异、特性的彰显，具体指对华人个体特殊性和族群个体独特贡献的强调，也就是说，加拿大新移民的加拿大人认同是族群身份差异的彰显，而非差异的消弭。承认理论认为，"仅当个人自我认识到因为他们恰恰不以一种和他者无分别的方式共有的成就而得到承认时，他们才能感到是'有价值'的"①。此处，"不以一种和他者无分别的方式""'有价值'的"分别与加华史书写的"华人体特殊性""族群个体独特贡献"相对应。可见，加华史书写同样与承认理论具有共通之处。

在承认理论中，社会承认是承认秩序中比情感承认和法律承认要高级的承认形式，它强调社会个体的个性并衡量他们的社会"价值"——对于社会目标的实现所作的贡献。社会承认对于个体个性、独特的贡献以及"'有价值'的"自豪感的强调，令其区别于法律承认所凸显的人类主体的普遍性以及平等无差别的尊严感。这种区分是必要的，因为法律承认本身存有脆弱之处，霍耐特曾在对黑格尔的《伦理体系》的研读中认识到了这一点："主体要求尊重其生命的个体特殊性，但在法律领域中并未满足这一要求……"② 显然社会承认弥补了法律承认的缺失，这或许可以作为社会承认何以作为高级别承认形式的原因所在。

加华史书写的追求，或者说加拿大新移民的加拿大人认同的建构，内在地蕴含对高级别承认形式，即社会承认的期待。也就是说，加华史书写或者新移民作家，为了获得更大的自主性，将必须更多地认识到自我与他者之间的相互依赖、相互承认彼此特殊性的必要性。对族群内、外两个他者角度的强调，显然已经表明加华史书写认识并开始着手实现这一必要性。

加华史书写强调华人族群内部的特殊性，既表达了对华人群体间特殊

① ［德］阿克塞尔·霍耐特著，胡继华译：《为承认而斗争》上海：上海世纪出版集团 2005 年版，第 131 页。
② ［德］阿克塞尔·霍耐特著，胡继华译：《为承认而斗争》，上海：上海世纪出版集团 2005 年版，第 62 页。

性及其价值的承认，又在承认之中蕴含了对多样性中华文化延续的期待与渴望。历史性华人族群内的社会承认期待，隐喻了加拿大新移民作为加拿大华人群体中的"新来者"，对建构群体内部团结关系的隐秘期望，而这又建立在华人没有"中心"与"边缘"之分的中华文化圈的期待视野之中，他们希冀以一个团结的加拿大华人群体的身份，既为中华文化的发展与传承贡献自己的力量，又以此获得应有的价值与自重。

加华史书写凸显华人族群外部的特殊性及历史贡献，表达了个体对于华人族群身份属性的确认，因为正是族群外他者的存在，令个体意识到了自己社会性的一面，而且自身的社会性要先于个体性。在个体自愿归属华人群体的前提下，又在"面向他者"的民族精神中展现了对白人、原住民族群特殊性及历史贡献的承认，以及蕴藏其中的对其他族群承认自身特殊性及贡献的承认期待，同时伴随着民族自豪感的生成。历史性华人族群间的社会承认期待，隐喻了加拿大新移民对加拿大之根生成的期待。这条相对于中国之根或故土之根的新生之根，有文化和社会两个层面上的意蕴。文化之根，指作为地方文化经验的加拿大华人文化，是中华文化全球化发展这条主根上的一条根须，寄予了加拿大新移民对族内团结以及地方文化经验间差异彼此承认的期待。社会之根，指作为少数族群之一的华人族群，以其自身的特殊贡献与价值，成为加拿大社会发展不可或缺的一部分，从中寄予了拥有民族自豪感的加拿大新移民对成为加拿大社会完全成员的期待，并希望主流社会更好地接受文化差别，使自身以及后代有更好的发展前景。

五、结语

加拿大新移民作家通过历史书写所展示的美好愿景，是人为了未来的幸福、为了成为"完整的人"等生活理想中的一部分，它并非乌托邦式的空洞理想，而是基于个体生活体验的现实聚焦与理想展望。这种现实与理想既融合又疏离的美学，统摄于"为承认而斗争"的生活与文学既融合又疏离的行动中。无论是美学的诞生，还是行动的实现，都离不开加拿大新移民的离散语境。但家族记忆、故土之根的确认和加华史新生之根的发现，令加拿大新移民的离散因根的生成而具备了特性，表现为两点：一是新移民的离散语境不是分裂与孤立的，而是完整与共生的，是中国语境与加拿大语境中自信与自重的融合，因而赋予了加拿大新移民彼此互补、彼此承认的双重视野，使他们在文化的"视界融合"中，实现自我与他者之眼的双向观照，既发现彼此的文化弊端，比如白人和华人文化中心主义，又承认彼此的文化价值与贡献，比如华人、白人与原住民族群各自的历史贡献，进而捕获差异中的人类共性；二是新移民的离散语境，是理想与达观的，即便是在最为沉重的"文革"记忆中，也是充满希望与光明的，并展现出加拿大新移民对法律承认缺失的反哺、情感承认的确认、社会承认的期待。

（作者单位：暨南大学海外华文文学与华语传媒研究中心）

张翎小说的"二度阅读空间"

马　佳　范忆阳

【摘　要】 从接受美学、传媒学角度分析张翎小说在离散文学和大众传媒互动中建构的"二度阅读空间",这个以中国话语、异国情调、故土情怀为场景,以作者和读者为对象的全球化文学空间,编织出了"作者—读者—传媒"三位一体的张翎小说网络。张翎建造的阅读空间给读者造成一种极具亲和力的接受体验,在加拿大华裔离散文学的写作和阅读互动中展示出独特魅力,并由此确定其写作价值。

【关键词】 离散文学;大众传媒;"二度阅读空间";张翎

离散/流散文学的创造者/写作者通常都具备比较强烈的故土情怀、怀乡情结或乡愁,直接或间接地拒绝简单认同移居国/地的主流文化,在其逐渐适应移居国/地的过程中,形成混合着母国文化记忆和移居国/地文化体验的"第三文化空间"。媒体是信息的载体,承担着信息发送方和接收方双向的传播功能。随着科学技术尤其是信息技术的快速更新与发展,在大众传播的基础上,以互联网为代表的新媒体逐渐兴起,扮演着引领文学阅读的重要角色。新媒体解决了传统大众媒体的地域限制,世界的各个角落都可以通过互联网互通有无,促进信息爆炸式的增长甚至出现过剩。全球各个区域的人群选择新媒体完成传播过程,极大地减少了沟通成本,增加了传播的可行性,促进了文化、文学的不断融合。因此,离散文学和新媒体存在彼此分享的共性:前者是在母国文化和被移植国/地文化之间产生的一个新的文化,后者是在社会资讯(包括政治、经济、文化等资讯)和个体/群体受众之间设立的一个快速、多面的互通、理解的通道,两者在已有介质之间互动的基础上产生及发展。

华文离散文学和新媒体之间的联结,与中国大陆及港澳台中文新媒体、出版机构和庞大的中文读者群对华文离散文学建成、流变存在密不可分的关系。因为以往从离散文学的经典定义出发，读书界和批评界通常更多地关注离散作家们用移居国/地语言创作的作品，比如论及北美的离散文学，传统上指不同族裔作家用英语写作、反映离散主题的文学。但是，由于全球化和世界主义背景下的华文新媒体异军突起的强大传播功能，华文出版机构的国际化发展，加上华语读者群的日益流散——可以阅读中文的读者在世界各地的星罗棋布，使得许多人的阅读兴趣变得越来越多元化。中文本土读者对"异国情调"的离散文学需求，刺激了新兴文化消费市场的形成，华文离散文学因而得以蓬勃生长，前景未可限量。因此，我们用元概念"华人离散文学"涵盖传统的"华裔离散文学"和"华文离散文学"，以此办法命名地域性的华人离散文学，加拿大的华人离散文学便是"加拿大华裔离散文学"和"加拿大华文离散文学"的综合体。

作为加拿大华文离散文学的领军人物，张翎与美国的严歌苓、英国的虹影被并誉为海外女性作家的"三驾马车"。以下我们探讨张翎及其小说在加拿大华文离散文学和华文大众媒体互动中扮演的独特角色，并尝试寻找其价值评价的可能。

张翎曾在中国大陆以及北美地区接受高等教育（上海复旦大学—加拿大卡尔加里大学—美国辛辛那提大学），在复旦大学读的是外文系，在卡尔加里大学则专攻英国文学并取得硕士学位，到辛辛那提大学转向听力康复的实用学科，最终成为职业的听力康复师。她在浙江、上海耳濡目染江浙、海派文化，并随着地理的迁移将其带到加拿大。1986年赴加拿大留学，张翎随后便开始在北美"漂流"，她自己对此有着生动写意的描述：

在这之后的十几年里，我完成了两个相互毫无关联的学位，尝试过包括热狗销售员、翻译、教师、行政秘书以及听力康复医师在内的多种职业，在多个城市居住过，搬过近二十次家。记忆中似乎永远是手提着两只裹着跨省尘土的箱子，形色匆匆地行走在路上。然后停下步子，把两个箱子的行装，拓展成一个屋子的杂乱。然后再把一个屋子的杂乱，削减成两个箱子的容量，再次上路。①

---

① 张翎：《金山》，北京：北京十月文艺出版社2009年版，第2页。

在张翎移居北美期间,她经历了文化的再接受和再融合。提倡自由开放的北美主流文化不断扑面而来,与其成长过程中经历的中国传统文化产生很大差异。她在逐步接受北美文化的过程中尝试与母国文化进行融合、再生。张翎定居多伦多后,从20世纪90年代中期的不惑之年开始进入迄今为止最主要的创作期,其出手不凡,并一发不可收拾。如今已出版长篇小说《望月——一个关于多伦多和上海的故事》(作家出版社,1998年)、《交错的彼岸》(百花文艺出版社,2001年)、《邮购新娘》(作家出版社,2004年)、《金山》(北京十月文艺出版社,2009年)、《睡吧,芙洛,睡吧》(北京十月文艺出版社,2012年)、《阵痛》(作家出版社,2014年);中短篇小说集《雁过藻溪》(华东师范大学出版社,2009年)、《尘世》(广西人民出版社,2004年)、《盲约》(花城出版社,2005年)、《余震》(北京十月文艺出版社,2010年)、《生命中最黑暗的夜晚》(九州出版社,2012年)、《恋曲三重奏》(江苏文艺出版社,2013年)、《一个夏天的故事》(花城出版社,2013年)等。其中篇小说《羊》《雁过藻溪》《余震》和《生命中最黑暗的夜晚》等六部作品进入中国小说学会的年度排行榜。长篇小说《金山》和《阵痛》分获"2010年度华语文学传媒大奖年度小说家奖"、2014年第三届《中国作家》"中山杯华侨华人文学奖"。得益于丰富的生活经历和复杂多变的创作历程,张翎的作品在加华作家中可谓出类拔萃、风格卓绝,具备加拿大华裔离散作家在"第三文化空间"中的典律特质。

张翎谈自己的创作心思时曾经说:"离开祖国那么多年,地球村的概念也形成了,思乡的概念渐渐淡漠了,我不再有文化冲突、身份认同上的困惑,我已经习惯了无根的感觉,我不属于这里,也不属于那里,在这里和那里之间的就是根。"① 张翎在另一处又有类似的表述:

　　海外生活意味着地理概念上的距离,地理距离又会衍生出其他意义上的距离。距离意味着理性的审视空间,但距离也意味着与当今中国社会失去了最鲜活的接触。海外的生活经验意味着作家始终必须要在距离产生的

---

① 张翎:《写作就是回家的一种方式》,《长江日报》2012年10月14日。

优势和缺陷中挣扎，这也许就是海外华文文学贡献给中国文学的独特之处。①

从这里，我们能感觉到很多离散作家（包括离散文学批评家）相似的文化身份的自我认同—自我放逐的心路历程，带着一丝淡淡的忧伤和潜藏的乡愁，她说自己是"国内、国外都不入流的作家"。Edward Said 曾说过类似的话，"我还没有感觉到绝对地只属于一个国家……充满深情地想着老家是所有我能做的"②。与中国故土的远离，使得张翎可以用特殊的、清醒的、跳脱的视角审视母国文化在母国与移居国甚至母国与其他国家之间的相互关系。在其作品中，这种想象也深刻地被反映出来。张翎在移居国的文化想象和读者在母国的文化想象，通过媒体建立起了彼此之间更快捷、更直接的文学与文化交流通道。

张翎通过个体的海外生存体验建构了一个独特的文学场域。布迪厄提出场域"是一个各种力量存在和较量的场域"，文学场域只是社会场域之中的一个，尽管它不同于政治、经济等其他场域，却与它们维持着千丝万缕的联系，只不过以一种较为隐秘的方式折射出它们之间的关系。③ 具体到张翎和其他海外华文作家，这个文学场域具有"多面性"，是中国话语、异国情调和故土情怀之间不同力量的较量。一方面她想要坚持并且争取根植于母国文化的中国话语，试图寻找中国文化在加拿大的足迹；另一方面异国情调又使得整个文化环境、写作氛围产生了与在中国大陆极大的不同。与此同时，故土情怀使得张翎对家乡、中国文化和北美文化又有了一种新的审视。在写作中，表现为华人在国外的离散历史——被迫迁徙/自我放逐，族裔权利之争和自我认同，异国情调的大都会城市的描述，后期移民的生存困境以及对于中国大陆的记忆、远眺和近观等。

在这个文学场域中，媒体起着对不同的对象群体穿针引线的作用。通过大众传播和新媒体，张翎与华人（主要是中国大陆，也包括中国台湾、

---

① 《华商晨报》记者杨东城访张翎，《唐山大地震"催泪"不应是电影追求的目的》，《华商晨报》2010 年 7 月 22 日。

② Said, Edward, *The Nation-125th Anniversary Issue*, 1991, Vol. 253, No. 3.

③ 许斗达：《文学场域的变迁——布迪厄的场域理论在马华文学语境中之应用》，《华文文学》2005 年第 4 期，第 55～63 页。

中国香港、新加坡、北美等国家和地区的华人社会）读者进行互动。以张翎的文学作品为范本，中国海峡两岸及香港甚至世界上不同的国家的读者与张翎产生了双向的交流。通过媒体，张翎的作品对于更多、更广泛的读者产生了深刻的影响。张翎的小说《余震》改编为冯小刚导演的灾难片《唐山大地震》，获得了包括"亚太电影节最佳影片"和"大众电影百花奖最佳影片"在内的多个奖项；小说《空巢》改编成电影《一个温州的女人》，获得了"金鸡百花电影节新片表彰奖"、英国"万像国际电影节最佳中小成本影片奖"等奖项。

　　虽然她的作品主要发表在中国大陆，部分在中国台湾和加拿大等地发表（2011 年《金山》的英译本由加拿大企鹅出版公司在多伦多出版），但其写作基本是在北美、欧洲，特别是加拿大的多伦多完成。正是这种恒在的地理距离，每天的时间差别带给世界各地尤其是大陆、台湾读者对其作品和作家本人更多的"神秘感"与"好奇心"。这些读者凭借各自文化语境中形成的独特阅读体验、自我的期待与预设的感应，在大众传媒的多方报道和深入介入影响下，构建起了对张翎离散小说的"二度阅读空间"。这个空间，常常是在离散作家和母国阅读环境之间建立的，但也可以是以地球村为依托的更广大的阅读空间。以现代媒体为中介，通过人际传播、大众传播、新媒体传播、组织传播等方式，创造读者和作者多重的双向互动，在读者建构阅读想象空间的过程中逐渐扮演了非常重要的角色。不像传统媒体极大地受制于时间和空域的影响，大众新媒体在日新月异的网络传播新技术的支持下，打破了离散文学作者和读者的时空限制，实现了二者经常性的面对面的互动和彼此瞬间的理解、归属、认同，使得离散作家的"回家"不再延迟，也使得读者、读书界、批评界对大洋彼岸张翎们的"归来"不再陌生。

　　这样的"二度阅读空间"，架设在以中国话语、异国情调、故土情怀为场景，以故国作者和读者为对象的场域中。作者与读者不断地相互交流，读者的信息反馈到张翎的文学创作之中，形成"第三文化空间"下的文学再创造，并部分改变其文学张力。在"二度阅读空间"里，张翎俨然是创造异国情调的"长袖善舞者"，她把中国话语与异国情调有机地融合在一起。读者渴望耳目一新的阅读体验，既不是中国本土的故事，也不是完全的西方文化影响下的文学作品，而是带有中国文化情怀的异国情调。

他们想看中国人在国外如何打开一个新的世界。最后，嗅觉敏锐、伺机而动的媒体也不可或缺，它是作者与读者信息的来源。因此，这样的三位一体编织成了张翎小说"二度阅读空间"网络。基于现代媒体的传媒作用，它表现出既不依赖于异国文化，也不需要完全附着于母国文化之上的独立性；也就是说，在这个空间中，所有人都脱离了原始的生存现实，借助于媒体而进入其中。于作者而言，恰好符合张翎离散背景下自我异化的文化，即"第三文化空间"的第三种文化，为她精神的"飘零无根"找到了温暖的依靠。这时，张翎不再是加拿大移民的身份，而是一个超脱于母国、移居国文化之上的自由创作者，以及读者群体想象的引导者。她不需要再追寻北美主流文化，也不需要完全与中国本土的文化相符合，从而构成"非此非彼"的中间状态。于读者而言，无论是大陆的读者，还是港澳台的读者，抑或是散落各大洲其他区域的读者，他们可以循着不同的阅读路径进入张翎以中文方块字为编程密码而精心打造的异国情调的源网络，并将自己的想象投射其间，更可以通过媒体与张翎进行更加深刻的交流互动，继而生发出色彩斑斓的文学梦境。

那么，为什么是张翎的"二度阅读空间"而不是其他？我们可以从两个不同的角度来观照。总体而言，"二度阅读空间"既是真实的又是想象化的，既是结构化个体的位置又是集体的经验与动机。[①] 空间的建构是通过媒体在不同地域之间搭建起来的，信息流形成了空间的内容。在张翎的读者想象与创作期待中，包括读者对于西方世界的想象，显示出作者对于母国文化的回望，以及母国甚至其他国家与作者之间的文化互动。

从空间中角色与力的发出、接受及影响的变化角度来看，读者对西方世界的想象，是通过张翎的文学作品将抽象变成具体的。其中，"想象"或"想象性"成为一个重要的概念。在 Richard Lehan 的《文学中的城市》（*The City in Literature*）[②] 中，作者一方面承认城市文本的变化是因城市的变化而来，另一方面又强调"文学赋予城市一种想象性的现实"[③]，因而读

---

① 包亚明：《后大都市与文化研究》，上海：上海教育出版社 2005 年版，第 2～3 页。

② Lehan, Richard, *The City in Literature*: *An Intellectual and Culture History*, Oakland: University of California Press, 1998.

③ 张鸿声：《"文学中的城市"与"城市想象"研究》，《文学评论》2007 年 第 1 期，第 118 页。

者对于西方的想象，是张翎通过文学构建出的一个让华人迷茫、坚强、奋斗的现代性的世界。例如张翎的《睡吧，芙洛，睡吧》，她讲述了加拿大落基山脉淘金小镇巴克维尔里面白人族裔和中国人族裔因互相不了解而产生隔阂与消解不满的故事。异国文化对中国大陆及其他华文读者来说是新鲜的、陌生的，是需要通过想象来描述的。张翎结合个体的体验与感知，创作出西方背景下的华人故事，为读者勾勒出一个现代性的、与众不同的城市和国家形象。

张翎对于母国文化的回望，通过与读者在这个空间中的互动不断地加深，这于她而言是一种不需要跨越物理距离的文化寻根，甚至不必借助"他乡遇故知"来回归，利用媒体即可想象化地进行文化的溯源。在此空间中，张翎就有了更加快速的想象化的文化依托，在读者与张翎之间形成一个互补互促的关系网络。

就此，个体体验与感知以文学的形式，通过媒体达到受众一方。受众因离散文学的描述，对西方现代性的城市和国家进行想象。受众也受力于作家一方，使其个人及作品受到不同程度上的影响。在"二度阅读空间"之中，此关系不断循环往复，使得离散文学甚至中国文化通过媒体不断世界性地扩展、加强。

而在此宏观框架下，我们从阅读表象中概括出若干特征，作为张翎"二度阅读空间"独特追求的证明：①独特的想象力。张翎创造的本乡本土，或者是异国他乡的环境背景，皆似曾相识，却又如梦如幻。她塑造的国人、华人华裔或外国异族形象，一如惠山泥人，千人千面，少有雷同。她讲的故事，无论是历史的惊心动魄、风舒云卷，还是现实的起落无常、悲欢离合，皆是张翎的故事，娓娓道来，收放自如，而非张三的历史、李四的现实。②独特的文字。"张翎的语言细腻而准确，尤其是写到女人内心感觉的地方，大有张爱玲之风。"[①] 莫言如此称道。"天生具有好的语感，可张翎还嫌不够，还要语不惊人死不休地锤炼她的小说语言。"这是严歌苓的赞叹。在"细腻而准确""天生好的语感"之外，张翎的文字还有一种难得的纯粹和空灵，可能与她本人的信仰相关。③独特的"出品"。张翎在海外作家中以勤奋著称，近年来，短、中、长篇小说联袂问世，又屡

---

① 张翎：《金山》"封底评语"，北京：北京十月文艺出版社 2009 年版。

屡斩获各种极具分量的奖项，读者通过阅读与消费给作家带来直接的褒奖。其佳作迭出的跃升趋势，在海外华裔作家中少有能与其比肩者。④面对媒体和读者时独特的亲和力。得益于其所从事的热狗销售、翻译、教师、行政秘书以及听力康复等各种职业，张翎在进行媒体采访、现场互动、公众活动时，态度大方，举止亲切，机智幽默，行云流水，用时髦的话说，是接地气、气场足。这样一种姿态也体现在她的作品之中。⑤独特的自由。张翎几年前辞去听力康复师职位，这个职位在加拿大不仅要求专业背景、良好的语言能力（英语或法语），还需要耐心敏锐，以及良好的和病人沟通的技巧，在多伦多主要的医院，华裔听力康复师寥寥无几。她为了专事写作，获得自由自在的生活状态，宁可辞掉这项已经驾轻就熟、令人羡慕的工作。在专注写作的同时，相对宽松地安排世界各地媒体的采访和各类交流活动，体验各种生活方式，为写作添加养分。⑥独特的洒脱。有人说，自由和民主一样都是货架上的商品，你得努力去用它们，才能享受它们的好处。张翎有热爱自由的文人性情，有来自家庭的支持，再加上她自身经历的起伏，甚至在生命几乎突然中止的险境后获得的超然和洒脱，使她的小说充满吸引读者的素材。

　　在笔者看来，正是这六个具有鲜明个性的特征，使得张翎的"二度阅读空间"在加拿大华裔离散文学的写作和阅读的互动中展示出魅力，同时在大众新媒体视域内获得独特的文化意义。

　　（作者单位：马佳，加拿大约克大学语言、文学和语言学系助理教授；范忆阳，美国纽约大学在读研究生）

立望关河到鹤群归来：李渝小说跨艺术互文的怀旧现象

——以《关河萧索》《江行初雪》《无岸之河》《待鹤》一组小说为主①

苏伟贞　黄资婷

【摘　要】李渝（1944—2014）兼具小说家与艺评家双重身份，此两种身份同声相应、同气相求。其小说展示了原创即作家风格之所系寓意，而其画论突显了她关注的画家南唐赵干，近代任伯年、傅抱石等独创的美学，小说与画论一体绾合组成中国传统文人形象蕴含的性格、际遇、感知、形貌等，反过来又丰富、影响了李渝创作并进一步发展为叙事与文论。此相应相求，从早期《关河萧索》（1981）、《江行初雪》（1983）延伸至晚近《无岸之河》（1993）、《待鹤》（2010）皆有对应画作可证：《江行初雪》对应五代南唐画家赵干同名画作；《关河萧索》对应近代画家任伯年《关河一望萧索》《关河再望萧索》及傅抱石《关河一望萧索》画作；《无岸之河》《待鹤》以宋徽宗《瑞鹤图》为摹本。梳理上述作品，发现皆不脱传统文人面对离乱时代兴生"暗想当初"的怀旧心理底蕴，转为小说与画作，既是同一母题跨媒材再创作，亦十足反映李渝的创作美学与怀旧心念。本文因此以斯维特兰娜·博伊姆（Svetlana Boym）《怀旧的未来》（*The Future of Nostalgia*）之怀旧论点切入，探讨文本的跨艺术互文性（interart intertextuality），并进一步勾连《关河萧索》《江行初雪》《无岸之河》《待鹤》一组小说的怀旧现象及李渝如何挪用与调度艺术（史）元素。

【关键词】李渝；怀旧；跨艺术互文性

初看上去，怀旧是对某一个地方的怀想，但是实际上是对一个不同的时代的怀想——我们的童年时代，我们梦幻中更为缓慢的节奏。从更广泛的意义上看，怀旧是对于现代的时间概念、历史和进步的时间概念的叛逆，怀旧意欲抹掉历史，把历史变成私人的或者集体的神话，像访问空间

---

① 本文原型为苏伟贞担任论文指导之黄资婷硕士论文《待鹤回眸：李渝小说研究》的部分内容。本文业经黄资婷充分同意与授权，由苏伟贞执笔重写全文，目的在于重新深化文本分析、重新聚焦研究课题、扩充理论观点。特此说明。

那样访问时间，拒绝屈服于折磨着人类境遇的时间之不可逆转性。①

一、前言：怀旧作为历史的回眸

李渝（1944—2014）的创作生涯始于 20 世纪 60 年代中叶②，是文坛公认的现代风格实验作家③。1966 年于台湾大学外文系毕业后赴美柏克莱加州大学攻读中国艺术史博士学位，师承高居翰（James Cahill，1926—2014），留学期间参与了海外保钓（钓鱼台）运动，因政治影响，停止写作之外也和台湾文坛失去联系，反而在 80 年代中译高居翰的《中国绘画史》④、巴尔（Alfred H. Barr，1902—1981）的《现代画是什么？》⑤ 时，引介西方学者如何观看中国艺术、现代艺术概念到台湾，台湾读者才得以见到李渝深厚的美术史训练一面及以端丽的艺术史故事渗入小说演化传奇手法之所本，也为其日后重返创作辟径。事实上，之前李渝曾以《返乡——再见纯子》⑥ 在 1980 年复出，其时因保钓运动投入《战报》《东风》编务，小说文字、内容俱受影响而"滞留在战报体的余波中"，⑦ 便又进入写作的过渡期。所幸这位现代风格的实验作家沉潜下来，调动笔锋，终在 1983 年以《江行初雪》夺得"中国时报小说大奖"，并顺势重返文坛。严格说来，李渝重返文坛以来作品并不多，及至 90 年代才陆续结集出版《温州街的故事》（1991）、《应答的乡岸》（1999），二书皆围绕故里叙

---

① ［美］斯维特兰娜·博伊姆（Svetlana Boym）著，杨德友译：《怀旧的未来》，南京：译林出版社 2010 年版，第 4 页。
② 李渝第一篇小说《水灵》发表于 1965 年 5 月 19 日《中华日报·副刊》。
③ 王德威：《序论：无岸之河的渡引者——李渝的小说美学》，《夏日踟躇（当代小说家珍藏版）》，台北：麦田出版社 2002 年版，第 9 页。
④ ［美］高居翰著，李渝译：《中国绘画史》，台北：雄狮图书股份有限公司 1984 年版。
⑤ ［美］巴尔著，李渝译：《现代画是什么？》，台北：雄狮图书股份有限公司 1984 年版。
⑥ 李渝：《返乡——再见纯子》，《现代文学》（复刊）1980 年第 10 期。
⑦ 《印刻文学生活志》编辑部：《乡的方向：李渝和编辑部对谈》，《印刻文学生活志》2010 年第 6 卷第 11 期，第 83 页。

事，透露通过怀想反思召唤记忆心念内核。细究李渝的创作历程，早期作品《水灵》（1965），再开笔的《江行初雪》（1983），晚期的《待鹤》（2010），于文学本位尝试、过渡与回旋，不只是变形衔接"文学少女的呓语"① 的文学语言，更始终不脱内视与伤怀："人死后是有魂灵的，也许我们死了还会再回来"② "整个浔县是个睁不开眼睛的人，迷茫地走在一个醒不过来的梦里"③ "人间最悲伤的事，莫过于每一事每一物每一件，无不在每分每秒中，无法挽回的变成为过去"④。如此反复呢喃思辨时间的流变与荒谬，"无不显露现代主义式症候群"，难怪王德威要称"现代主义未完"，期待作家续航，再开启"下一个'现代'的起点"。⑤ 结合上述，可以说，谈论李渝，无法摆脱"现代主义所强调的审美情操及主体信念"⑥。值得玩味的是，李渝对于被归类"现代主义小说家"曾有回应：

　　现代主义是我成长时所遇到的主要风格，自然深受它影响，至于是不是"现代主义小说家"是另一回事。如果从文体来说，有意不同于传统常识性的叙述法，追求异样述写，也许可算是现代主义罢，可是，文学史上，哪一个时代的作者又不是在做这样的事呢？你方才说，很难想象一个现代主义作家竟能对古典中国这么感兴趣，其实就已经帮我回答问题了。⑦

　　李渝创作向来主张摆脱一般叙述，"追求异样述写"自不待言，然而

---

　　① 《印刻文学生活志》编辑部：《乡的方向：李渝和编辑部对谈》，《印刻文学生活志》2010 年第 6 卷第 11 期，第 83 页。

　　② 李渝：《水灵》，《九重葛与美少年》，台北：印刻文学生活杂志出版公司 2013 年版，第 268 页。

　　③ 李渝：《江行初雪》，《应答的乡岸》，台北：洪范书店有限公司 1999 年版，第 137 页。

　　④ 李渝：《待鹤》，《九重葛与美少年》，台北：印刻文学生活杂志出版公司 2013 年版，第 37 页。

　　⑤ 王德威：《序论：无岸之河的渡引者——李渝的小说美学》，《夏日踯躅（当代小说家珍藏版）》，台北：麦田出版社 2002 年版，第 8～9 页。

　　⑥ 王德威：《序论：无岸之河的渡引者——李渝的小说美学》，《夏日踯躅（当代小说家珍藏版）》，台北：麦田出版社 2002 年版，第 7 页。

　　⑦ 《印刻文学生活志》编辑部：《乡的方向：李渝和编辑部对谈》，《印刻文学生活志》2010 年第 6 卷第 11 期，第 84 页。

"现代主义重镇"的名号多年来如影随形挥之不去，难怪李渝反述："文学史上，哪一个时代的作者又不是在做这样的事呢？"不争的是，李渝文学之路的尝试过渡转型衔接既往，是朝向了王德威所言，现代主义未完并非指称文学形式之复辟，而是下一个"现代"的起点①。细究李渝的上述回应，很清楚地勾描出在现代主义的框架里自有超越之道，中国古典作为一个方法，正是多年艺术史的训练发为小说创作，区隔了她的青年时期与再出发时期的小说风格，《江行初雪》具有十足的说明性。这也给了本文一个启发，中国古典意象之渗入文本产生历时感与色彩形象的一体淘炼，让既往书写主题上升，李渝借镜的文本譬如《红楼梦》②或者中国绘画独有的卷轴画作，透过缓缓展开，"揉捏词汇，翻转句子，使书面文字发出色彩和声音"，正是这样的"现实和非现实更迭交融"之境，向我们喻示如何"拓宽了中文小说的道路"。③ 所谓揉捏、翻转，进入不同文本，形成刘纪蕙所说的"跨艺术互文性"现象，充分体现出李渝对古典意象的辩证与创革。一般认为，怀旧常以思乡的情绪呈现，周蕾指出这种情绪有着"进而延伸成为缅怀往日时光，或是将过往已逝种种加以浪漫化的倾向"④。周蕾也同时指出，怀旧最重要的面向是这种回归欲望以及不断的作势回归，借此抗拒加之人类的悲剧性分化。⑤ 这样的永劫回归般的怀旧姿态，适正贯穿李渝青春初起经营成长的"温州街"父辈乡愁故事内心，复在晚期回望"茫然时空里失去了面容"之来路书写历程，一路走来，"地域性、回忆性、追怀永恒少年的乡愁"成分渐少，"乡"的强界消解，书写升华，

---

① 王德威：《序论：无岸之河的渡引者——李渝的小说美学》，《夏日踟躇（当代小说家珍藏版）》，台北：麦田出版社 2002 年版，第 7 页。

② 李渝谈《红楼梦》人物贾宝玉的启迪，明白了贾宝玉的超越想象："我们读《红楼》，知道宝玉出身富贵，尽受呵护，却不知全书只有他一人在经历着、承担着全体的悲伤忧苦。"贾宝玉所证成的，是美的静谧时刻还原、超越、升华。见李渝：《拾花入梦记》，台北：印刻文学生活杂志出版公司 2011 年版，折页、封底。

③ 李渝：《拾花入梦记》，台北：印刻文学生活杂志出版公司 2011 年版，第 8 页。

④ 周蕾（Rey Chow）著，蔡青松译：《怀旧新潮：王家卫电影〈春光乍泄〉中的结构》，《中外文学》2006 年第 35 卷第 2 期，第 45 页。

⑤ 周蕾（Rey Chow）著，蔡青松译：《怀旧新潮：王家卫电影〈春光乍泄〉中的结构》，《中外文学》2006 年第 35 卷第 2 期，第 48~49 页。

内外终抵"非关原乡与记忆"境地。①

　　换言之，"死了还会再回来""一个醒不过来的梦里""每一事每一物每一件，无不在每分每秒中，无法挽回地变成为过去"。可以说，怀旧是上述小说的共同点，怀旧作为主体论，指涉了失去与过往，而频频召唤乡愁，正是怀旧的内核，本文因此有意挪用晚近美国学者斯维特兰娜·博伊姆重新定义的怀旧（nostalgia）理论，主要将怀旧抽离耽溺、怀乡，甚至自毁的负面语境，将之扩大深化至"时代症状"与"历史情绪"层面，以此来掌握、研析李渝小说时间不断重返或者召唤历史纹理并与艺术论彼此纵横错杂的交互关系。

　　梳理《温州街的故事》《应答的乡岸》从书名取向到单篇内容《朵云》（1991）、《关河萧索》等，精心刻画、编织父辈战乱流离世变下的生活侧面创伤纹路。在这个面向进一步借钻研中国美术史理性思路的训练，调度古典词语，借以不断重构原乡，及至晚期翻写《贤明时代》一代女皇武则天紊乱动荡的时代故事，工笔细描"历史不只是还原过去，也是创造过去"的命意，赋予历史新样貌。符合了博伊姆的论述，怀旧有着在现代语境里不断前行、反叛时间轴的特点，意欲抹除掉历史，消解既非现在亦非过去状态，反转时间"不可逆"性之路径。亦是在这样的基调上，博伊姆归纳出两种怀旧类型：修复型怀旧（restorative nostalgia）与反思型怀旧（reflective nostalgia），二者特点整理如下表：

修复型怀旧与反思型怀旧比较

怀旧类型	修复型怀旧	反思型怀旧
面向	强调"怀旧"的"旧"	强调"怀旧"的"怀"
与想象群体之关系	试着唤起民族的过去和未来，思考集体的图景象征和口头文化	着力个人的和文化的记忆，侧重个人的叙事

---

① 李渝自言《温州街的故事》明显地处理着乡愁。引自《印刻文学生活志》编辑部：《乡的方向：李渝和编辑部对谈》，《印刻文学生活志》2010 年第 6 卷第 11 期，第 87 页。

（续上表）

怀旧类型	修复型怀旧	反思型怀旧
态度	怀抱政治、严肃性，强调对待历史应严阵以待	倾向讽喻、幽默感，指明对历史的怀想与批判并非对立，认为人们也可以从动人的记忆中作出判断
与怀旧对象时间上的距离和位移	企图拉近与怀旧所指物的时间距离和位移。距离上通过亲密体验和所渴求对象的在场得到补偿；位移则可依靠返乡，最好是集体返乡来医治	总是与怀旧所指物维持一定的距离，透过距离感来讲述主体故事与过去、现在、未来的关系
最终目的	重建家园和故乡的徽章和礼仪，以求征服时间并以空间展现时间	珍惜记忆的碎块，以时间来展现空间，透过文学与艺术的神游来重返故乡

这里要说明的是，博伊姆的修复型怀旧与反思型怀旧并不强调二元对立。梳理这两种怀旧类型，反思型怀旧着重的是个人、私我细节，不服膺民族主义集体意识，反思指示了"新的可塑性"①，既遥遥呼应弗洛伊德的哀悼（mourning）与忧郁（melancholy）心理②，以文学形式迂回返乡，隔出实际地理位置的故乡距离，亦符合李渝上述所提的非关原乡与记忆的内核，是还乡本身永远的延异。

从怀乡的角度看李渝的早期小说，她笔下四五十年代大陆来台知识分子，从个人到集体都被推往无以名状的未来，湮郁心境难以追索，有若"遗"民，时移事往，恍然理解归乡之不可能却不可不见，怀旧成为马路命名学灵感的源头。以台北为例，汉口、武昌、重庆、承德、松江、吉林、广州、温州……大陆城市成了街名或路名渗入现下生活，是为双重的怀旧。从早期的现代主义成色的空灵小品到 80 年代对艺术与历史的反思，

———————

① ［美］斯维特兰娜·博伊姆著，杨德友译：《怀旧的未来》，南京：译林出版社 2010 年版，第 55 页。

② ［美］斯维特兰娜·博伊姆著，杨德友译：《怀旧的未来》，南京：译林出版社 2010 年版，第 62 页。

再催化到注意铺陈演绎走向具有晚期的接力叙事风格，直向穿透个人记忆与集体记忆时间轴衔接时间空间化跨艺术互文性（interart intertextuality），现代主义手法的继承与揉变，形塑了李渝文本书写的怀旧策略，且始终牵制了她的书写与文/美学观，其中，博伊姆的怀旧理论提供了很好观照。这样的穿透，本文尝试接轨刘纪蕙在克里斯蒂娃（Julia Kristeva）所说的互文性（intertextuality）基础上提出的"跨艺术互文性"论述，其中文字艺术与视觉艺术间的互文辩证十分精要，可用以说明李渝创作的流动性与延伸性：

以文字再现并改写视觉图像的策略中，所揭露的文字艺术与视觉艺术间互文关系的辩证，以及其中主体/客体的相对位置。我认为，要阅读文本中的互文以及互文所指向的"属于他处的体系"，我们除了需要语言与文化的内在知识之外，还需要设法揭开诗人延自个人历史与时代历史而形成的文字癖性，以及其语言中流动的政治、文化和情欲的想象。①

文中对文字展现绘画作品的视觉性，丰富文学作品的表达层次，即"跨艺术互文性"的概念，是说明李渝进行文学/视觉艺术之修辞转喻的文化表征很好的论据。主要表现为李渝小说常有对应的画作：《江行初雪》对应五代南唐画家赵干同名画作，呈现初冬渔民的辛苦；《关河萧索》

---

① "跨艺术互文性"是学者刘纪蕙进行文学与艺术间的跨学科研究时，在克莉斯蒂娃互文性的基础上所提出来的观念。对西方而言，在浪漫时期与巴洛克时期，音乐、文学、建筑、视觉艺术等各门艺术的发展主轴仍沿着共同的时代风格演绎，刘纪蕙在《文学与艺术八论》（1994）一书里，以西方研究案例为主，分析众多艺术文本如何跨域交织与辩证。到了《孤儿·女神·负面书写》（2000）书中，则将研究范围锁定台湾："我想，我这几年来所要探究的，不是台湾作家如何呈现眼前的土地，而是台湾不同时期的作家如何以图像修辞与非写实书写，来呈现台湾人民眼前所不见的心理温度与湿度。"以精神分析方法学，针对台湾读画诗的跨艺术互文性提出两种观看模式：一是带有中国古典文化元素的"故宫博物院"；二是受西方现代艺术影响的"超现实拼贴"，并以1949年来台的余光中（1928年生）、痖弦（王庆麟，1932年生），与新生代（至今来看已是中生代）诗人苏绍连（1949年生）与陈黎（1954年生）为例。见刘纪蕙：《孤儿见女神·负面书写》，台北：立绪文化出版公司2000年版，第3页；刘纪蕙：《故宫博物院 VS 超现实拼贴：台湾现代读画诗中两种文化认同建构之模式》，《中外文学》1996年第25卷第7期，第66～96页。

（1981）对应近代画家任伯年、傅抱石的国族隐喻画作《关河一望萧索》等，用秋日阑残之感带出清末的风云变幻；《无岸之河》（1993）、《待鹤》皆借重宋徽宗《瑞鹤图》中鹤的意象。此多重视角之创作手法发为小说，《无岸之河》甚而成为其讨论小说技巧"多重渡引"美学观的示范作。从上文可知，深入读画诗可传达诗人观画产生共鸣的单一关联，小说与画作之间，更可提升为多层次对同一母题跨媒材之再创造。综合上述，本文援引博伊姆的怀旧理论，并参照"跨艺术互文性"论点，依创作时序探讨李渝一组具有怀旧题意的小说《关河萧索》《江行初雪》《无岸之河》《待鹤》及对应画作、美术论／文论的交互关系、文本的怀旧现象及李渝如何挪用与调度艺术史之元素。

二、关河一望萧索

20 世纪 60 年代后期李渝开始了漫长的辟地异乡留学生涯，在六七十年代海外留学生文学勃兴之际，刻写留学心理、生活层面及传达对母国思念之书写应运而生，[①] 和李渝写作背景相仿的於梨华（1931 年生）、吉铮（1937—1968）、丛苏（丛掖滋，1939 年生）等，[②] 可说是其中最具代表性的女作家。同样以文学存身的李渝，无疑是个异数，她作品里绝少出现留学生涯的揣度不安，反而对国族认同之主体辩证别有所思。宜乎艺术史训练，既搭建了洄游中国艺术领域，又给予了丰富创作的养分，这才是她远逸之后的创作主题。

《关河萧索》是李渝少数以留美时空甚而指涉参与的保钓政治运动为背景之作，见证了 1970 年 12 月 9 日以台湾和香港留学生为主的"保卫钓

---

① 范铭如：《嫁出去的女儿——海外女作家的母国情节》，《众里寻她：台湾女性小说纵论》，台北：麦田出版社 2002 年版，第 111～112 页。

② 於梨华 1947 年先入台湾大学外文系，后转历史系。50 年代赴美，60 年代著留学生主题小说《归》（1963）《也是秋天》（1964）、《又见棕榈，又见棕榈》 （1966）等，咸认为"留学生文学"代表作家。吉铮 1954 年台湾大学外文系肄业转赴美读贝勒学院，在台时期即开始写作，主要作品集中在 1962 年至 1967 年完成，出版有《孤云》（1967）、《拾乡》（1967）、《海那边》（1967），作品着重以女性视角刻画留学生生活。丛苏 1962 年台湾大学外文系毕业后赴美，著有《白色的网》（1969）、《秋雾》（1972）等。

鱼台"运动纽约主场开始延烧历史的关键时刻①。这场运动，李渝和郭松棻双双赶上了，②港台学生合流，李渝言"很有左派的激进开明精神"③。李渝和同在旧金山的郭松棻组成的柏克莱队伍示威的对象，除了美日政府，还有当年台湾执政当权的国民党政府，进一步触发了台湾出身的留学生们开始对模糊暧昧的中国性与民族主义主导性的思考。写于1981年的《关河萧索》副标题"柏克莱保钓运动一二·九示威十周年"，一望可知为纪念当年。"关河萧索"典出北宋词人柳永《曲玉管》"立望关河萧索，千里清秋"④。柳永一生仕途坎坷，转而为词往往道尽秋士易感河山气象萧条冷索之情状。近代艺术家任伯年（1840—1895）、傅抱石（1904—1965）接续此一命题，其画作《关河一望萧索》，是从词意到形象的赋、比、兴。李渝《关河萧索》叙事主轴在通过保钓忆过往种种，作者化身为叙事者"我"，一位内向、羞赧的留学生，在登门造访久居纽约、被父亲讥讽为"臭书生"的父执辈蔫叔时，意外地迎面碰见一幅隔着玻璃衬映河水的中国山水画：

　　开门人正是蔫叔，然而还没有来得及与他寒暄，一排流水从室内数面长窗就在这时翻腾进我眼里，将我怔吓在玄关处。……六扇长窗排列在同

① 1970年9月10日，美日两国达成协议，预备在1972年把美军"二战"时所占领的琉球交予日本，当中包括钓鱼岛。这个协议激起了台港及海外学子的激愤，自主组织进行示威游行等各项活动。1970年11月17日，美国普林斯顿大学的台湾留学生组成"保卫钓鱼台行动委员会"，抨击美国与日本"私相授受"，呼吁中华民国政府"外抗强权，内争主权"。1971年1月29日，两千多位台湾及香港留美学生在联合国总部外面示威，高呼"保卫钓鱼台"，同时分别在华府、纽约、旧金山、西雅图、洛杉矶、芝加哥等地举行第一次保钓示威活动。截取自http://zh.wikipedia.org/wiki/%E4%BF%9D%E9%87%A3%E9%81%8B%E5%8B%95. （检索日期：2015.2.21）

② 郭松棻1966年赴柏克莱加州大学学习比较文学，1969年获比较文学硕士。1971年专注投入保钓运动放弃修读博士学位。

③ 《印刻文学生活志》编辑部：《乡的方向：李渝和编辑部对谈》，《印刻文学生活志》2010年第6卷第11期，第80页。

④ 柳永《曲玉管》原文："陇首云飞，江边日晚，烟波满目凭阑久。立望关河萧索，千里清秋。忍凝眸。杳杳神京，盈盈仙子，别来锦字终难偶。断雁无凭，冉冉飞下汀洲。思悠悠。暗想当初，有多少、幽欢佳会，岂知聚散难期，翻成雨恨云愁。阻追游。每登山临水，惹起平生心事，一场消黯，永日无言，却下层楼。"转引自郑骞编注：《词选》，台北：中国文化大学华冈出版部1995年版，第34页。

一面墙上，因为高居公寓楼顶，所有烦恼的地上景物都超越了去，只全心全意地流着状的六面河水。

那河水，既不蓝似海，又不像普通水道一样黄浊，隔着玻璃远看过去，朦胧却又清丽得如同元朝上好的青瓷器色。它以同样的姿态和速度，没有来源也没有去向，在六方临定空间里永恒地起伏着。①

小说的中国性显然非为具体的中国性，而更接近抒情传统，瓷器釉色透过玻璃折射长窗外晶体状的六面河水，与李渝艺评画家王无邪的每天面向哈德逊河绘出的《河梦》《远怀》之抒情视觉相衬，烘托角色心境："它（哈德逊河）并不波澜壮阔，更不具任何中国风味。离开中原追求心的所向的画家，每日面对这条河，这里的存在就是故乡，河水就是过去、现在和未来，就是放逐和王国。"② 这样的姿态，召唤往昔进入眼帘，像"访问空间那样访问时间"，符合了博伊姆的怀旧功能。"六面河水"时间虽断面切割，却又"六方临定空间里永恒地起伏着"，时间的空间化，扑朔迷离逆反引领叙事者进入元代并往复纽约蔦叔家、曩昔台北温州街。与"我"父亲在台北时终日打牌论是非的友朋不同，蔦叔代表了被叙事者认知的知识分子典型，与旧俄小说屠格涅夫《罗亭》、契诃夫《凡尼亚叔叔》中不务实际、向往理想追求的角色罗亭、凡尼亚叔叔为同一类型。

小说进一步提到蔦叔房里挂着的南宋画家夏珪《溪山清远图》及蔦叔中楷临摹北宋词人柳永《八声甘州》的书法："渐霜风凄紧，关河冷落，残照当楼。不忍登高临远，望故乡渺邈，归思难收。"词、画气韵相应相求，南北朝遥对渺邈，岂非一时代之难言印照。北宋建国之初采取崇文抑武之国策，导致武备积弱，靖康之难后被迫由汴梁（开封）南迁临安（杭州）是为南宋。构图上，北宋画作构图的残山剩水之思暗寓国族支离破碎，空间处理采极淡与极黑墨分二色手法，留白即无言沉潜。南宋受离乱局势影响，山水画的构图由北宋大观式全景山水，转变为上虚下实的边角构图，以表现景物的远近、疏密、开合与高低之视觉美感。对照 1949 年随

---

① 李渝：《关河萧索》，《应答的乡岸》，台北：洪范书店有限公司 1999 年版，第 137 页。

② 李渝：《族群意识与卓越风格》，台北：雄狮图书股份有限公司 2001 年版，第 17 页。

国民党退守离散至台的知识分子，有的为海峡两岸皆无以栖身而哀感，有的则漂流去海外，故土的无着与心境之寂寥，或在艺术领域里稍得寄寓：

> 对面老人放下酒杯。我望着他的灰发，打皱的眼角，消瘦的面骨，这样一种孤傲的知识人在异域能做些什么呢？我向他举起酒杯，举起金红色微温的花雕，在纯古典中国的室内，在温柔的六十支灯光下，饮下一口。①

蔦叔心念故国已无复存，时间逆返至宋朝，那个政治衰颓、人世纷扰破碎的时代，却造就了文学、艺术成就的历史之巅。文人画的滥觞便缘于北宋的苏轼，而米芾点皴法更被视为文人画山水的典型。此外，北宋设"翰林图画院"，是为院画，此派诗画至宋徽宗赵佶达于高峰。艺术史家张法认为北宋院画汇集三大传统②，其中士子文人传统，讲究知识胸襟，强调画外之意，即所谓"画外之画"：绘画不仅是形式上之视觉呈现，更强调观画之后的余韵。及至南迁，院画一脉自李成、关仝、范宽的全景巨碑式推移为马远、夏圭的边角构图。虽形制变动，但若夏圭《溪山清远》上半部留白，以极淡墨色晕染浅山，则赏画之余益添神游空间。凡此，皆文人怀抱画外余韵。耽于老时光怀古幽情，企图在现实世界仿旧，往往造成一种集体精神。对于如何看待这个现象，博伊姆的阐释如下：

> 怀旧可能既是一种社会疾病，又是一种创造性的情绪，既是一种毒药，又是一个偏方。想象中家园的梦想都不能够也不应该得到实现。……有的时候，我们倒是情愿（至少在这个怀旧者看来）不去干扰梦幻，让它不多不少地就保持梦幻的状况，而不是未来的指南。承认我们集体的和个

---

① 李渝：《关河萧索》，《应答的乡岸》，台北：洪范书店有限公司1999年版，第161页。

② 所谓画院三大传统：一是黄家富贵。赵佶的画，如《芙蓉锦鸡图》《听琴图》，其精工绮艳，就属黄派传统。二是崔白、吴元瑜传统。崔白等继承了徐家的水墨渲染、色彩淡泊，更强调"写生"，对客观对象仔细观察。三是郭熙、欧阳修、蔡襄的士人传统，讲究知识胸襟，强调画外之意。画院既看重文化修养，又看重画与诗的相通，注重画的诗意，讲究画外之画。见张法：《中国美学史》，成都：四川人民出版社2006年版，第181～182页。

人的怀旧，我们也能够对这些怀旧情绪报以微笑。①

　　晚近詹明信亦重新检视个人、集体记忆与怀旧之间的交互关系，反向定义怀旧——过去不仅仅过去了，而且在现时中仍然存在——至于"过去"意识，"表现在历史上，也表现在个人上，在历史那里就是传统，在个人身上表现的就是'记忆'"。双线进行历史传统和个人记忆之探讨，詹明信认为这正是现代主义的倾向。② 之于李渝手法，将艺术史隐喻嵌入文学创作，给漂流异域的孤傲文人提供一个实体空间，一如纽约之于蔿叔的立足之地，将民族及主体质问置入括号。人生是复杂的，小说也是，借道跨艺术互文由视觉艺术转译成文学，亦是古典到现代历时性的再诠释，层层交织着海外留学生、旅人的暧昧矛盾。至此，宛如南宋士子，离开故乡，承认一己怀旧，"不多不少地就保持梦幻的状况"③，回返之际，或者才能真正获得家园。

　　蔿叔在图书馆工作，整日埋首古籍，文字与画作是其精神上重塑故国的重要凭仗，当年流离出走中国台湾，故土梦断魂消，自我放逐美国，老同学父亲不以为然："一个人跑到外地去做什么。"④ 文人（蔿叔）与政客（父亲）歧见岔出，以叙事者之见："如果不愿同流于这包围着的令人窒息的官僚乡愿封建保守、庸碌腐败的社会，为什么不能去他地找寻或者建立一个新的王国呢？姑且就把它当作一种逃避也罢。"⑤ 蔿叔的身影多年来早已内化为"我"之价值观，《桃花源记》避秦远逸，真的就是一种自我意义的面对与响应。从此角度省思，李渝以文学艺术神游怀旧，小说托付蔿叔、"保钓"游行"一列知识分子的行伍走在异乡的一条长街上……如同

　　① ［美］斯维特兰娜·博伊姆著，杨德友译：《怀旧的未来》，南京：译林出版社 2010 年版，第 399～400 页。
　　② ［美］詹明信（Fredric Jameson）著，唐小兵译：《后现代主义与文化理论》，台北：合致文化出版 2011 年版，第 217 页。
　　③ ［美］斯维特兰娜·博伊姆著，杨德友译：《怀旧的未来》，南京：译林出版社 2010 年版，第 400 页。
　　④ 李渝：《关河萧索》，《应答的乡岸》，台北：洪范书店有限公司 1999 年版，第 161 页。
　　⑤ 李渝：《关河萧索》，《应答的乡岸》，台北：洪范书店有限公司 1999 年版，第 161～162 页。

大江之水"之集体失落，交织着蔼叔飘零异乡、"我"参与保钓运动孤寂际遇所指，撮合窗外哈德逊逝水、墙上复制画《溪山清远》能指，环环相扣，终抵在异乡临河公寓"建立了他的乡园"①，李渝台北/海外、政治/美（文）学心路历程呼之欲出，有如"对倒"②。保钓运动已过去了十年，如詹明信所言，过去不仅仅是过去了，在现时中仍然存在，于是提笔为记，召唤角色，勾绘集体图景和个人记忆，可说是怀旧的全面观照。

至于个人部分，这里不妨从蔼叔书法"关河冷落"词句切入画作。"关河"主题画作如前述有任伯年、傅抱石。任伯年《关河一望萧索》描绘了一人一骑伫立于空旷凄迷的河边，识者以为画家传递了帝国入侵，百姓历经鸦片战争的悲切之情，而傅抱石承袭前画的《关河一望萧索》布局，较突出离乱者世路的空漠感。李渝在其文《任伯年——清末的市民画家》中论此画是以流浪者寓意《关河一望萧索》人物的孑然落单：

> 这旅人常和一匹马儿或驴子同行。他或停脚于大树下，或徘徊在山径旁，或站在芦草中。他或下马休憩，或正要启程。然而在图轴中，姿态无论如何安排，他总是一脸寂寞，在萧瑟的树林里或空茫的原野上，他总是孤独地前行。
>
> 以这样的流浪者作为主题的人物画往往有一类似的标题——"关河一望萧索"。③

任氏端的是对"望"别有体会，分别在 1882 年、1885 年两度画《关河一望萧索》，刻画了旅人回眸茫芜故土的意境，展现了绝佳的笔法技巧——突破明末董其昌南北分宗论的一味提倡拟古复制，明显将关注重心拉至"人"的身上，使"人"呼之欲出。从集体到个人、从地理象征到人物，标示了"流浪者作为主题的人物"的意图，恐怕这才是李渝借画为小说人物造型的宗旨吧。

---

① 李渝：《关河萧索》，《应答的乡岸》，台北：洪范书店有限公司 1999 年版，第 167 页。

② "对倒"一词来自集邮的术语，指的是两枚相连但上下颠倒的邮票。

③ 李渝：《任伯年——清末的市民画家》，台北：雄狮图书股份有限公司 1978 年版，第 98 页。

综而观之，李渝《关河萧索》小说呼应、承袭绘画/古体词的主题及内涵，兼而跨词画媒介创作，以此为底蕴进而为异乡飘零者造像，散点透视并回应一己身世。令人喟叹的是，当年的政治运动终究没有给出历史意义的答案，蔫叔作为一流浪索居者象征，李渝的确有话要说，从《关河一望萧索》到《关河萧索》，一望再望，正是这个纪念性的标记本身，永远延迟了还乡本身。这就是答案了。

三、犹是初雪时节

《江行初雪》发表于李渝重返台湾文坛后的戒严时期。小说写海峡两岸尚未开放三通前，从事美术史研究的叙事者"我"代表美国博物院至大陆广州交涉来年举办现代绘画交换展之事宜，行前的打算是交换事尽快办妥后往赴浔县一睹牵动内心丝络的"玄江寺菩萨"，并就近访亲表姨。小说开篇"我"清晨六点五十分抵达浔县郊区机场，未曾见过面的表姨没现身，负责接待的是代表官方的中国旅行社老朱，"我"被安排住进立群饭店。"我"穿过小庭园，见排列成廊的客厢，雕花木窗的楠木色质是沉郁的闷酱红色，和台北温州街老家日式房舍同材质，但已是两种情调，立群饭店展现的是中式绅宦人家的气派，温州街老宅则有如日军殖民之遗迹。

下半天翻转在老朱安排的托儿所、老人院、纺织印刷厂等进步场所的时间轴之间，然而，惦记着拂之不去的是"玄江寺里的那尊菩萨"①，那是"我"初览任职的博物院档案菩萨之图片，午后的阳光斜过珂罗版光面纸隐约闪现一片金光，菩萨合眼低垂，嘴角似笑非笑，如蚕丝纤细轮廓，追随 6 世纪雕塑风格的躯体似行云流水，肩部略微浑圆，"早期南北朝的肃穆已经软化，盛唐的丰腴还没有进袭，庄严里糅合着人情"②。图片标记菩萨成于"六世纪？"，问号符旨，判断应是魏晋南北朝与唐朝过渡期之作品。自历史中走来，宝相庄严又糅合人情，岁月荏苒，"十三个世纪的时

---

① 李渝：《江行初雪》，《应答的乡岸》，台北：洪范书店有限公司 1999 年版，第 125 页。

② 李渝：《江行初雪》，《应答的乡岸》，台北：洪范书店有限公司 1999 年版，第 126 页。

光像一只温柔的手，把如曾有过的锐角都搓抚了去，让眉目在水成岩的粗朴的质理中，透露着时间的悠长"①。水成岩即沉积岩，质地易碎，不适复杂多层次的叠加雕刻技法，于是采用简洁手法，从而便有着软化了前朝南北朝的肃穆，而随后的盛唐丰腴尚未浸染。隋朝是以大乘佛教为国教的时代，承袭辗转盛唐佛道并重，从乱世到盛世，一味温润的质地透过现代照相技术得以保存，季节参商，后人才有幸一窥真貌。"我"不免玄想虚空，期亲眼看见石上年轮般涡纹，得以穿越返回时间现场。

表姨意外地在"我"往玄江寺去的那天早晨出现了，姨甥俩边叙阔边同往古寺：

> 她的口音带着南京腔，把"昨天"念成了"嵯天"，"离"又都说成了"泥"，使我想起了父亲的说话。在乡音后面，她有一种持久的平衡和镇定，不因为情绪上有什么激动而产生了音调上的扬抑。随着她的叙述，一种和平的感觉竟从我倦愈得很的身心中浮起，倒真像回到了家乡呢。②

与从未见过面的长辈对话，听闻乡音，"我"竟像回到了家乡。李渝原籍安徽，小说虚构的浔县，应指江苏南京近郊，玄江应是南京名湖玄武湖和长江的综想。郑颖认为《江行初雪》很明显是向鲁迅致敬，鲁迅出身浙江绍兴，笔下的《在酒楼上》被夏志清誉为"研究中国社会最深刻的四部作品之一"③，小说中的酒楼指的是"S城的一座酒楼"，这城是叙事者"我"和挚友吕纬甫年轻时一起革命战斗之处。辛亥革命的风浪过后，吕纬甫消沉逃遁，刻画了知识分子精神失落的形象。在一个"深冬雪后，风景凄清"的中午，"我"在怀旧的驱使下去S城寻访诸旧友，遍寻不遇，登上酒楼，与吕纬甫不期而遇。小说描写久别重逢的两人透过玻璃窗户"眺望楼下的废园"，吕纬甫眼前的废园"忽地闪出我在学校时代常常看见

---

① 李渝：《江行初雪》，《应答的乡岸》，台北：洪范书店有限公司1999年版，第126页。

② 李渝：《江行初雪》，《应答的乡岸》，台北：洪范书店有限公司1999年版，第132页。

③ 夏志清：《中国现代小说史》，香港：友联出版社1979年版，第35页。其他三部作品分别为《祝福》《肥皂》《离婚》。

的射入的光来"，与《江行初雪》的"我"看见玄江菩萨时的情境极相似。

郑颖也指出《在酒楼上》的 S 城离鲁迅的故乡不远，可用故乡指称。而《江行初雪》的浔县虽与台湾地理位置遥远阻隔，但表姨与父亲有着相似的口音。因此，《在酒楼上》是通过相遇使革命旧识的原初浮现，《江行初雪》则是因陌生的"自家人"召唤而重返家乡的感情，郑颖指证此皆"永劫回归"地重演了"历史无意义重复轮回"①。除此之外，两篇小说皆侧重知识分子的梦想与精神追求，吕纬甫重返 S 城的目的，一是奉母命为三岁时夭亡的小兄弟迁葬，二是给老邻居姑娘阿顺送两朵剪绒花。一为早夭的生命举行迁葬仪式，一以传统民间艺术传情。至于《江行初雪》则如上述是为见悬念的菩萨，哪知菩萨全身已被涂上厚厚的金漆，梦想瓦解、幻灭，符合了郑颖"历史无意义重复轮回"的看法。对"我"而言，菩萨雕像的艺术史价值比宗教意义高出许多。当"水成岩"曹衣出水般的温柔不复见，取而代之的是金碧辉煌的俗气。惠江住持以玄江菩萨舍身救父的故事，试图将叙事者带入属于宗教的崇高情怀，但仍无法平复"我"对古老文物遭受破坏而产生的被骗与惘然感：

　　骗我的，当然不是菩萨，不是老朱，不是玄江寺的方丈，他们只不过跟我一齐受骗而已。一千三百年累积下来的文明可以在一刻间就被玩弄得点滴不存！②

---

① 郑颖认为《江行初雪》很明显的是向鲁迅致敬："在鲁迅的《故乡》（鲁镇或 S 镇），迷信和对死亡的恐惧，移转成封建意识底层者的自我贱蔑和自我羞辱，如祥林嫂的捐土地庙门槛供人践踩；落伍的医病逻辑对人身体与自尊的侵害，如《父亲的病》或《药》里的砍头蘸血馒头；乃至一种困居其中，彻底灰色虚无的绝望，一如《在酒楼上》的故人纬甫……然而，鲁迅在 20 世纪初对传统愚昧的愤怒与讥诮，在世纪末的《江行初雪》中，'永劫回归'地重演了。李渝小说中呈现的恐怖感，除了那封锁小镇的恐怖感，还多了一层历史无意义重复轮回，20 世纪中国人白白虚耗地走了近百年的痛切绝望。"参见郑颖：《江行初雪：从传统山水画到余承尧，李渝的小说美学与自我救赎》，《郁的容颜：李渝小说研究》，台北：印刻文学生活杂志出版公司 2008 年版，第 19 页。
② 李渝：《江行初雪》，《应答的乡岸》，台北：洪范书店有限公司 1999 年版，第 135 页。

但一如《在酒楼上》的我也有往昔精神失落的遗憾，透过吕纬甫的回忆及两个返乡目的，使得故事线索有了较多层次。同样的，《江行初雪》中"我"对菩萨的高度冀望落空，但接着渡引出的玄江菩萨三个原型与传奇，同样丰富了《江行初雪》的叙事：一是在《浔江府志》中读到梁文帝为女儿慈真公主祝祷病苦，建佛寺还愿的玄江菩萨；二是住持惠江陈述的妙善公主救父修成正果被供为观世音佛；三是表姨所说浔县县委家里的岑姓护士脑伤不治而亡，原来是县委听信中医开的处方，引进年轻、身健、体清的女孩的脑血，以脑补脑，女孩死那天浔县涌现大雾，久久不散，雾散后，避过险头的县委下令替玄江菩萨贴金身，重塑金身的菩萨面容像极岑女，岑女母亲从此守着菩萨不肯离去，此母即"我"访玄江所见的乞丐状女子。三则故事层层引出小说时间跨度，辗转成为传奇。

小说结尾点出"江行初雪"意象挽承南唐画院学生赵干所绘《江行初雪》。有别于士大夫的渔隐题材，此画作纪实了南唐江南渔民初雪时节捕鱼景况，传达了渔民的日常生活形象。376.5 厘米的画卷由右至左，芦苇、寒林、渔猎等绘画主题，枯树左侧覆盖一层初雪，更显画中人物卷袖在水中等待渔获之样貌。如此江水意义的完成，必须等到"我"结束浔县行，因大雾飞机无法起飞而改搭小汽轮走水路时才得以完成。作者让"我"用一种最接近画面渔民的方式贴近萧瑟芦秆的江水，午后不早不晚，落下宛如人生行旅的初雪，"江中一片肃静，哒哒的机器声单调地击在水面，雪无声无息地下着，我从舱窗回望，却已看不见浔县，只见一片温柔的白雪下，覆盖着三千年的辛苦和孤寂"①。叙事者此时成为驻足《江行初雪》画里的旅人。而耐人寻味的是，一如博物院"玄江寺菩萨"图片被标记，画卷后满是清高宗题跋与收藏家之印记，画作经传多人之手，最后藏于台北故宫博物院。"玄江寺菩萨"却是辗转传说，从 6 世纪到 20 世纪 80 年代，"是曾经的确发生过，而且还要继续发生下去的事实呢？"唯小说中玄江菩萨命运也如《江行初雪》画作，每传一个时代便多增添一层传奇。李渝转换原画记载民间风俗功能之意义写小说，由岸及岸，叙事主体并无强烈的流亡心态，却也铭刻既非归人亦非过客的矛盾心境，咏物达志、托兴寓

---

① 李渝：《江行初雪》，《应答的乡岸》，台北：洪范书店有限公司 1999 年版，第 150 页。

情，诚如李渝所言，由艺术手法呈释现实情况，无非"以达移情作用"①，此转折可与李渝流动的生命际遇形成对照。李渝生于抗战时动乱的重庆，幼年随父母离散台北，大学毕业赴美留学辗转旧金山、纽约，流转城市，李渝之主体认同是历时性的，字里行间流露出对古老中国文人传统的心驰神往。这种流露反映在成于 6 世纪的玄江菩萨上，小说多重渡引菩萨的曲折故事，暗写传统与现代结合。寻寻觅觅抵于中国改革开放朝向"现代化"迈进之时，见闻幸存的艺术文物已成美丽又触目骇人、无法考据的乡梓传说，这是逆反中国性认同了，② 于是飞行而来，渡河而去，"河流带动了历史空间想象"③。当船身向苍茫的前路开去，借着黄昏天候酝酿雪意而开始飘起雪絮到雪索索下，层层揭示时间沉积无声的变化，那强烈吸引艺术研究者的悲悯素净年代，如"却已看不见浔县"一并"隐失在飞雪里"。④

四、多重渡引与舣舟鹤望

河流意象贯穿《关河萧索》及《江行初雪》并形成航道，有了不一样的视野，沉浮其间，如渡无岸之河，将记忆一水放生的心念不言而喻。换言之，江河承载往事，成为一种隐喻。李渝私淑沈从文⑤，沈从文喻河水为生命之流世所认知，河水与记忆和叙事，是李渝反复诉说的内核，《金丝猿的故事》说得更直白："河道开始，时间重获，延伸到过去与未

---

① 李渝《江行初雪》发表后，感于有时被认为是反共小说，为阐述文学与政治之间的关系，李渝特写《附录》登在《中国时报》。见李渝：《应答的乡岸·附录》，台北：洪范书店有限公司 1999 年版，第 155～156 页。原文发表于 1984 年 3 月 25 日《中国时报·人间副刊》。

② 李渝认为，对于中国性的认同与想象，可回溯到宋代以前。"明清以后的中国人，在宗教艺术上表现的贪得无厌，简直是不可原谅。"见李渝：《江行初雪》，《应答的乡岸》，台北：洪范书店有限公司 1999 年版，第 138 页。

③ 王德威：《序论：无岸之河的渡引者——李渝的小说美学》，《夏日踟躇（当代小说家珍藏版）》，台北：麦田出版社 2002 年版，第 17 页。

④ 李渝：《江行初雪》，《应答的乡岸》，台北：洪范书店有限公司 1999 年版，第 150 页。

⑤ 李渝深受沈从文影响，曾言沈从文是心中的祖师级老师。见《印刻文学生活志》编辑部：《乡的方向：李渝和编辑部对谈》，《印刻文学生活志》2010 年第 6 卷第 11 期，第 78 页。

来……河水伸入记忆的深处，经过半世纪的时间，千里外的空间，鸟瞰的视点，故事重现。"① 所有故事不脱记忆原初。

荷兰学者杜威·德拉埃斯马（Douwe Draaisma）《记忆的隐喻：心灵的观念史》指出，不仅用来比喻记忆的隐喻强调了记忆的不同面向，而且隐喻识成的记忆史还向我们展示了记忆的不同类型。杜威还说，透过隐喻便能看出创造这个隐喻的人的意图，换言之，隐喻带出时代与创造者的知识背景和文化线索，"本身就是一种记忆"②。以此检视李渝小说，可发现其小说的大河时间里总有一只展翅禽鸟，从而形成一条记忆与隐喻的创作主轴，李渝创作之所系呼之欲出。

《无岸之河》可说是李渝小说/创作美学的示范之作，小说分三段：一、多重渡引观点；二、新生南路中间曾有一条瑠公圳；三、鹤的意志。"多重渡引观点"一段，李渝夹议夹叙用以诠释其"多重渡引"美学观点；"鹤的意志"则借宋徽宗《瑞鹤图》中鹤的造型，建构日后小说的"记忆"原型。

《无岸之河》第一段开宗明义道出小说吸引人的地方是叙述观点或视角以及经营出的新颖景象。进一步举《红楼梦》第三十六回中贾蔷提着笼雀哄龄官高兴之例，笼雀被龄官指是在打趣卖身无法挣脱笼子的她们，贾蔷慌忙把雀放生，龄官又说放雀是讥讽她没人可投靠，曲意折磨贾蔷，让亲眼看见的贾宝玉"领会了爱情的真义"③。接着将视角转到沈从文的《三个男人和一个女人》，叙事者军队班长"我"、战友瘸腿号兵与镇上豆腐铺年轻老板三名男子同时恋上一位美丽女子，后来不知道为什么女子吞金而亡，出埋当天号兵失踪，第二天满身黄泥归营说女子尸身不见了，因为当地据说"吞金死去的人，如果不过七天，只要得到男子的偎抱，便可以重

---

① 李渝：《金丝猿的故事》，台北：联合文学出版社 2000 年版，第 95 页。此段文字在经典版中改写为"河水沉郁如古镜，映照过去现在和未来；在温煦的灰色的辉光中，回溯千万里空间和时间，鸟瞰的视点，故事重现"。见李渝：《金丝猿的故事（经典版）》，台北：联合文学出版社 2012 年版，第 119 页。

② ［荷］杜威·德拉埃斯马著，乔修峰译：《记忆的隐喻：心灵的观念史》，广州：花城出版社 2009 年版，第 4～5 页。

③ 李渝：《无岸之河》，《应答的乡岸》，台北：洪范书店有限公司 1999 年版，第 7～8 页。

新复活"①。两人寻去豆腐铺，大门反锁，年轻老板不知去向，营里又流传女人裸尸出现在某山洞石床上。沈从文采用偏远地区的情节，透过不同叙述者，绵延视距，"步步接引，虚实更迭"，是为"多重渡引"手法，铺排示范后，才能引领进入叙事者类似的"多重渡引"经历。叙事始于一次"我"与友人相约酒店晚餐，友人迟迟未到而巧遇知名女律师与友朋一年一度说故事聚会，受邀加入这场聚会，于是得以聆值轮值女歌唱家的故事，生出和上述小说叙事类似的情节。美丽的女歌手爱上世家男子，两人不顾众人反对双宿双飞，后来世家子受伤成残，女歌手亦步亦趋、形影不离，故事结局是女歌手退休后带着世家子回到故乡安静终老，状似浪漫爱情喜剧。事实上，在转述的过程中，女歌手改变了结局，实情是世家子成残后两人协议分手，女歌唱将他送进疗养院，再嫁给一位著名的将军。一段故事蜕变，蕴含"现实酝生出幻象，日常演化成传奇"，小说层层叠叠反身指涉了一己创作观②，以此段故事与《红楼梦》《三个男人和一个女人》作了联结。接着第二段故事是"新生南路中间曾有一条瑠公圳——温州街的故事"，很清楚，李渝要讲的是温州街的故事。早年瑠公圳未填平前河水流过李渝成长的温州街与小说中的城南某大学，大学里一俊美修士老师护卫着清秀的男学生，男学生毕业后事业有成逐渐与修士失去了联系，一日在报纸上看到修士进入沉睡状态无醒来趋势，男学生请了假造访沉睡的修士，顺便寻找瑠公圳，瑠公圳早不见了，填平后的瑠公圳成为一条"平坦的笔直的明确的肯定的坚硬的公路"，和前段"多重渡引观点"看似无关的内容，但此时引出了"河水"的意义，不仅告诉我们这是一条"惘川"③，还向我们演绎了创作技艺承载时间、记忆之流的美学手法。通过时间沧桑，才能抵达李渝另一记忆隐喻——鹤，于是有了第三段鹤的意志。"鹤的意志"何指？这是本文所关注的。本段叙事借七八岁女孩看见一只大鸟——鹤展开，女孩并不知道她见到的是一只鹤，但女孩默默观察并明白了鹤的姿势，即鹤的言语，她学习鹤的动作与鹤相互接应，小说渡

---

① 李渝：《无岸之河》，《应答的乡岸》，台北：洪范书店有限公司 1999 年版，第 9 页。

② 李渝在作品中讨论创作观的还有《失去的庭园》。

③ 李渝：《望穿惘川》，《金丝猿的故事》，台北：联合文学出版社 2000 年版，第 93 ~ 137 页。

引艺术史中鹤意象的流变，召唤隐喻：

　　鹤在我们的世界消失，从前可繁荣过呢。你看汉朝的帛画或砖画上不是常常出现一只侧身展翅的大鸟吗？谨慎的学者们不敢妄为它定名，称它为"神秘之鸟"，我们细细核对形状，却可以肯定地说它就是鹤。①

　　李渝认为小说与绘画两种创作媒介的表现差异，关键在"时间"。绘画如果是时间上的有岸之河，那么文学即无岸之河，穿针引线将历史的时间轴展开。"鹤的意志"谈及艺术史里，汉朝、唐朝士人对于鹤意象之钟情，至宋朝宋徽宗上元节次夕，因见二十只鹤倏忽或飞或停驻在檐的鸱尾上而绘的《瑞鹤图》时达于高峰。此外，苏轼游赤壁夜半寂寥江面飞来一只鹤、多情贾宝玉怡红院饲养着鹤的事典，直指那是人类无福消受的美的形象，唯有少数心灵能体会。它就如此饱含着历史寓意来到女孩面前，成了互动及说话的对象。小说结尾，女孩搬走后，鹤也不见了，果然是"神秘之鸟"，取而代之的意象是迁移过境的候鸟隐喻：

　　秋天时，候鸟仍旧过境，一种白肚灰身的鸟，一点也不受车辆飞驰在周身的影响，三两成双结伍，静静地掠过水面，或者停在水央啄食。据说这是种原生在东北亚和西伯利亚地区的鸟……它们立下南飞的志愿，遥路上常在温暖的台湾停留，通常不能完成飞行便衰竭在途中。②

　　鹤随时间既消失又流离，结合了河水命题与离散宿命，莴叔如此，宋徽宗如此，温州街住民离散来台亦如此，这注定是一场消亡的、难以言说的故事。但明知不可为而为，正是记忆的坚持。流水与鹤皆如是。从小说痕迹看，小说从"多重渡引观点"始，穿过"新生南路中间曾有一条瑠公圳"，而得"鹤的意志"，如此线性叙事安排，绝非偶然，要知道，航行、飞翔，都在摆脱地理时空的地心引力，象征了逸出现实而回归纯粹的创作世界。

---

　　① 李渝：《无岸之河》，《应答的乡岸》，台北：洪范书店有限公司1999年版，第45页。
　　② 李渝：《无岸之河》，《应答的乡岸》，台北：洪范书店有限公司1999年版，第50页。

2010 年，李渝接续"鹤的意志"、《瑞鹤图》意象，再写《待鹤》，这回场景来到佛教之国不丹。叙事者偕田野团队远赴不丹除了看鹤、为新近公开的一批藏经窟内壁画图卷装运下山编目及留影外，还有探望三年前访鹤旅程失足落崖的向导的遗孀。记忆渡引事件，叙事者脑海定格在走在她前面的向导失脚一声喊叫跌落陡岸，惊恐画面如故障的影像卡在放映机的齿轮间，记忆之心滞留在原时间纠缠的原情况中，一个下沉的深渊。终于她再度越过叠岭层峦来到遗孀家门前，不意遗孀已再嫁并育有一子，当事人已放下，是再也回不来的伊人，时间与往事进入下一轮"季节交换的时候"①，而那样的峡谷，如梦似幻任何时侯都会出现，像勾魂的手臂召唤着："来罢，下来罢，这里是宁静的所在。"②

告别遗孀，叙事者与团队保护站会合后续登四千多米藏经窟。田野任务曲折、困难但终得以完成，极目与六千多米荒瘠巍岭迢迢相望，传说中"每年秋冬交替的时候，喜马拉雅山的黑颈鹤飞过崇山峻岭，迢迢南来越冬，路上在固定一天，总会停歇不丹西北山区的一座寺院，着金色的屋顶匝飞三圈"③，鹤群绕翱翔盘旋的天庭华阁。画面直如宋徽宗《瑞鹤图》。但上去金顶寺的路径坍陷消失了，这边岭上倒有观景台，可走上去，"凡去看鹤，徒步才有福气的"④。果然，鹤至夜深保护站屋内，梦者来访，问道："是自愿来的么？"答以："自然是自愿的。"

> 如果一则传说已经以完整的形式等待着你，就无须再追究了。
> ……
> 人间的错失和欠缺，就由传说来弥补罢。⑤

---

① 此为《待鹤》第六节小标题。见李渝：《待鹤》，《九重葛与美少年》，台北：印刻文学生活杂志出版公司 2013 年版，第 31 页。

② 李渝：《待鹤》，《九重葛与美少年》，台北：印刻文学生活杂志出版公司 2013 年版，第 39 页。

③ 李渝：《待鹤》，《九重葛与美少年》，台北：印刻文学生活杂志出版公司 2013 年版，第 6 页。

④ 李渝：《待鹤》，《九重葛与美少年》，台北：印刻文学生活杂志出版公司 2013 年版，第 41 页。

⑤ 李渝：《待鹤》，《九重葛与美少年》，台北：印刻文学生活杂志出版公司 2013 年版，第 47～48 页。

　　由《瑞鹤图》而现实金顶飞鹤而如鹤般翩至的梦者，互为渗透对照，来访之人是谁？"还有谁，是松棻呢。"① 以鹤喻人，深刻体会鹤肢体语言的小女孩长大了，遇见传说中如鹤珍奇的男人郭松棻，人世的传说完成，但2005年郭松棻辞世，鹤般的影像始终萦回，2010年7月发表在《印刻文学生活志》第6卷第11期的《待鹤》② 可以说是郭松棻离开后李渝重新执笔的一篇不能不写的小说，人间的错失和欠缺、真实生活裂缝难补、之前的美学思考与记忆，都可在这篇小说里找到痕迹。2014年，李渝以自杀结束生命，虽残忍，却是如《待鹤》里遗孀另一种形式的放下，亦像是郭松棻觉得写得很好的《金阁寺》，小说中癫狂迷恋金阁寺的沙弥非烧掉金阁寺不可，"不烧金阁寺，就得烧自己"，李渝的解读是："要使自己活着，保持着有，没有别的选择，就得让它变成无。"③ 李渝亲手灭寂"我"，好腾出生命变成无，传说以她主导的形式走向完整，她始终是位待鹤人。

五、小结：时间遗址

　　关于追忆与怀旧，这是李渝永恒的主题与"最后的壁垒"④，总是重写、反复修改旧篇，她不讳言：

　　为结集而整理旧作，深感到一路走来的蹒跚颠簸。很多硬写的地方令人报颜，多篇不得不从纲领到细节到字句反复地修理，修到了重写的地步。⑤

---

　　① 李渝：《待鹤》，《九重葛与美少年》，台北：印刻文学生活杂志出版公司2013年版，第51页。
　　② 李渝：《待鹤》，《印刻文学生活志》2010年第6卷第11期，第38~59页。
　　③ 李渝：《待鹤》，《九重葛与美少年》，台北：印刻文学生活杂志出版公司2013年版，第39页。
　　④ 李渝《九重葛与美少年》跋名。
　　⑤ 李渝：《跋·最后的壁垒》，《九重葛与美少年》，台北：印刻文学生活杂志出版公司2013年版，第276页。

如是仔细检视旧作，逐字逐句删减增补，反映了李渝寻求超越传统与自我反思的路径和姿态，怀旧对她而言从来不是"对传统的重新发明"，李渝表示："绘画固然从来不应失去描绘梦想或乌托邦的权力，但是无论是画饼充饥还是投射到另外一个世界，总要来自个人的强烈的内在欲望。当艺术不再是受感的心灵，不再是'激情'，它便不再是艺术。"① 所谓投射，正是博伊姆反思型怀旧的内核，李渝笔下的乡国以温州街为想象起点，非实体存在，以回忆召唤五六十年代与父亲往来之文人，及温州街家中餐桌牌桌上的大小事。无论是《关河萧索》蔼叔纽约家中窗外元代瓷器色泽的河流，还是《江行初雪》叙事主体以学术之名至中国寻访佛像（精神膜拜物）后的落空，都是浮悬顶空，都是一个不存在于地图上的地址。现实中的返乡早非重点，创作中画出有与无的线轴游戏（fort‐da game），作家因以书写重构心中的原乡。所以"人物穿梭，事物启动"，从遥远进入这里稍停驻再离去，皴笔、工笔点画、晕染勾描怀旧的乡国，终点即过程，以文学扭转时间之不可逆。

乡关何在？鹤究竟有没有归访都城汴京，《瑞鹤图》是目击事实还是浪漫想象？画家在跋中题诗述怀："清晓觚棱拂彩霓，仙禽告瑞忽来仪。飘飘元是三山侣，两两还呈千岁姿。"轴页有画、有书、有文，绘图并记事，赋予画面故事情节，李渝《待鹤》中肯定画家每一片瓦、每一簇羽毛、每一飞翔的姿势，为传说"提供了凿凿的证据"②；相对地，李渝以真实个人历史为摹本并写入小说，提供了虚构的可能。可以这么说，李渝穷究艺术史里的灵光神谕造型，绾转时间、记忆没入《关河萧索》《江行初雪》《无岸之河》《待鹤》，河水、鹤鸟便是达到金顶的美学手法、路径。作家一生以文字制造记忆遗址，虚构窳言、真实情节互文编织，抹去真假边界，深化了人生与艺术。于是，《无岸之河》《待鹤》中从北宋迢迢飞越银灰蓝晚空展翅、不丹高岭气旋金顶寺院曼妙匝绕、途经台湾南返总无法顺利完成航行路线客死异乡的鹤们或候鸟形象空灵拟态，而《关河萧索》《江行初雪》里的河水写意与行旅乡关，一而再，再而三转境"彼邦、另

① 李渝：《民族主义·集体活动·心灵意志》，《族群意识与卓越风格》，台北：雄狮图书股份有限公司 2001 年版，第 6 页。

② 李渝：《待鹤》，《九重葛与美少年》，台北：印刻文学生活杂志出版公司 2013 年版，第 6 页。

地、他乡"① 替换地與场域。值此，《无岸之河》《待鹤》《关河萧索》《江行初雪》文字书画与虚构体验接榫，传递怀旧，不外言情。

（作者单位：苏伟贞，台湾成功大学中国文学系教授；黄资婷，台湾成功大学中国文学所博士生）

---

① 李渝并未去过不丹，《待鹤》以不丹为背景，借用了地理上的遥远，设立一个场域目的，是在实况不尽理想时可以作为转境。《印刻文学生活志》编辑部：《乡的方向：李渝和编辑部对谈》，《印刻文学生活志》2010 年第 6 卷第 11 期，第 86 页。

《新诗》周刊与台湾新诗流派之衍生

林淇瀁

【摘　要】《新诗》周刊系 1951 年 11 月 5 日于《自立晚报》辟版，每逢周一出刊，由诗人钟鼎文、葛贤宁、纪弦三人创办，1952 年 5 月 12 日由覃子豪接编，至 1953 年 9 月 14 日发行第 94 期停刊。作为一份纠合战后台湾新诗人发表诗作、互相交流的诗刊，它拉开了战后台湾新诗发展的帷幕，培育并催生了其后"现代诗""蓝星""创世纪"和"笠"四个诗社，是研究台湾新诗史与文学史不可忽视的重要刊物。惟过去因《新诗》周刊研究不足，致使该刊在相关文学史、新诗论中仍未获应有重视，其评价与定位也嫌不足，本文以《新诗》周刊总计 94 期内容为本，透过文学社会学的视角，探究该刊作者与 20 世纪 50 年代台湾诗坛（场域）之关系，以及班底之形成；兼论纪弦、覃子豪两人各立门户，及其对台湾新诗流派之衍生，推原究本，指出《新诗》周刊在台湾新诗史中的应有定位。

【关键词】《新诗》周刊；现代诗；流派；衍生

一、绪言：被文学史忽略的诗刊

2012 年 8 月 12 日，诗人钟鼎文因心脏衰竭逝世于台北荣民总医院，享年 100 岁；2013 年 7 月 24 日，诗人纪弦在美国加州家中逝世，享年 101 岁。两位元老诗人相继以高寿过世，令人不舍。两位元老诗人来台之后曾联手创办《新诗》周刊，为台湾现代诗的运动与发展奠定了稳固基础，他们与《新诗》周刊的关系，以及他们创办的《新诗》周刊在台湾新诗发展史上的定位，都到了可以盖棺论定的时候。

《新诗》周刊系于 1951 年 11 月 5 日在《自立晚报》辟版创刊（参见附录图一），每逢周一出刊，由诗人钟鼎文、葛贤宁和纪弦三人联手创办，

1952 年 5 月 12 日由覃子豪接编（参见附录图二），① 至 1953 年 9 月 14 日发行第 94 期之后，因《自立晚报》改版而停刊（参见附录图三）。②

作为战后台湾新诗发展的重要刊物，《新诗》周刊标志了战后来台诗人与台籍诗人的汇合，也开启了其后台湾新诗场域的分流和歧出。战后四大诗社（现代诗、蓝星、创世纪、笠）的诗人在未结社之前多曾在《新诗》周刊发表诗作或译作，③ 互相蕴染，也互相竞争，透过诗作发表、理论介绍、外国诗人作品译介，形成一个开放而多样的新诗创作园地，也影响了其后台湾新诗发展的路向。就《新诗》周刊出刊之际集结的诗人群与作品量，以及其后对诗坛的影响力两端来看，该刊可说是战后台湾第一份具有分量的新诗刊物，"俨然是中国新诗在台湾播种期的开山者"④。

由于 1956 年纪弦领导的现代派声势浩大，集结诗人众多，《新诗》周刊的重要性因而遭到掩盖，直到 1982 年 12 月 29 日诗人麦穗于《自立晚报·自立副刊》发表《现代诗的传薪者——〈新诗〉周刊》⑤，以他当年的剪报，详述《新诗》周刊相关史料之后，这份沉寂已久的诗刊方才重见天日；其后麦穗又编成《〈新诗〉周刊目录初编》，在《创世纪》连载 3 期（第 62 ~ 64 期），本文作者接踵其后，补其缺漏，编成《〈新诗〉周刊目录补编》，刊于《创世纪》第 65 期，《新诗》周刊较详尽的内容方才获

---

① 关于纪弦将《新诗》周刊交棒给覃子豪究竟为何时，如根据该刊刊头所示地址来看，第 1 期至第 27 期（1952.5.12）均为"台北市济南路二段四号四二一室"（纪弦当时任成功中学教师时的宿舍）；第 28 期（1952.5.19）之后更改为"台北市中山北路一段一〇五巷四号"（覃子豪当时任职物资局时的宿舍）。按，报纸内容之编辑须事前辑稿交印，不可能当日为之，因此推定覃子豪接编于前一期出刊日。此一部分，亦可参麦穗：《诗空的云烟——台湾新诗备忘录》，台北：诗艺文出版社 1998 年版，第 29 ~ 30 页。

② 林淇瀁：《长廊与地图：台湾新诗风潮的溯源与鸟瞰》，《中外文学》1999 年第 28 卷第 1 期，第 81 页。后收入林明德编：《台湾现代诗经纬》，台北：联合文学出版社 2001 年版，第 9 ~ 63 页。

③ 刘于慈：《共生殊相：论〈新诗〉周刊与五〇年代台湾四诗社的班底结构》，政大台文所编：《第四届全国台湾文学研究生学术论文研讨会论文集》，台南："国立"台湾文学馆 2007 年版，第 13 ~ 44 页。

④ 张默：《现代诗的回顾与前瞻》，《自立晚报·自立副刊》1980 年 8 月 31 日第 10 版。

⑤ 麦穗：《现代诗的传薪者——〈新诗〉周刊》，《自立晚报·自立副刊》1982 年 12 月 29 日第 10 版。

见于诗坛;① 1990 年 10 月，麦穗补足 94 期内容，终于编成《〈新诗〉周刊目录续编完结篇》，至此《新诗》周刊的完整目录方才重现。②

虽见编目，但由于《新诗》周刊系借《自立晚报》出刊，迄今垂 60 年，研究者除非根据旧报逐周阅览，否则难窥全豹，一般读者更是无法亲见，这也导致有关该刊之研究相对稀少，台湾新诗史、台湾文学史相关专书对于《新诗》周刊之重视不足，都仅一笔带过。以新诗史为例，张双英《二十世纪台湾新诗史》关于《新诗》周刊之叙述仍止于词条，未及于该刊内容与重要诗人;③ 以文学史为例，陈芳明《台湾新文学史》有关《新诗》周刊之叙述，出现在纪弦与覃子豪两人之简历叙述下，评价仅见"五〇年代最早的纯诗刊物"以及"这时期反共诗与纯粹新诗同时混合出现"数语。④ 这两本是各自领域最新的史论，之前已出之史著对于《新诗》周刊之存在更少提及。⑤ 这应非撰史者之过，而与《新诗》周刊内容难以

---

① 麦穗所编《〈新诗〉周刊目录初编》，见于《创世纪》1983 年第 62 期，第 144 ~ 148 页;1984 年第 63 期，第 90 ~ 95 页;1984 年第 64 期，第 154 ~ 159 页。向阳编:《〈新诗〉周刊目录补编》，《创世纪》1984 年第 65 期，第 330 ~ 332 页。

② 此一过程可详见张默:《早期新诗史的撞钟人——写在麦穗的〈诗空的云烟〉卷前》，《台湾现代诗笔记》，台北:三民书局股份有限公司 2004 年版，第 90 ~ 95 页。

③ 张双英:《二十世纪台湾新诗史》，台北:五南图书公司 2006 年版。此书中《新诗》周刊出现两处，分别是第 123 ~ 124 页，占三行，约 80 字;第 140 页，占三行，约 80 字，两处内文相同，资料来自张默编:《台湾现代诗编目——1929—1995 修订篇》，台北:尔雅出版社 1996 年版，第 139 ~ 143 页。

④ 陈芳明:《台湾新文学史》，台北:联经出版社 2011 年版。《新诗》周刊首见于纪弦名条下，以七行叙述该刊主编人和常见作者，第 326 ~ 327 页;次见于覃子豪名条下，仅见其主编过"新诗周刊"四字，第 337 页。

⑤ 台湾文学史专书如陈少廷《台湾新文学运动简史》（台北:联经出版社，1977），叶石涛《台湾文学史纲》（高雄:文学界，1987），彭瑞金《台湾新文学运动 40 年》（台北:春晖出版社，1997），赵遐秋、吕正惠编《台湾新文学思潮史纲》（台北:人间出版社，2006），古继堂等编《简明台湾文学史》（北京:时事出版社，2002），朱双一《台湾文学创作思潮简史》（台北:人间出版社，2011），白少帆等编《现代台湾文学史》（沈阳:辽宁大学出版社，1987），公仲、汪义生《台湾新文学史初编》（南昌:江西人民出版社，1989），刘登翰等编《台湾文学史》（福州:海峡文艺出版社，1991），陆卓宁编《20 世纪台湾文学史略》（北京:民族出版社，2006），刘登翰、庄明萱编《台湾文学史》（北京:现代教育出版社，2007）等都有这个问题。台湾新诗史专书如古继堂《台湾新诗发展史》（北京:人民文学出版社，1989;台北:文史哲出版社，1997），古远清《台湾当代新诗史》（台北:文津出版社，2008）亦同。

得见，且学界论述及研究过少有关。

二、《新诗》周刊研究现况

一如前节所述，以《新诗》周刊为研究对象之文论，除麦穗着力甚深，有多篇文章述及该刊缘起，并整编完整目录之外，[①] 学术论述仅见刘于慈《共生殊相：论〈新诗〉周刊与五〇年代台湾四诗社的班底结构》一文、[②] 蔡明谚的博士论文《一九五〇年代台湾现代诗的渊源与发展》[③] 中则以一节讨论。《新诗》周刊之重要性及其意义仍未见充分讨论，对台湾新诗史、文学史之研究而言，殊属可惜。以下有必要先就其研究概况做一交代。

刘于慈《共生殊相：论〈新诗周刊〉与五〇年代台湾四诗社的班底结构》一文，首先，以场域理论为基础，透过文本、作者分析，探究《新诗》周刊的特色，指出纪弦主编时期之特色有二，即抒情的自由诗和战斗诗，奠定了该刊抒情的基调，呈现反共文艺与抒情自由诗中的共轴创作风格；覃子豪时期则在抒情的自由诗之外，出现对女诗人议题的关注、新兴作家的兴起、译作的开拓及省籍作家参与创作、翻译等特色。其次，此文也以具体的量化研究，指出《新诗》周刊所开展的现代诗、蓝星、创世纪与笠四诗社的班底结构，认为该刊"替新诗的创作园地开展更广的脉络"。[④] 最后，指出"共生"是《新诗》周刊作为战后台湾新诗源头或摇篮的本质；"殊相"则是战后台湾四诗社分流的特质。不过，该文对于 50 年代

① 麦穗的《诗空的云烟——台湾新诗备忘录》（台北：诗艺文出版社，1998），收有《现代诗的传薪者——〈新诗〉周刊》（第 19~26 页）、《覃子豪与〈新诗〉周刊》（第 27~36 页）、《李莎与〈新诗〉周刊》（第 37~42 页）、《一篇吓退葛贤宁的短评》（第 43~45 页）4 篇文章；附录收《〈新诗〉周刊（1—94 期）目录》（第 203~244 页）。

② 刘于慈：《共生殊相：论〈新诗〉周刊与五〇年代台湾四诗社的班底结构》，政大台文所编：《第四届全国台湾文学研究生学术论文研讨会论文集》，台南："国立"台湾文学馆 2007 年版，第 13~44 页。

③ 蔡明谚：《一九五〇年代台湾现代诗的渊源与发展》，"国立"清华大学中国文学系博士学位论文，2008 年。

④ 刘于慈：《共生殊相：论〈新诗〉周刊与五〇年代台湾四诗社的班底结构》，政大台文所编：《第四届全国台湾文学研究生学术论文研讨会论文集》，台南："国立"台湾文学馆 2007 年版，第 32~33 页。

台湾诗坛班底结构，以及省籍诗人参与部分仍嫌论述不足；个别诗人部分，如林亨泰从《新诗》周刊到其后参加现代派的角色分析，也有加强空间。

蔡明谚博士论文《一九五〇年代台湾现代诗的渊源与发展》从文学史的角度，分析 20 世纪 50 年代台湾现代诗的形成，强调文学与历史的关系，企图以叙事史学的向度，清理 20 世纪 50 年代台湾现代诗的原始材料，重新描述台湾现代诗的兴起过程，论述严谨，参证资料也丰富。其第一章第三节即"新诗人的初次集结：《自立晚报·〈新诗〉周刊》"①，本节计 24 页近 20 000 字，以"诗刊的创立""年轻的新诗人""女诗人蓉子和林泠""杨唤的天分"及"最初的论述"五小分节，分别讨论纪弦与《新诗》周刊的创刊、《新诗》周刊培养年轻诗人、女诗人杨唤以及对该刊诗论的评价。与刘文不同之处，在于蔡明谚注意到《自立晚报》在 50 年代的媒体处境，对照《新诗》周刊的阶段发展、主编更换，乃至于张道藩题署报头的出现与取消，分析其背后的政治因素，有助于读者了解该刊与台湾政治、社会变迁的互动；另外，蔡明谚特别针对该刊主要作者如年轻诗人腾辉，女诗人蓉子、林泠、杨唤等进行文本分析，突出了《新诗》周刊对提振台湾新诗创作的贡献。不过，蔡明谚博士论文对于《新诗》周刊与张道藩主责的战斗文艺政策的关系、纪弦与覃子豪的分道扬镳、覃子豪接编之后该刊风格的转变以及该刊作者群其后的分流等问题，仍未能详论。

其他一般评论方面，当年曾参与《新诗》周刊投稿者中，以诗人麦穗为最多，一如前节所述，他所撰有关该刊的论评后均收入文集《诗空的云烟——台湾新诗备忘录》，书写了当年参与《新诗》周刊投稿者之所见，具有参考价值。

此外，也是当年《新诗》周刊投稿者的郭枫则从 2013 年展开《台湾当代新诗史论》的撰述，并已发表《覃子豪论：彩虹高照超绝流俗孤芳一

---

① 蔡明谚：《一九五〇年代台湾现代诗的渊源与发展》，"国立"清华大学中国文学系博士学位论文，2008 年，第 60～84 页。

诗家》①《纪弦论：诗活动家狼之独步与现代派兴灭》② 两篇长论，对于钟鼎文、纪弦、覃子豪三人和《新诗》周刊的关系，以及他们三人各自扮演的不同角色都见深刻分析；对于从《新诗》周刊衍生而出的《蓝星》周刊、《现代诗》之间的关系与渊源也有相当详细的论述，是不可多得的见证文献。

　　类此具有 50 年代出身背景的诗人的忆往之作，尚有向明《古今多少诗，尽付笑谈中！——五〇年代现代诗的回顾与省思》③、林亨泰《台湾诗史上的一次大融合（前期）——一九五〇年代后半期的台湾诗坛》④、白萩《渊源·流变·展望——光复后台湾诗坛的发展与检讨》⑤、上官予《五十年代的新诗》⑥、张默《从〈新诗〉周刊到〈春秋小集〉：三十年来全国新诗期刊纵横谈（1951—1983）》⑦、赵天仪《台湾战后二十年新诗的发展——战后二十年到〈台湾文艺〉创刊为止》⑧ 等，乃至于纪弦的《纪弦

————————

①　郭枫：《覃子豪论：彩虹高照超绝流俗孤芳一诗家》，《新地文学》2013 年第 23 期，第 47～85 页。

②　郭枫：《纪弦论：诗活动家狼之独步与现代派兴灭》，《新地文学》2013 年第 24 期，第 7～46 页。此文为已发表旧稿（郭枫：《论诗活动家纪弦和〈现代诗〉兴灭》，《盐分地带文学》2006 年第 5 期，第 167～182 页）改写。

③　向明：《古今多少诗，尽付笑谈中！——五〇年代现代诗的回顾与省思》，《文星》1988 年第 115 期，第 136～145 页。此文后以"五〇年代现代诗的回顾与省思"为题，发表于《蓝星诗刊》1988 年第 15 号，第 83～100 页。

④　林亨泰：《台湾诗史上的一次大融合（前期）——一九五〇年代后半期的台湾诗坛》，文讯杂志社主编：《台湾现代诗史论》，台北：文讯杂志社 1996 年版，第 99～106 页。

⑤　白萩：《渊源·流变·展望——光复后台湾诗坛的发展与检讨》，《现代诗散论》，台北：三民书局股份有限公司 2005 年版，第 49～54 页。

⑥　上官予：《五十年代的新诗》，《文讯》1984 年第 9 期，第 30～31 页。

⑦　张默：《从〈新诗〉周刊到〈春秋小集〉：三十年来全国新诗期刊纵横谈（1951—1983）》，《创世纪诗杂志》1983 年第 62 期，第 130～143 页。

⑧　赵天仪：《台湾战后二十年新诗的发展——战后二十年到〈台湾文艺〉创刊为止》，《台湾文学的周边——台湾文学与台湾现代诗的对流》，台北：富春文化 2000 年版，第 57～71 页。本文原刊《台湾文艺》1983 年第 82 期，第 33～42 页。其副题"战后二十年到《台湾文艺》创刊为止"疑有误植，应为"战后到《台湾文艺》创刊为止"。

回忆录》①，都透过不同的角度透露了这些诗人对于 50 年代诗坛的说法和观点。

以这样的研究成果来看，有关《新诗》周刊在台湾新诗史上的定位，的确仍有相当大的强化空间。我曾在《长廊与地图：台湾新诗风潮的溯源与鸟瞰》② 及《五○年代台湾现代诗风潮试论》③ 两文中，试图为《新诗》周刊定位，指出台湾现代诗的发轫，应非纪弦一人之功，也非纪弦一人所能"首先提倡"；同时也指出蓝星与现代诗的分门别立，肇因于《新诗》周刊阶段。④ 两文甚早写出，兼以当时《新诗》周刊未见全貌，仅止于论述而乏论证。以今日来看，其后的笠诗社（当时的省籍诗人）扮演的重要角色并未论及，即属缺憾。

此一缺漏，阮美慧的博士论文《台湾精神的回归：六七○年代台湾现代诗风的转折》⑤ 已有所填补，此文虽重在探究六七十年代现代诗风的转折，但其第二章专论 50 年代台湾诗坛的发展情况，爬网"诗的两个根球"的存在现象，对于省籍诗人及其后笠诗社的出现，均有充分论述。

与思潮相关者尚有 50 年代的新诗论战，要者有萧萧《五○年代新诗论战述评》⑥，此文以"现代派论战""象征派论战""新诗论战"总括 50 年代三场具有诗史意义的论战，透过三个表格，详列二论战参与人物、论题，并予以评述，具有创见，也值得参考；其中引用蔡芳玲《五○年代台

————————

① 纪弦：《纪弦回忆录》（1～3 册），台北：联合文学出版社 2002 年版。其中第 2 册写"台湾时期"（1949—1976）纪弦在台湾的创作生涯与诗坛活动，也透露他与覃子豪的论战原委，有参考价值。

② 林淇瀁：《长廊与地图：台湾新诗风潮的溯源与鸟瞰》，《中外文学》1999 年第 28 卷第 1 期，第 70～112 页。

③ 林淇瀁：《五○年代台湾现代诗风潮试论》，《静宜人文学报》1999 年第 11 期，第 45～61 页。

④ 林淇瀁：《长廊与地图：台湾新诗风潮的溯源与鸟瞰》，《中外文学》1999 年第 28 卷第 1 期，第 81 页。

⑤ 阮美慧：《台湾精神的回归：六七○年代台湾现代诗风的转折》，"国立"成功大学中国文学系博士学位论文，2001 年。

⑥ 萧萧：《五○年代新诗论战述评》，文讯杂志社编：《台湾现代诗史论》，台北：文讯杂志社 1996 年版，第 107～121 页。

湾文学析论》之说，认为"听不出台湾本土诗人的声音"①，应属当年格于
《新诗》周刊未见全豹之失。

　　同样是处理三场论战，侯作珍所撰《蓝星诗社对现代诗发展的贡
献——以五〇年代三次论战为探讨中心》② 一文则有不同视角，该文以蓝
星诗社在论战中扮演的角色和影响为论述核心，详述蓝星诗人在论战中的
论述，认为该刊对现代诗的推动具有很大影响，"凭其发言刊物众多的条
件，全力护卫和宣传现代诗，无形中促成与加速了现代诗的推行"③；应凤
凰《台湾五〇年代诗坛与现代诗运动》④ 也持类似观点。两文之问题，在
于将蓝星诗社与蓝星诗人（如余光中）的媒体影响力并论，也忽视了三场
论战并非蓝星诗社或诗人独撑大梁，而是一如林亨泰所说的"大融
合"——现代诗、蓝星和创世纪"互相吸收融合"而促成了现代诗的
发展。⑤

　　相较之下，蔡明谚所撰《一九五〇年代台湾现代诗的几个面向》⑥ 则
以叙事史学的批判视角，论述 50 年代台湾现代主义诗学的生发，作者以
"脱离与反抗""现代与现实""肯定与虚无"和"纯粹与政治"四组互为
矛盾的概念，针对相关诗史、文学史论述提出了批判性的论点，⑦ 其结语

---

　　① 蔡芳玲：《五〇年代台湾文学析论》，《台湾文学观察杂志》1994 年第 9 期，第 74 ~ 83 页。
　　② 侯作珍：《蓝星诗社对现代诗发展的贡献——以五〇年代三次论战为探讨中心》，《文学新钥》2003 年创刊号，第 51 ~ 72 页。
　　③ 侯作珍：《蓝星诗社对现代诗发展的贡献——以五〇年代三次论战为探讨中心》，《文学新钥》2003 年创刊号，第 68 页。
　　④ 应凤凰：《台湾五〇年代诗坛与现代诗运动》（上），《台湾诗学季刊》2002 年第 38 期，第 92 ~ 109 页；《台湾五〇年代诗坛与现代诗运动》（下），《台湾诗学季刊》2002 年第 39 期，第 58 ~ 70 页。本文另刊《现代中文文学学报》2000 年第 4 卷第 1 期，第 65 ~ 100 页。
　　⑤ 林亨泰：《台湾诗史上的一次大融合（前期）——一九五〇年代后半期的台湾诗坛》，文讯杂志社主编：《台湾现代诗史论》，台北：文讯杂志社 1996 年版，第 106 页。
　　⑥ 蔡明谚：《一九五〇年代台湾现代诗的几个面向》，《台湾文学研究学报》2010 年第 11 期，第 89 ~ 112 页。
　　⑦ 如对奚密有关超现实主义的正面论述（"以诗和爱为反抗的基点"）加以批判。奚密：《边缘，前卫，超现实——对台湾五六十年代现代主义的反思》，《现当代诗文录》，台北：联合文学出版社 1998 年版，第 155 ~ 179 页。在同书中另有《从边缘出发——〈现代汉诗选〉导言》（第 24 ~ 43 页），论点相近。

指出：

50 年代台湾现代诗的"美学现代性"，应该可以被描述为：台湾的现代诗"对立于传统"，但"肯定了"资产阶级文明的现代性，并且"因为它把自己设想为一种新的传统或权威"，因此台湾现代诗"不曾"对立于它自身，而是把自己塑造成一个全新的传统，以及更具权威的文艺体制。①

此一论点系历来论述 20 世纪 50 年代以降现代主义诗学少有之创见，也能解释何以在《新诗》周刊之后衍生而出的现代主义运动（及其诗学）迄今仍居主流位置；不过，作者显然忽略了《新诗》周刊的组合与内容之间已经存在着"脱离与反抗""现代与现实""肯定与虚无""纯粹与政治"的吊诡性，若从该刊 94 期的内容进行分析即可寻得解答。

其他相关论述尚有丁威仁《五六〇年代社群诗论的起航点——"现代派论战"重探》②，本文相当详尽地引述相关学者论述，以及现代派论战中"移植说""折中说"与"继承说"三方论点的多元论据，企图清楚呈现 50 年代新诗社群诗论的交错与互构；并将三次论战统合以观，视为现代派"一系三阶段"的论述，也有一定的参考价值；唯三次论战性质不尽相同，参与论战者也有诗坛内外之分，是否皆为现代派"一系"，仍有商榷余地。

陈政彦的博士论文《战后台湾现代诗论战史研究》③，相对显得细密。此文以场域权力的建构取向，论述现代诗论战与政治、经济等权力场域社会结构的关系，指出其中有古典抒情诠释社群、现代主义诠释社群、本土写实诠释社群的互动。其解释力强，也能自圆其说。

此外，讨论《新诗》周刊，也不能不探究 50 年代的文艺政策，此一

---

① 蔡明谚：《一九五〇年代台湾现代诗的几个面向》，《台湾文学研究学报》2010 年第 11 期，第 110 页。

② 丁威仁：《五六〇年代社群诗论的起航点——"现代派论战"重探》，《战后台湾现代诗史论》，台中：印书小铺 2008 年版，第 19~78 页。

③ 陈政彦：《战后台湾现代诗论战史研究》，"中央"大学中国文学研究所博士学位论文，2006 年。

部分文献甚多，① 较全面清理与重整者有胡芳琪《一九五〇年代台湾反共文艺论述研究》②，此文将反共文艺论述分为"三民主义文艺论述""民生主义社会文艺论述"与"战斗文艺论述"三块，并详述其间微妙之差异，显现了文艺政策的厘定与变化；讨论文艺政策下的台籍作家处境者有李丽玲《五〇年代国家文艺体制下台籍作家的处境及其创作初探》③，此文分析了台籍作家面对语言转换的调适方式，其中指出的台籍诗人与小说家面对50年代文坛的差异，也有创见。

关于《新诗》周刊的灵魂人物纪弦与覃子豪的研究成果，除纪弦已出的回忆录可参之外，硕、博士论文部分，2010 年始见陈雪惠《永远的摘星少年——纪弦及其诗作研究》④；覃子豪部分有刘正伟《覃子豪诗研究》⑤及《早期蓝星诗社（1954—1971）研究》⑥ 两部，对于覃子豪诗作与早期蓝星诗社的脉络，爬网清理，也见成果。

期刊论文部分，纪弦研究早有杨牧写过《关于纪弦的现代诗社与现代派》⑦，此文对于纪弦与现代诗社、现代派之关系论之既详且深，是研究纪弦与现代诗不可忽略之文；陈玉玲《纪弦与"现代诗"诗刊之研究》⑧，

---

① 重要者如齐邦媛：《从灰蒙凝重到恣肆挥洒——五十年来的台湾文学》，《雾渐渐散的时候》（台北：九歌出版社，1998）；王德威：《一种逝去的文学——反共小说新论》，《如何现代，怎样文学》（台北：麦田出版有限公司，1998）；郑明娳：《当代台湾文艺政策的发展、影响与检讨》，《当代台湾政治文学论》（台北：时报文化出版公司，1994）。
② 胡芳琪：《一九五〇年代台湾反共文艺论述研究》，台湾清华大学台湾文学研究所硕士学位论文，2006 年。
③ 李丽玲：《五〇年代国家文艺体制下台籍作家的处境及其创作初探》，台湾清华大学中研所硕士学位论文，1995 年。
④ 陈雪惠：《永远的摘星少年——纪弦及其诗作研究》，高雄师范大学回流中文硕士班硕士学位论文，2010 年。
⑤ 刘正伟：《覃子豪诗研究》，玄奘大学中国语文学系硕士班硕士学位论文，2005 年。本文其后以同名专书出版（台北：文史哲出版社，2005）。
⑥ 刘正伟：《早期蓝星诗社（1954—1971）研究》，佛光大学文学系博士学位论文，2012 年。
⑦ 杨牧：《关于纪弦的现代诗社与现代派》，《现代文学》1972 年第 46 期，第 86~103 页。
⑧ 陈玉玲：《纪弦与"现代诗"诗刊之研究》，《台湾文学观察杂志》1991 年第 4 期，第 3~33 页。

虽属早期研究，仍有可参之处；丁旭辉《纪弦大陆时期诗作中的现代主义特质》①、杨佳娴《路易斯（纪弦）在"沦陷期"上海的活动——以〈诗领土〉为中心的考察》② 两文研究纪弦在上海时期的诗创作及其活动，具有引证参酌的价值。此外，杨宗翰《中化现代——纪弦、现代诗与现代性》③、林巾力《追求诗的纯粹性：从杨炽昌到纪弦》④ 两文从现代性角度切入，饶有创见；刘正忠《艺术自主与民族大义："纪弦为文化汉奸说"新探》⑤、吴孟昌《重估纪弦"现代诗"运动中的位置——以"接受反应"理论为视角》⑥ 两文也翻新了纪弦研究的既有视野。更详尽的文献则可参须文蔚编《台湾现当代作家研究资料汇编·纪弦》⑦ 及其导论。覃子豪研究有陈义芝《覃子豪与象征主义》⑧，此文对于覃子豪的象征主义诗学有细密剖析；期刊论文部分有林秋芳《节奏的理论及实践——覃子豪大陆时期

---

　① 丁旭辉：《纪弦大陆时期诗作中的现代主义特质》，《高应科大人文社会科学学报》2009 年第 6 卷第 2 期，第 179～205 页。
　② 杨佳娴：《路易斯（纪弦）在"沦陷期"上海的活动——以〈诗领土〉为中心的考察》，《台湾文学研究学报》2010 年第 11 期，第 45～88 页。杨佳娴另有《都市、战争与新一代上海"现代派"诗人——以（施蛰存等主编）〈现代〉、（戴望舒等主编）〈新诗〉、［路易斯（纪弦）主编］〈诗领土〉为观察对象》，《中极学刊》2007 年第 6 期，第 67～94 页。
　③ 杨宗翰：《中化现代——纪弦、现代诗与现代性》，《中外文学》2001 年第 30 卷第 1 期，第 65～83 页。此文后收入《台湾现代诗史：批判的阅读》，台北：巨流图书股份有限公司 2002 年版，第 285～316 页。
　④ 林巾力：《追求诗的纯粹性：从杨炽昌到纪弦》，《中外文学》2010 年第 39 卷第 4 期，第 85～133 页。
　⑤ 刘正忠：《艺术自主与民族大义："纪弦为文化汉奸说"新探》，《政大中文学报》2009 年第 11 期，第 163～197 页。
　⑥ 吴孟昌：《重估纪弦"现代诗"运动中的位置——以"接受反应"理论为视角》，《东海大学文学院学报》2009 年第 50 期，第 75～97 页。
　⑦ 须文蔚编：《台湾现当代作家研究资料汇编·纪弦》，台南："国立"台湾文学馆 2011 年版。
　⑧ 陈义芝：《覃子豪与象征主义》，《声纳：台湾现代主义诗学流变》，台北：九歌出版社 2006 年版，第 65～81 页。

的诗论及诗作》①、林淑贞《覃子豪在台之诗论及其实践活动探究》②，两文分别以诗论、诗作与活动讨论覃子豪来台前后两阶段的实绩，可以互参。更详尽的文献则可参陈义芝编《台湾现当代作家研究资料汇编·覃子豪》③及其导论。

三、《新诗》周刊之流派衍生

《新诗》周刊在 20 世纪 50 年代的台湾出刊，具有相当的重要性。这份由当时的文坛领导人张道藩亲署刊名的诗刊，④ 除刊载呼应反共战斗文艺政策的诗作之外，写作阵容强大，作品水平也堪称齐一，刊登内容除新诗创作之外，尚有论评、译诗等，一如麦穗所言，该刊不仅"将大陆来台的诗人集合起来，把薪火传递下去。而最重要的是培植新一代的新作者，备作接棒的传人"，"奠定了今日现代诗蓬勃的基础"；⑤ 除此之外，《新诗》周刊还是其后诗坛社群分流的源头，本文作者即曾指出，"50 年代蓝星诗社与现代派的分门别立，以及其后关于现代主义论战的不休，可说都肇因于《新诗》周刊阶段"⑥。

《新诗》周刊的主要发展，依其主编取向，可大致分为两个阶段：一是纪弦主编时期（第 1 期至第 27 期，即 1951. 11. 5—1952. 5. 12）；二是覃

---

① 林秋芳：《节奏的理论及实践——覃子豪大陆时期的诗论及诗作》，《南亚学报》2006 年第 26 期，第 339～350 页。

② 林淑贞：《覃子豪在台之诗论及其实践活动探究》，《台湾文学观察杂志》1991 年第 4 期，第 34～57 页。

③ 陈义芝编：《台湾现当代作家研究资料汇编·覃子豪》，台南："国立"台湾文学馆 2011 年版。

④ 张道藩时任国民党"中央"改造委员、"立法院"院长，手创"中华文艺奖金委员会"，是国民党反共战斗文艺政策的执行者，他题署《新诗》周刊刊头自然具有一定的意义。由于第 1 期未能赶上印刷，自第 2 期开始均采其题署，直到第 73 期（1953. 4. 6），第 74 期（1953. 4. 20）出刊后换置成美术字体。其原因为何，值得细究。

⑤ 麦穗：《现代诗的传薪者——〈新诗〉周刊》，《诗空的云烟——台湾新诗备忘录》，台北：诗艺文出版社 1998 年版，第 30 页。

⑥ 林淇瀁：《长廊与地图：台湾新诗风潮的溯源与鸟瞰》，《中外文学》1999 年第 28 卷第 1 期，第 81 页。

子豪主编时期（第 28 期至第 94 期，即 1952. 5. 19—1953. 9. 14）。①

　　草创时期的《新诗》周刊之所以借用《自立晚报》以副刊的形式出版，与时任该报总主笔钟鼎文有关，他和纪弦本为旧识，因此找来纪弦和时在"中华文艺奖金委员会"任职的葛贤宁，一起创办了这份报纸型诗刊。但实际主编者则委由纪弦担任，此由《新诗》周刊编辑部设在"济南路二段四号四二一室"（纪弦任职之成功中学宿舍）可知，纪弦回忆录也证实，实际编辑就是他一人。②

　　创刊之际的《新诗》周刊，一开始并不强调现代主义，而是延续了中国 20 世纪三四十年代的诗风，着重于诗的创新，主张"诗形是多样的""诗风是各异的"，"一切文学一切艺术是为人生的"，但必须立基于"为文学而文学、为艺术而艺术"的努力，才能使其成为"真正的为人生的文学，为人生的艺术"。同时强调：

　　我们的诗不是标语口号，也不是山歌民谣，更不是贩卖西洋旧货来充新的伪新诗，或用白话写成的本质上的旧诗词。我们意识要追求新。但是标新立异，绝不是新诗的新。同时，对于中国诗的传统，我们也要加以态度谨慎地扬弃和承继。而我们必须探讨的，乃是新诗之所以为新诗的道理。③

　　这和纪弦 1953 年创办《现代诗》及于 1956 年组成的现代派"六大信条"是完全不同的主张，特别是在信条一"我们是有所扬弃并发扬光大地包容了自波特莱尔以降一切新兴诗派之精神与要素的现代派之一群"，信条二"我们认为新诗乃是横的移植，而非纵的继承"，信条四"知性之强调，追求诗的纯粹性"等诉求上，④ 均截然不同于《新诗》周刊。部分诗史将《新诗》周刊归入现代主义脉络显然有误。

　　除此之外，《新诗》周刊之创办，与 50 年代张道藩领导的反共战斗文

---

　　① 覃子豪主编阶段，自第 83 期至第 89 期（即 1953. 6. 22—1953. 8. 10）由李莎暂代编辑。

　　② 纪弦：《纪弦回忆录》（第二册），台北：联合文学出版社 2002 年版，第 40 页。

　　③ 纪弦：《发刊辞》，《新诗》1951 年第 1 期。

　　④ 纪弦：《现代派的信条》，《现代诗》1956 年第 13 期。

艺运动也有绝对关联，其《发刊辞》最终免不了强调诗作为"武器"、作为"战斗"，强调诗人必须保卫"自由中国"等，即可印证：

> 我们是自由中国写新诗的一群。诗是艺术，也是武器。为了保卫自由，保卫德谟克拉西，保卫文化，保卫诗，我们团结起来了。我们深切地理解，在今天，国家需要我们，我们更需要国家……一面战斗，一面创造，我们来了。①

根据刘于慈的统计，纪弦主编的前 27 期中，排除怀乡作品，就有 26 首与"反共爱国"相关的诗作，而覃子豪主编的第 28 期到第 94 期只有 5 首。② 这也显见纪弦主编时期的《新诗》周刊，与现代主义文学并无关联。刘于慈认为纪弦主编时期的《新诗》周刊特色有二：一是"自由的抒情诗"，二是"呼应反共文艺的战斗诗"。③ 除了"自由的抒情诗"宜易为"抒情的自由诗"之外，基本上是没有错的。

但从另一个角度来看，纪弦主编时期的《新诗》周刊也具有另一个意义（称为特色亦无不可），那就是透过这个报纸型诗刊，可见战后台湾省籍诗人开始被纳入当时的"中国新诗"系谱之中。其中以林亨泰的角色最为突出。1952 年 3 月 24 日，《新诗》周刊第 20 期发表了林亨泰的日文诗作《爱之姿》《忏悔》（中译版），④ 这表征了"跨越语言的一代"省籍诗人与来自大陆诗人的携手的开始。此后，第 23、24、25、26 四期均刊出过林亨泰的诗作（中译版）。这一个因缘也促成其后林亨泰和纪弦在现代派

---

① 纪弦：《发刊辞》，《新诗》1951 年第 1 期。

② 刘于慈：《共生殊相：论〈新诗周刊〉与五〇年代台湾四诗社的班底结构》，政大台文所编：《第四届全国台湾文学研究生学术论文研讨会论文集》，台南："国立"台湾文学馆 2007 年版，第 19 页。

③ 刘于慈：《共生殊相：论〈新诗周刊〉与五〇年代台湾四诗社的班底结构》，政大台文所编：《第四届全国台湾文学研究生学术论文研讨会论文集》，台南："国立"台湾文学馆 2007 年版，第 13 页。

④ 林亨泰著，陈保郁译：《译诗两首》，《新诗》1952 年第 20 期。

运动中提倡现代主义的合作，其意义重大。①

　　纪弦主编时期，在《新诗》周刊发表诗作、译作和评论的诗人多为大陆来台诗人，其中诗作发表和译作发表最多的是纪弦和覃子豪，覃自第 3 期发表《北斗·灯塔》②之后，第 5 期开始连载《海洋诗抄》，翻译法国诗作，可说是相当活跃的诗人。除此之外，钟鼎文、墨人、李莎、上官予、彭邦桢、黄仲琮（羊令野）、梁云坡、亚汀、蓝婉秋、蓉子、罗行、杨允达、潘垒等都是主力，杨唤自第 15 期登场、郑愁予自第 17 期登场……从这个名单中，我们可以很清楚地看到大陆来台诗人的初步集结；加上前述提供诗作的林亨泰、第 27 期才出现的台籍女诗人李政乃，纪弦主编阶段的《新诗》周刊可说是战后第一波台湾新诗坛的集结浪潮，但尚未出现诗社的组织形式，也尚无新诗运动可言，"现代诗"这个名词无法指称这个阶段，只能说是还停留在探讨"新诗之所以为新诗的道理"③的时期。

　　1952 年 5 月 19 日，《新诗》周刊第 28 期推出，编辑部地址已改为"中山北路一段一〇五巷四号"，此一地址是当时覃子豪的宿舍，标志着覃子豪主编时期的开始，直到第 94 期 1953 年 9 月 14 日停刊为止。

　　覃子豪主编初期，作者群仍维持纪弦时期的诗人群，但纪弦则全面退出，不再供稿，显现两人之间的矛盾，纪弦退出《新诗》周刊后，随即于1952 年 8 月自费创办《诗志》，但只出版一期，1953 年 2 月又创办《现代诗》，与《新诗》周刊对垒，我在另一篇论文中曾指出：

　　　　以刊登《现代派诗群第一批名单》、《现代派消息公报第一号》、纪弦《现代派信条释义》④的《现代诗》第 13 期为界点，前 13 期的创作水平，

---

① 林亨泰回忆他参加现代派，在《现代诗》发表评论之文，可参林亨泰：《林亨泰全集 5：文学论述卷 2》（彰化：彰化县立文化中心，1998）、《林亨泰全集 7：文学论述卷 4》（彰化：彰化县立文化中心，1998）。
② 覃子豪：《北斗·灯塔》，《新诗》1951 年第 3 期。
③ 纪弦：《发刊辞》，《新诗》1951 年第 1 期。
④ 此三篇均系 1956 年 1 月 15 日纪弦与叶泥、郑愁予、罗行、杨允达、林泠、小英、季红、林亨泰等九人宣告"现代派"成立之时所拟。

及汇合的诗人群，都足以和覃子豪主编的《新诗》周刊分庭抗礼。①

　　换句话说，纪弦退出《新诗》周刊时，台湾新诗的流派已隐然形成，以覃子豪和纪弦为首的诗坛二分也已开始酝酿。诗人麦穗认为，"《新诗》周刊是自由中国诗的薪传者和诗刊的开山者并不为过。我们看台湾最早的两个诗社现代诗和蓝星都可以说是《新诗》所分裂而成的"②。这个说法仍可斟酌，因为纪弦退出之后，《新诗》周刊仍然持续到1953年9月14日，而蓝星诗社则提早于同年3月即已成立，分裂始于纪弦和覃子豪私人创作理念和诗风发生不同之争时，《现代诗》和《蓝星》诗刊或两个诗社的对垒，并形成不同的诗风，则是两人相争的结果，两社或难以以"是《新诗》所分裂而成的"概括，称为由《新诗》周刊衍生而出，或较贴切。

　　覃子豪主编时期的《新诗》周刊，基本上仍延续纪弦时期的"新诗"风格，作为诗人作品的发表场域、新人培植的摇篮而存在。不同的是，覃子豪更重视诗坛新秀以及女性诗人的栽培，并通过法国象征主义诗作的译介，古典、抒情诗风的提倡，形成其后的《蓝星》班底。

　　《新诗》周刊在覃子豪主编时期先后制作过三个特辑：一是"屈原纪念特刊"（第29期，1952.5.28）③；二是"女诗人创作专辑"（第40期，1952.8.11）；三是"诗的社会性与社会教育性特辑"（1952.11.17）④。一与三两特辑显然是反共年代文学刊物无法避免的政策产物，可以不论，值得注意的是"女诗人创作专辑"。

　　第40期"女诗人创作专辑"（版面上并无此字样）共收蓉子、宛宛、

---

① 林淇瀁：《长廊与地图：台湾新诗风潮的溯源与鸟瞰》，《中外文学》1999年第28卷第1期，第103页。

② 麦穗：《现代诗的传薪者——〈新诗〉周刊》，《诗空的云烟——台湾新诗备忘录》，台北：诗艺文出版社1998年版，第25页。

③ "屈原纪念特刊"收五首创作，李莎《五月祭》、亚汀《悼屈原》、季薇《诗人魂》、覃子豪《悼歌》、上官予《庄严的永存》，以及钟雷旧诗新译《橘颂：意译屈原的原作》，另有钟鼎文诗论《论诗人的"节"》一篇。

④ "诗的社会性与社会教育性特辑"收诗论八篇，分别是覃子豪《什么叫做诗》、上官予《诗与宣传》、宋膺《诗的革命性》、邓禹平《诗的时代意义》、钟鼎文《诗的社会性》、蓉子《诗与社会教育》、彭邦桢《诗的艺术价值》、钟雷《反共抗俄时代诗在社会教育中的革命艺术功能》等。

童钟晋、陈保郁、倪慧中、黛律、李珉、张秀亚、陈家莼、吴惟静等女性诗人之作，其中当时已为名家者有蓉子、张秀亚，余人此后并未持续创作，但此辑意义在于表现了《新诗》周刊对于女性诗人创作的重视，在 20世纪 50 年代父权文化浓厚的台湾，彰显了女性发言权的存在。

还有对年轻诗人的重视。《新诗》周刊第 51 期（1952. 10. 27）版头刊出覃子豪亲自撰写的文章《介绍几个新作者》，"宣告本刊的收获"：

本刊的收获，确实超越了我们最初的理想，我们从未想到自由中国竟有这许多从事写诗的人，而他们确有才华、确有修养。我们所高兴的是：就是本刊对新作者的认识，不曾疏忽，而这个园地，才有今日的繁荣。①

覃子豪推荐的年轻诗人，依序（以"在本刊发表的先后为次序"）是林郊、梁云坡、蓉子、杨唤、童钟晋、莹星、陈保郁、腾辉、郭枫、倪慧中和方思。这一批年轻诗人，其后享誉诗坛且持续创作者有梁云坡、蓉子、杨唤、腾辉、郭枫和方思，可见覃子豪对新诗人的栽培和鼓舞之大。覃子豪的这种编辑态度一直延续到最后，第 94 期（1953. 9. 14）《告别作者和读者》一文又增列了林泠、谢青、李政乃、潘梦秀、金刀、漱玉等，②这使得 50 年代的台湾新诗活水不断，这是覃子豪主编《新诗》周刊时期的贡献之一。

在这批年轻诗人中，覃子豪看重的省籍诗人有莹星、陈保郁、腾辉，漏了林亨泰、叶笛、何瑞雄等其后成为笠诗社主力的年轻诗人，其中原因仍有待查考。刘于慈根据统计指出：

《新诗》周刊发表诗作共千首之多，参与诗人约计两百位，但本省作家所占比例仅林亨泰、腾辉、叶笛、何瑞雄、莹星、陈保郁、李政乃等零星数人，当中仍可见权力位置不同。就新诗创作总数而言，本省诗人约占全部刊行诗作数量的 13.4%，而翻译作品方面，本省诗人写的日文诗也仅

---

① 覃子豪：《介绍几个新作者》，《新诗》1952 年第 51 期。
② 覃子豪：《告别作者和读者》，《新诗》1953 年第 94 期。

占翻译诗作的 27% ，仍在这块新诗创作场域中居属边缘位置。①

　　这的确是事实，但衡酌 20 世纪 50 年代的台湾处于"二二八"事件和白色恐怖统治的肃杀气氛下，省籍作家必须跨越语言转换的障碍，重新学习，《新诗》周刊所刊省籍诗人诗作数量能达 13.4% ，中译本省诗人作品能占翻译诗作的 27% ，已属不易。

　　与纪弦主编时期相较，覃子豪主编时期的诗人群，除纪弦全然退出、年轻诗人上场之外，基本的诗人群变动不大，活跃的诗人有腾辉、童钟晋、麦穗、莹星、郭枫、李政乃、林泠、邓禹平、杨唤、郑愁予、方思、金刀、张秀亚、潘梦秀、叶泥、林亨泰等；从创刊后持续发表者看，有墨人、梁云坡、蓉子、杨念慈、李春生、覃子豪等。②

　　总结《新诗》周刊纪弦、覃子豪两时期之主力诗人群，我们可以发现他们并不因主编之异动而改变其发表行为，表面上看，纪弦和覃子豪似乎"尚无特殊的派系观念"③"并非处于二元对立的状态"④，但实质上，纪弦和覃子豪的主编风格、诗观并不相同，他们在《新诗》周刊的编辑理路上仍有相当差异，已一如前述。这或许是纪弦虽然是《新诗》创办人之一却中途退出；覃子豪虽非创办人，却从创刊初期供稿到后期主编，一以贯之，成为型塑《新诗》周刊整体风格的领头人物。这个风格其后又复成为覃子豪创办《蓝星》的延续风格；而纪弦则以退出《新诗》，另创《现代诗》、组织现代派来表现他和覃子豪诗路的截然相异。这样的解释，或许

① 刘于慈：《共生殊相：论〈新诗周刊〉与五〇年代台湾四诗社的班底结构》，政大台文所编：《第四届全国台湾文学研究生学术论文研讨会论文集》，台南："国立"台湾文学馆 2007 年版，第 27 ~ 28 页。详细统计可参该文附录一"《新诗周刊》刊行文类统计表"，第 36 ~ 44 页。

② 刘于慈："表二《新诗周刊》重要参与诗人简表"，《共生殊相：论〈新诗周刊〉与五〇年代台湾四诗社的班底结构》，政大台文所编：《第四届全国台湾文学研究生学术论文研讨会论文集》，台南："国立"台湾文学馆 2007 年版，第 25 页。

③ 应凤凰：《台湾五〇年代诗坛与现代诗运动》（上），《台湾诗学季刊》2002 年第 38 期，第 96 页。

④ 刘于慈：《共生殊相：论〈新诗周刊〉与五〇年代台湾四诗社的班底结构》，政大台文所编：《第四届全国台湾文学研究生学术论文研讨会论文集》，台南："国立"台湾文学馆 2007 年版，第 27 页。

较合理才是。

覃子豪主编《新诗》周刊的主张和风格，延续到了蓝星诗社的成立，从李莎、林泠、夏菁、蓉子、麦穗、邓禹平、钟鼎文等人加入蓝星诗社即可印证；纪弦的主张，获得部分诗人的认同，因此现代派成立之际，方思、蓉子、李莎、李政乃、李春生、林亨泰、亚汀、杨唤、杨允达、张秀亚、郑愁予都参与了现代派的行列。但此一认同，不表示这些《新诗》周刊的作者也就是现代主义的主张者，如蓉子其后进入蓝星诗社、林亨泰其后参与笠诗社的创办，而杨唤、张秀亚、郑愁予的诗风更是抒情而不主知性；《新诗》周刊上发表诗作的省籍诗人其后都投入了笠诗社，如林亨泰、莹星、叶笛、黄腾辉等；《新诗》周刊发表作品的诗人其后加入创世纪诗社者最少，除林亨泰之外，只有叶泥和罗马（商禽）两人。

但无论如何，《新诗》周刊终究衍生了现代诗社、蓝星诗社、创世纪诗社、笠诗社这四个战后台湾最主要、存活最长的诗社，并且形成台湾新诗史最独特的诗派林立的现象。70 年代战后新世代诗人群沿袭此一"传统"，而有龙族、大地、主流、草根和阳光小集五个诗社的集结，也可说是其来有自；不同的是，《新诗》周刊衍生的现代诗社、蓝星诗社、创世纪诗社、笠诗社存活甚久，迄今创世纪诗社与笠诗社依然屹立不倒，战后新世代诗社则皆短命夭折，进入历史矣。

四、结语：台湾新诗的分流者

整体而论，《新诗》周刊在台湾新诗发展史上扮演的角色，既是奠基者，也是传薪者，同时又是分流者。

首先在奠基的部分，它在战后初期发表园地稀少的阶段，是最显眼的诗刊，提供给走过日治年代的省籍诗人、1949 年后来台的外省籍诗人一块耕耘的园地，既给予诗人暂时远离战争的诗域，也借此凝视 20 世纪 50 年代的台湾，思考新诗的走向。

其次在传薪的部分，它栽培新人，如蓉子、杨唤、方思、郭枫、林泠等；[①] 也提供给当时正重新学习中文的省籍青年诗人如叶笛、林亨泰、黄

---

① 覃子豪：《告别作者和读者》，《新诗》1953 年第 94 期。

腾辉等持续发表作品的所场，从而衔接了从日治到民国的诗潮传承，一如赵天仪所说，"证明了诗人桓夫所说的两个根球的结合"①。

最后在衍生分流的部分，战后台湾最早的两个诗社"现代诗"和"蓝星"，以及后续的"笠"，对照彼此与《新诗》周刊的主要参与人员，都能从中看出极大程度的重复。这都说明了《新诗》周刊作为源头，分流而出现代诗社、蓝星诗社、创世纪诗社、笠诗社，培育了诗坛四大班底，②也开启了此后台湾新诗的创作版图。

---

① 赵天仪：《新生代诗坛的崛起与挑战》，《自立晚报·自立副刊》1982 年 9 月 14 日第 10 版。

② 刘于慈：《共生殊相：论〈新诗〉周刊与五〇年代台湾四诗社的班底结构》，政大台文所编：《第四届全国台湾文学研究生学术论文研讨会论文集》，台南："国立"台湾文学馆 2007 年版，第 27 ~ 32 页。

附　录

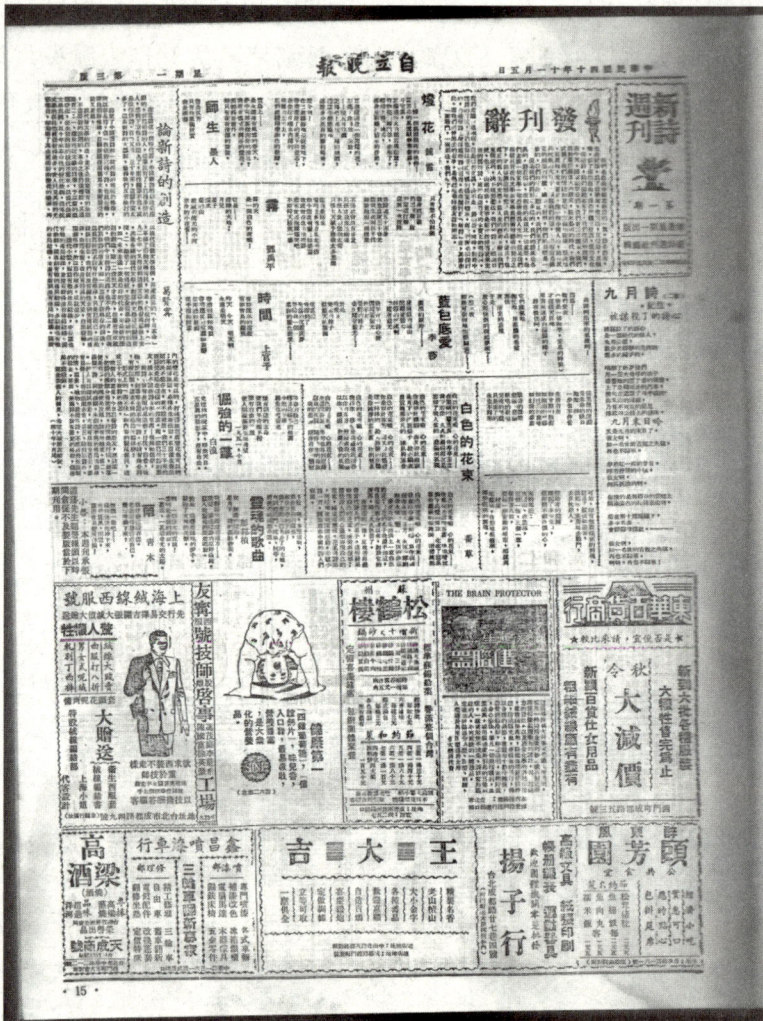

图一　《新诗》周刊创刊号

注：纪弦主编，地址"台北市济南路二段四号四二一室"（纪弦任成功中学教师时的宿舍）。

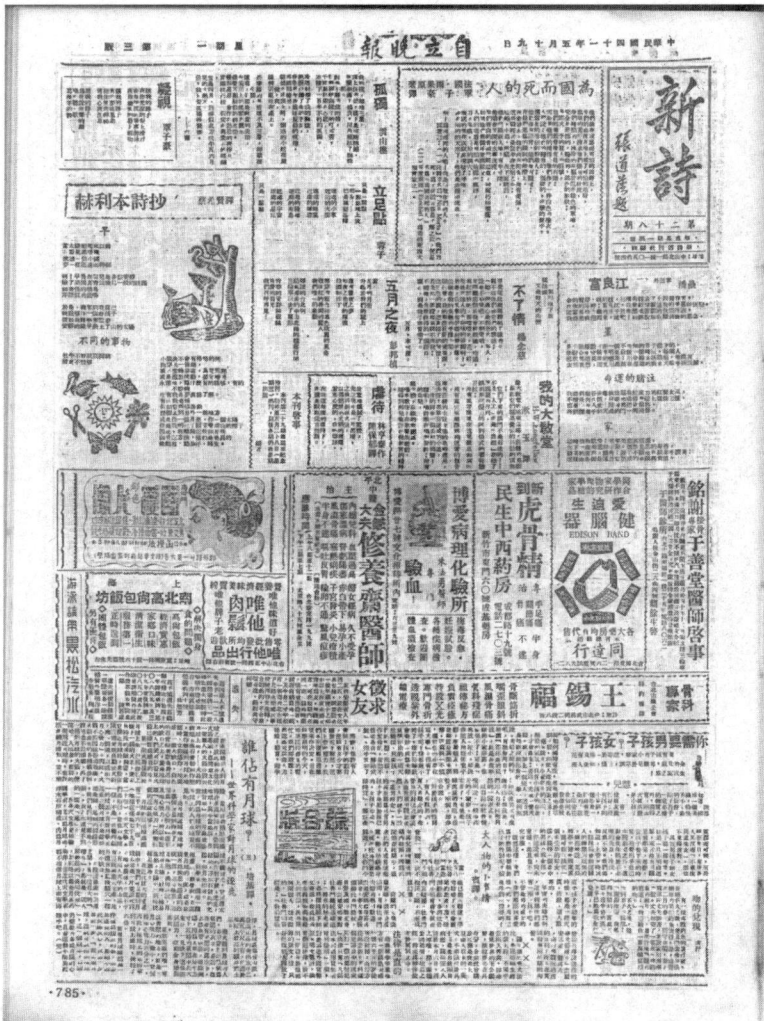

图二　覃子豪接编后出版之《新诗》周刊第 28 期

注：覃子豪接编后正式出版之《新诗》周刊第 28 期（1952.5.19），地址已更改为"台北市中山北路一段一〇五巷四号"（覃子豪任职于物资局时的宿舍）。

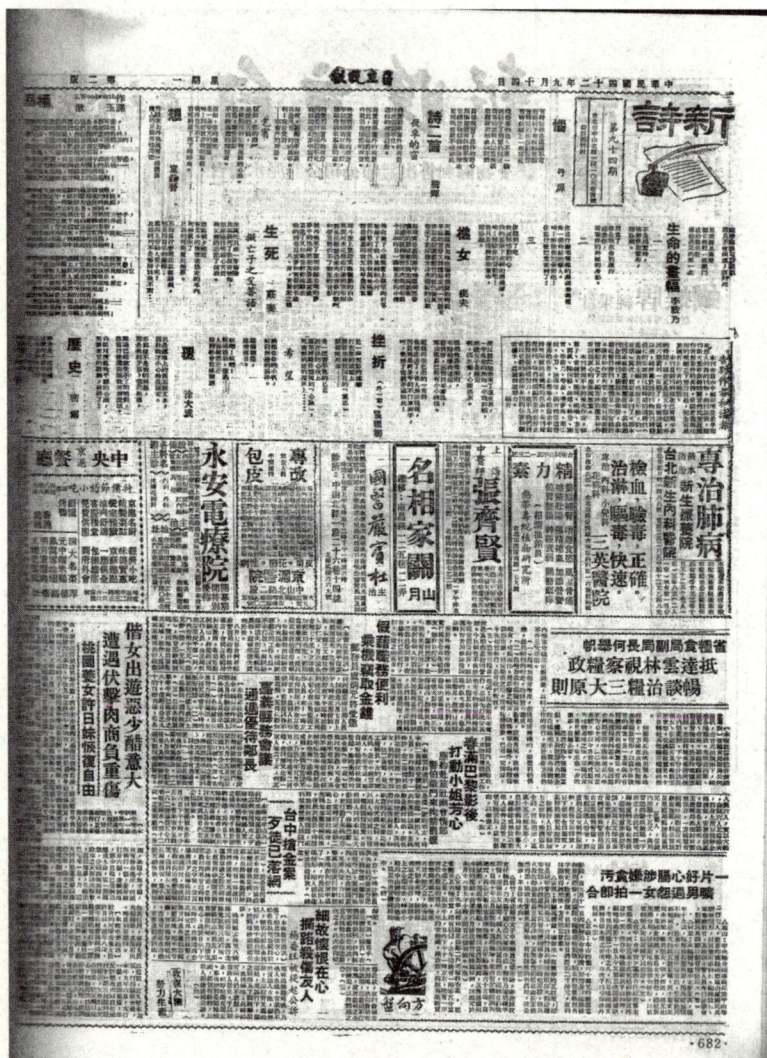

图三　《新诗》周刊最后一期第 94 期

注：《新诗》周刊于第 94 期以编者按语《告别作者和读者》（刊头下方）宣布停刊。

（作者单位：台北教育大学台湾文化研究所，图书馆馆长）

高雄对余光中的意义

张忠进

【摘　要】自 1952 年出版第一本诗集《舟子的悲歌》迄今，余光中的文学岁月已逾一甲子。其中二十二年的"台北时期"、十一年的"香港时期"，其创作数量质量俱备，奠定了余光中华文文坛的巨擘地位。1974 年离台赴港任教中文大学，到了 1985 年，余氏离开香港，归位台湾高雄，至今将近三十年，诗人壮心不已、墨笔不辍，为高雄留下了许多美丽诗篇。高雄成为余光中定居最久的城市，而他也准备终老于此，于是，"高雄时期"成为探讨余氏作品重要且不可忽略的一部分。然而，余光中的生命有很长一段时间在台北度过，所栖身的厦门街更提供给他丰美的文学养分，曾使他眷恋。究竟诗人为何在自港返台之际选择了南台湾高雄，而不是回到台北？高雄对余光中的意义又如何？这是一个值得探讨的问题，盖欲研究余光中高雄诗作之堂奥，首先必须了解诗人作家与这座城市的关系和互动，于是笔者以此为题、着手，期望挖掘余光中高雄诗作的深度与意义。本文以余光中"高雄时期"高雄诗作为中心，探究他在1985 年决定离开香港回到台湾时，为什么选择高雄定居，以及余氏在高雄"就位"之后，其诗作主题和风格上的转变，最后说明高雄对余光中的意义所在。

【关键词】高雄；余光中；高雄诗作；意义

一、前言

余光中，祖籍福建永春，1928 年出生于南京。1937 年抗日战争爆发，随母逃难苏皖边境、上海，到重庆与父团聚。1945 年抗战结束，随父母回到南京，1947 年入金陵大学外文系。1949 年又随母逃往上海，再去厦门，转学厦门大学外文系，此时开始发表新诗。1950 年来到台湾，入台大外文系三年级，1952 年台大毕业，出版第一本诗集《舟子的悲歌》。1954 年，与覃子豪、钟鼎文、夏菁、邓禹平等人创办"蓝星诗社",并主编《蓝星》周刊。1958 年赴美进修,1959 年获得爱荷华艺术硕士。先后任教于东吴大学、台湾师大英语系、台大外文系、政大西语系、香港中文大学中文系、"国立"中山大学外文系。

1985 年 9 月,余光中离开任教十一年的香港中文大学,返台定居。在此之前的 1950 年至 1973 年间,除三次短暂赴美外,余光中的生命岁月有很长一段时间在台北度过,所栖身的厦门街更提供给他丰美的文学养分,曾使他眷恋。但此次返台,他不回台北,而是选择高雄。在高雄的这段时间,余光中开启了另一阶段的生命与文学生涯,被许多研究者称为余光中创作的"高雄时期"。

台湾现有的针对余光中研究的学位论文共二十五篇,以其"高雄时期"诗作为研究主题的,却仅有四篇①,数量相对偏少,这说明了该时期的作品及其主题思想尚待深究。而如今,高雄已成为余光中定居最久的城市,南台湾的土地与海洋将他深深吸引,而他也准备终老于此②,可以肯定的是,高雄这座城市对诗人余光中而言意义非凡。欲研究余光中高雄诗作之堂奥,首先必须了解诗人作家与这座城市的关系和互动,于是笔者以此为题、着手,期望挖掘余光中高雄诗作的深度与意义。

本论文欲探究余光中离开香港后为什么选择高雄定居,以及自许"就位"西子湾后的余光中在诗作的主题及风格上有何转变,最后说明高雄对余光中的意义所在。

二、剪不断,理还乱:为何选择高雄定居而非台北?

台北对余光中而言,曾是重要且充满感情的地方,但为什么去了香港

---

① 这四篇分别是:郑祯玉《余光中台湾诗研究》(佛光大学文学系博士学位论文,2013),许淑椒《余光中诗中的台湾书写研究》("国立"高雄师范大学国文学系硕士学位论文,2013),曾香绫《余光中诗研究》(台湾师范大学国文学系在职进修硕士班硕士学位论文,2004),陈葆玲《余光中高雄时期现代诗创作之研究》("国立"高雄师范大学国文研究所硕士学位论文,2003)。

② 叶振辉主访,陈慕贞记录:《口述历史:让春天从高雄出发——余光中教授专访·序》,高雄:高雄市文献委员会 2001 年版。

十一年后再度返台，却选择南台湾的高雄定居，而不是回到台北？此可从惜别台北之情、定居高雄之因两方面来加以探讨。

（一）惜别台北之情

1928 年出生于南京的余光中，1950 年来台就读台大外文系，正式开启他漫长且璀璨的文学之路。翻开余光中的写作年表便可发现，从 1952 年出版第一本诗集《舟子的悲歌》起，至 1974 年赴港任教的二十二年间，余光中至少出版了诗集十种、散文集六种，以及其他评论、翻译等作品，其文学创作的质量皆备受肯定、成绩傲人。这二十多年间，余光中一直居住在台北，台北是他文学的起点，同时也是故乡，台北提供给他丰厚的写作养分与无数的创作灵感。余光中本人对于这座城市也充满感情，如傅孟丽所言，即使他离开这片土地远赴香港，也深深眷恋着：

　　在香港期间，余光中的乡愁是台北，他写过散文《思台北，念台北》，厦门街还住着他的老父和岳母，厦门街的每一条窄巷都通向他的记忆，无论他到天涯海角，厦门街是他永久的住址，他的根据地、回声谷。在厦门街一一三巷八号的那栋日式古屋，余光中从一个青青子衿变成年轻诗人，然后是新郎，代课的讲师，留学生，四个女孩的父亲，旅美讲学归国的副教授、教授，两鬓渐白的中年人。①

　　既然台北承载着记忆与思念，当决定辞别待了十一年的香港而回到台湾之时，作为选项之一的台北，曾激起诗人余光中内心的波澜，但从下列两段文字可以看出此时他对台北的看法已然转变：

　　有人问我，为什么要离开台北？我的回答是，不是我离开了台北，而是台北，我认识的那个台北，半辈子消磨其中的台北，离开了我。我去台北的次数，愈来愈少了，一来是怕见今日的台北，二来是情伤昔日的台北。因为台北变了，台北人也变了，而最可惊最可悲的，是我自己也

---

① 傅孟丽：《茱萸的孩子——余光中传》，台北：天下远见出版社 1999 年版，第 195～196 页。

变了。①

四小时的车尘就可以回到台北，却无法回到我的台北时代。台北，已变成我的回声谷。那许多巷弄，每转一个弯，都会看见自己的背影。不能，我不能住在背影巷与回声谷里。每次回去台北，都有一番近乡情怯，怕卷入回声谷里那千重魔幻的漩涡。②

傅孟丽也说：

台北，葬着他挚爱的母亲，仍住着他老迈的父亲及岳母，有无数尊敬他的学生，崇拜他的读者，骂他的敌人。台北像个锁麟囊，又像潘多拉的盒子，一打开，涌出来的是他半生的成就，有光荣，也有挫折；有美丽，也有缺陷；有快乐，更有痛苦；有他的最爱，也有最恨……他，觉得自己回不去了。对台北的爱恨情仇，隔着时空，似乎更清楚了，他对朋友说："拒绝台北，是清醒的起点。"③

1974 年赴香港中文大学执教的余光中，仍深深恋着、念着台北，但当 1985 年决定挥别香港回台之时，台北却成为与余光中有着千丝万缕，但又难以直视的对象，并且无法成为其回归之所，个中缘故着实令人好奇。

（二）定居高雄之因

1985 年，余光中离开了香港中文大学，选择高雄定居，迄今近三十年，究竟当初为什么选择高雄落脚，后来又是什么原因让他准备终老于此？笔者从"选择高雄"和"定居高雄"两个面向分述之：

1. 选择高雄

余光中选择高雄作为他回台后的居住地，最直接的说法是应当时"国立"中山大学校长李焕邀请，接掌该校文学院：

---

① 余光中：《梦与地理·后记》，台北：洪范书店有限公司 1990 年版，第 189 页。
② 余光中：《文章与前额并高》，《隔水呼渡》，台北：九歌出版社 1990 年版，第 268 页。
③ 傅孟丽：《茱萸的孩子——余光中传》，台北：天下远见出版社 1999 年版，第 195 ~ 196 页。

当然李焕校长是最重要的原因。因为撒切尔夫人到北京谈归还香港的问题，这样一来就刺激香港人心，出现了移民潮……这就是九七问题。这时中山大学外文系主任黄碧端就跟李校长说：现在香港发生九七问题，我看余光中也受影响，这时候劝他来，大概可能。李焕校长也觉得可行。民国七十三年……看他非常诚恳，我感动了，次年我就来高雄了。①

可见香港"九七问题"是让李焕校长邀请余光中，也是余光中答应李焕校长到"国立"中山大学任教的最主要原因。

但除此之外，是否还有其他因素使他毅然决然投身高雄怀抱？余光中在诗作《海是邻居》提到"海"是其中一个因素：

为什么老远一个人/要搬来南部定居呢/每一提起/台北的朋友就会有/怪我的语气//为了一个邻居，我说/为了他豪爽的性格/住在他的隔壁/一点也不觉得挤/他浩蓝的眼神只要/偶然一瞥/就忘了围困的市区/……趁此刻他睡着/把他的鼾声/惊人的肺活量啊//裁一截在限时信里/多么动听的单调/寄给北部/那几只可惜/听不见潮水的耳朵②

在香港中文大学任教期间，余光中与海结了缘，每日在窗前陪伴他的是澄明的吐露港，那一湾温柔美丽的海水曾给这位身处异乡的游子以慰藉，也成为他新诗与散文写作的重要题材。便是这份对海洋的热爱，促使他选择了高雄栖身，"国立"中山大学所面对的西子湾从此成为吐露港的化身，延续"海洋"在余光中生命里不断激起的晶莹水花：

造化无私而山水有情，生命里注定有海。失去了香港而得到了高雄，回头依然是岸，依然是一所叫中大的大学，依然是背山面海的楼居。走下了吐露港的那座柔灰色迷楼，到此岸，又上了西子湾这座砖砌的红楼，依然是临风望海，登楼作赋。③

---

① 叶振辉主访，陈慕贞记录：《口述历史：让春天从高雄出发——余光中教授专访》，高雄：高雄市文献委员会2001年版，第28页。

② 余光中：《海是邻居》，《五行无阻》，台北：九歌出版社1998年版，第25～29页。

③ 余光中：《海缘》，《隔水呼渡》，台北：九歌出版社1990年版，第259页。

　　而对于高雄西子湾的壮阔，余光中也有这样的自豪：

　　虽与高雄的市声隔了一整座寿山，却海阔天空，坦然朝西开放。高雄在货柜的吞吐量上号称全世界第三大港，我窗下的浩渺接得通七海的风涛。诗人晚年，有这么一道海峡可供题咏，竟比老杜的江峡还要阔了。①

　　余光中把对于海的喜爱表现在创作里，在"高雄时期"的诗作中，"海"的意象是重要特色，其他如 1885 年《望海》和《梦与地理》、1986 年《让春天从高雄出发》和《高雄港的汽笛》、1988 年《雨，落在高雄港上》和《冬夜》、1991 年《西子湾的黄昏》、1994 年《高雄港上》、1996 年《与海为邻》、1997 年《西子湾在等你》、1998 年的《苍茫时刻》和《高楼对海》等，海洋都占了重要的位置。

　　除了与海的不解之缘外，高雄的地理位置也成为左右余光中择此定居的主因之一。傅孟丽在《茱萸的孩子——余光中传》中提到：

　　他怕台北，又不能真正和台北断绝，所以选择了高雄。高雄距离台北够近，能感到痛痒。也够远，能保持清明。他需要痛痒，这样才源源不断有题材；又需要清明，这样才有诗。②

　　而余光中自己也曾说过：

　　我近几年来，也常对朋友说："拒绝台北，是清醒的起点。"所以十年前选定来高雄"就位"是对的。此地离台北够近，能感到痛痒；却又够远，能保持清明。痛痒，乃有题材；清明，乃有诗。③

　　正因与台北有着"既近又远""仿佛能窥探，却又隔层纱"的距离，高

────────────

　　① 余光中：《从母亲到外遇》，《日不落家》，台北：九歌出版社 1998 年版，第 237 页。

　　② 傅孟丽：《茱萸的孩子——余光中传》，台北：天下远见出版社 1999 年版，第 196～197 页。

　　③ 余光中：《安石榴·后记》，台北：洪范书店有限公司 1996 年版，第 189～190 页。

雄能成为余光中的定居地——在现实上远离台北，在情感上又能时时关注。

我们可如此归纳：余光中选择到高雄定居，最直接的说法是受邀到"国立"中山大学任教，而香港"九七问题""海洋的召唤"与"高雄的地理位置"则是促使他答应来此任教的内在因素。

2. 定居高雄

余光中当初受邀到"国立"中山大学任教，于是落户高雄，但后来为何不曾动念离开？这一住便已近三十年，而且他也准备于此终老。进一步探讨使他决定定居高雄的因素，可归纳为二：环境与人情。首先他说：

> 无论就自然环境或者是高雄本身的环境，我都觉得很好。……我觉得高雄的生活步调比较慢，不像台北那样紧张，而且大自然的腹地也比较大，可以经常和我的朋友，或带着自己的学生到垦丁去赏鸟观星。[1]

高雄的生活步调、城市自然环境条件较台北优渥、舒适，使余光中生活于此颇为自得。而他在《深宵不寐》一诗中亦透露高雄可以脱离台北的烦扰：

> 深宵不寐，恍然有成仙的滋味/……/潮声和蛙声一前一后/接成一道辟邪的符咒/为我挡住台北那一簇/七嘴八舌的麦克风/……/电话不惊的界外醒着/一壶苦茶独味着老境/只为这感觉恍若在仙里/这感觉，问遍港上的灯火/似乎一盏也没有异议/就连进港的一声汽笛[2]

远离台北，远离了是非声嚣的叨扰，对余光中而言，是非常重要的，而高雄提供给他这样的空间。他在《初夏的一日》一诗中再次表达对高雄优于台北的好环境与好天气怡然自得：

> 当红尘滚滚的毒氛/困住台北的围城/为何高速路的这头/初夏在肌肤上/滑溜溜好像初秋/一下午电话无话/凉鞋静对着竹椅/若远方的朋友问

---

① 叶振辉主访，陈慕贞记录：《口述历史：让春天从高雄出发——余光中教授专访》，高雄：高雄市文献委员会 2001 年版，第 50 页。

② 余光中：《深宵不寐》，《安石榴》，台北：洪范书店有限公司 1996 年版，第153～154 页。

起/就说像一杯冰水/盛在剔透的玻璃①

　　甚至，这里的人情也如好天气一般：

　　高雄的气候比台北晴爽，人情也似乎比台北朴实，久住不但成习，也交了不少本地的朋友，不必皆为学府中人，往往待我反更慷慨。②

　　1999 年 2 月，余光中在"国立"中山大学退休，把宿舍还给了学校，搬到位于三民区的"河堤小区"居住。当时刘维基校长热心地为他筹设了"光华讲座"，兼授两门课，并保留外文系的研究室，使他在西子湾的美丽"海缘"得以延续，当然这也是余光中"高雄时期"的延续。

　　如今，他的"高雄时期"将近三十年，比起"大陆时期""台北时期""香港时期"都要来得长久，而未来还有很长的岁月要与高雄结缘。

三、当下在地与壮心不已：诗作主题的特色

　　在讨论余光中"台北时期"的创作特色时，一般用"新古典主义"称之，其作品有浓厚的对于中国传统诗歌及中国文化的向往，如刘静媛所言："以六〇年代而言，余光中追寻的是神性的莲，遨游在莲池中，仿佛见到古典翩翩而来，这是诗人与传统灵魂的牵系，一个与传统联结最直接且具体的表征。……到了七〇年代，从《白玉苦瓜》到《天狼星》，余光中仍秉持着那馨香的新古典。"③

　　而在观察余光中"香港时期"的创作时，我们注意到香港的地理位置对他的影响与重要性。余光中自谓"香港在大陆与台湾之间的位置似乎恰到好处——以前在美国写台湾，似乎太远了，但在香港写就正好……以前

---

　　①　余光中：《初夏的一日》，《五行无阻》，台北：九歌出版社 1998 年版，第 15 ~ 16 页。

　　②　叶振辉主访，陈慕贞记录：《口述历史：让春天从高雄出发——余光中教授专访·序》，高雄：高雄市文献委员会 2001 年版。

　　③　刘静媛：《余光中与洛夫"传统回归"之研究》，"国立"高雄师范大学国文学系硕士学位论文，2013 年，第 2 页。

在台湾写大陆，也像远些，从香港写来，就切肤得多"①。文学评论家流沙河称"人得其地，地得其人"，"余光中立足香港而获地利，北望大陆，东瞻台岛，左顾先是文革、后是开放，右盼海外长安、梅花盆景，遂看出许多名堂来，那是岛陆两边的诗人不容易看出的，遂写出许多好诗来，那是岛陆两边的诗人不容易写出的"②。虽然这个时期余光中双脚站在香港，但他关心的是这片土地之外的故土，于是创作了许多"北望诗"，以抒乡愁，例如收录在《与永恒拔河》诗集中的《台风夜》《沙田之秋》《战地记者》《望边》《老火车站钟楼下》和《蔡元培墓前》等诗，或如《黄河》《初春》《不忍开灯的缘故》《布穀》等收入《紫荆赋》一书中的诗作亦是。

但当余光中再度回到台湾，选择高雄定居之后，他的作品主题和风格便有了极大转变，他开始正视脚下所踏的这片土地，开始写大量的关心所居之地的自然与社会的诗篇。另外，1985 年余光中来到高雄时已 58 岁，接近暮年，因此余光中的高雄诗作，在主题及风格上遂出现两大特色：一是当下在地——开始出现大量的乡土书写。二是壮心不已——开始出现大量的暮年书写。

1. 当下在地

余光中在"台北时期""香港时期"大量的乡愁的文学书写。在 1987年大陆开放探亲后，已转化为还乡的文学书写。1985 年定居高雄之后，余光中的作品中开始大量出现以咏高雄及南台湾为主题的诗作。他写西子湾、写高雄港、写澄清湖、写垦丁、写海生馆、写台东……他写南台湾的物产：槟榔、石榴、苹果、莲雾、南瓜、荔枝、水蜜桃、葡萄柚、芒果……诗人在《紫荆赋》书中自言：

自从去年九月定居西子湾以来，自觉新的题材不断向我挑战，要测验我路遥的马力。我相信，在西子湾住上三五年后，南台湾的风土与景物当

---

① 余光中：《与永恒拔河·后记》，台北：洪范书店有限公司 1979 年版，第202～203页。

② 流沙河：《诗人余光中的香港时期》（上），《香港文学》1988 年第 48 期，第 17～18 页。

可——入我的诗来。①

从余光中的自白看来，他对台湾风土景物的大量描写实出于诗人的自觉与自我挑战。在新的环境里，他积极参与外界的活动，1986 年 1 月，他参与高雄市第一届"木棉花文艺季"活动，并写下主题诗《让春天从高雄出发》，这首诗也成为他在"高雄时期"的第一首名作，充分表达了他看见在地与在高雄的正式"定位"：

让春天从高雄登陆/让海峡用每一阵潮水/让潮水用每一阵浪花/向长长的堤岸呼喊/太阳回来了，从南回归线/春天回来了，从南中国海/让春天从高雄登陆/这轰动南部的消息/让木棉花的火把/用越野赛跑的速度/一路向北方传达/让春天从高雄出发②

甚至，在描写高雄与南台湾自然与人文环境的同时，诗人兴起了与这块土地休戚与共的情怀，对于生活环境等不公不义之事加以批判，最具代表性的当属《控诉一枝烟囱》：

用那样蛮不讲理的姿态/翘向南部明媚的青空/一口又一口，肆无忌惮/对着原是纯洁的风景/像一个流氓对着女童/喷吐你肚子不堪的脏话/你破坏朝霞和晚云的名誉/把太阳挡在毛玻璃的外边/有时，还装出戒烟的样子/却躲在，哼，夜色的暗处/像我噩梦的窗口，偷偷地吞吐/你听吧，麻雀都被迫搬了家/风在哮喘，树在咳嗽/而你这毒瘾深重的大烟客啊/仍那样目中无人，不肯罢手/还随意掸着烟屑，把整个城市/当作你私有的一只烟灰碟/假装看不见一百三十万张/——不，两百六十万张肺叶/被你熏成了黑恹恹的蝴蝶/在碟里蠕蠕地爬动，半开半闭/看不见，那许多矇矇的眼

① 余光中：《十载归来赋紫荆·自序》，《紫荆赋》，台北：洪范书店有限公司1986 年版，第 4 页。
② 余光中：《让春天从高雄出发》，《梦与地理》，台北：洪范书店有限公司 1990年版，第 37～38 页。

瞳／　正绝望地仰向／连风筝都透不过气来的灰空①

在 2000 年 3 月，他也写了一首《投给春天》，以民权路、紫荆、民族路、木棉等意象，来关心在地的选举：

不知道春天是怎么入境的／为什么海关都拦她不了／只知道她来时闹热滚滚／亮丽的队伍彩帜缤纷／一队沿着民权路，扬着紫荆／一对沿着民族路，举着木棉／当紫荆艳极，落红满地／木棉就轰轰烈烈地点起／一场传火的接力赛／于是远在天南这海港／竟然也有了几分童趣／不论宣传车有多嚣张／就连大选的五色旗号／争占了无辜的安全岛／也遮掩不住唯美的花季／更无法阻挡我这一票／选来选去，只投给春天②

风土物产、环保问题，乃至地方选举政治议题，都成为这一时期余光中诗作重要的主题，可见"当下的在地"是他心系之所在。除此之外，其他如《高雄港的汽笛》《雨，落在高雄的港上》《冬至》《深宵不寐》《初夏的一日》《海是邻居》《西子湾的黄昏》《与海为邻》《高楼对海》等海洋诗作，既为"高雄时期"余光中诗作的一大特色，所显露出来的亦是对当下在地的认同与关怀。

2. 壮心不已

而"高雄时期"余光中的关怀不仅指向生活环境、社会大众，更重要的是也指向自己——壮心不已之作陆续面世。1985 年，他到高雄时已近岁暮，1989 年写下面对后半生的《后半夜》：

四十岁时他还不断地仰问／问森罗的星空，自己是谁／为何还在这下面受罪／难道高高在上的神明／真的有一尊，跟他作对？／而今六十都过了，他不再／为忧惧而烦恼，他的额头／和星宿早已停止了争吵／夜晚变得安静而温柔／如一座边城在休战之后／当少年的同伴都吹散在天涯／有谁呢，除

---

① 余光中：《控诉一枝烟囱》，《梦与地理》，台北：洪范书店有限公司 1990 年版，第 39 ~ 41 页。

② 余光中：《投给春天》，《藕神》，台北：九歌出版社 2008 年版，第 61 ~ 62 页。

了桌灯，还照顾着他/像一切故事说到了尽头/总有只老犬眷眷地守候/一位英雄独坐的晚年/有灯的地方就有侧影/他的侧影就投在窗前/后半夜独醒着对着后半生/听山下，潮去潮来的海峡/一样的水打两样的岸/回头的岸是来时的岸吗？/水光茫茫正如时光茫茫/有什么岸呢？是可以回头的吗？/问港上热闹的灯火，哪一盏/能给他回答，只有对峙的灯塔/在长堤的尽头交换着眼色/而堤外，半泊在海峡/半浮在天上，那一艘接一艘/货柜舳舻排列的阵势/辉煌的蜃楼终夜不熄/水上的灯阵应着天上的星图/有意无意地通着旗语/光与光一夜问答的水域/安静而温柔如永生，他不再/仰面求答了，一切的答案/星殒成石都焚落他掌心/天上和掌上又何足计较/此岸和彼岸是一样的浪潮/前半生无非水上的倒影/无风的后半夜格外地分明/他知道自己是谁了，对着/满穹的星宿，以淡淡的苦笑/终于原谅了躲在那上面的/无论是哪一尊神①

这首诗自剖人生心境，中年时期的茫然、愤懑，到了老年转为澄清、淡然，尤其"他知道自己是谁了，对着/满穹的星宿，以淡淡的苦笑"展现其坚定的壮志。诗人所面对的晚年，不但不是迟暮悲伤，也不是迷茫无向，反而随着年岁渐长，心志更加坚定。

到了1994年的《老来》一诗，这样的壮心更加明显：

老来任海峡无情的劲风/欺凌一头寥落的白发/独对半壁壮烈的晚霞/看落日如何把水天辽阔/交班给防波堤头的灯塔/而无论海风有多长，多强劲/不已仍是暮年的壮心/一颗头颅仍不肯服低/都世纪末了，还伸向风里/发已更稀，不堪再造林/但发下的富足犹可开矿/热腾腾满坑难忍的忧愤/压积成千层的铜骨金筋/犹堪鸭嘴锄火花飞迸/一路向下挖，向下开采/贮藏可用到下一世纪/又何惧逆风的额头不敌/晚来的海上浪急云低②

诗中"不已仍是暮年的壮心/一颗头颅仍不肯服低/都世纪末了，还伸

<hr>

① 余光中：《后半夜》，《安石榴》，台北：洪范书店有限公司1996年版，第84~87页。

② 余光中：《老来》，《五行无阻》，台北：九歌出版社1998年版，第153~154页。

向风里/发已更稀，不堪再造林/但发下的富足犹可开矿"几句清楚表明诗人不向岁月低头，他的思考、他的创作仍将源源不绝，这是诗人自许的壮心，也是他对书写的认真与承诺。而这样的自信到了1998年的《高楼对海》达到了更高的境界：

　　高楼对海，长窗向西/黄昏之来多彩而神秘/落日去时，把海峡交给晚霞/晚霞去时，把海峡交给灯塔/我的桌灯也同时亮起/于是礼成，夜，便算开始了/灯塔是海上的一盏桌灯/桌灯，是桌上的一座灯塔/照着白发的心事在灯下/起伏如满满一海峡风浪/一波接一波来撼晚年/一生苍茫还留下什么呢？/除了窗口这一盏孤灯/与我共守这一截长夜/写诗，写信，无论做什么/都与他，最亲的伙伴/第一位读者，就近斟酌/迟寐的心情，纷乱的世变/比一切知己，甚至家人/更能默默地为我分忧/有一天，白发也不在灯下/一生苍茫还留下什么呢？/除了把落日留给海峡/除了把灯塔留给风浪/除了把回不了头的世纪/留给下不了笔的历史/还留下什么呢，一生苍茫？/至于这一盏孤灯，寂寞的见证/亲爱的读者啊，就留给你们①

　　诗人写这首诗时已七十岁，回顾过去，思索未来。诗末"亲爱的读者啊，就留给你们"，所展现的是何等的自信！

　　面对无情岁月、面对白发苍苍的老年，却拥有如此坦荡的胸怀与壮志，是余光中高雄诗作里所展现出来的重要的主题与特色。

四、余光中的高雄，高雄的余光中

　　余光中在高雄住了近三十年，可以说这座城市与他的后半生紧紧相系，高雄对他而言，到底有何意义？诗人与城市的互动又是如何？笔者在此从"山海提供的思索"和"与城市的互动"两方面分别说明高雄这座城市对余光中及其作品内容的影响，以及高雄对余光中的意义何在。

---

　　① 余光中：《高楼对海》，《高楼对海》，台北：九歌出版社2000年版，第153~155页。

1. 山海提供的思索

余光中在诗集《高楼对海》的后记中提到：

山回路转，我的办公室在文学院四楼，西子湾港口的堤防和灯塔，甚
至堤外无际的汪洋，都日日在望。高雄气候晴爽，西望海峡，水天交界的
那一线虚无，妙手接走的落日，一年至少有两百多个。那正是大陆的方
向，对准我的童年，也是香港的方向，对准我的中年；余下来的岁月，大
半在这岛上度过，就像寿山、柴山一样，在背后撑持着我。十五年来如此
倚山面海，在晚年从容回顾晚景，命运似乎有意安排这壮丽的场景，让我
在西子湾"就位"。①

从上述文字中，我们可以发现高雄的山海对于诗人至少有两个面向的意
义：其一是时间上的意义，供他做人生岁月的思索；其二是空间上的意义，
供他做海峡两岸和香港、乡愁情感的怀想。然而，更重要的是，这一片山海
所提供的思索与怀想皆化作文字，借由诗人之笔书于纸上，留下足以传世的
诗篇，丰富诗人文学作品的质量。若举诗例来说，《望海》便是一例：

比岸边的黑石更远，更远的/是石外的晚潮/比翻白的晚潮更远，更远
的/是堤上的灯塔/比孤立的灯塔更远，更远的/是堤外的货船/比出港的货
船更远，更远的/是船上的汽笛/比沉沉的汽笛更远，更远的/是海上的长
风/比浩浩的长风更远，更远的/是天边的阴云/比黯黯的阴云更远，更远
的/是楼上的眼睛②

此诗表面写景，实则以空间感的层层推进联结到诗人自身的思索，此
时诗人所见除了眼前的实景外，更是遥远的、眼睛所不及之处。同样的手
法更可见诸《西子湾的黄昏》一诗：

① 余光中：《高楼对海·后记》，台北：九歌出版社 2000 年版，第 207～208 页。
② 余光中：《望海》，《梦与地理》，台北：洪范书店有限公司 1990 年版，第 29～
30 页。

几只货柜船出港去追赶落日／在快要追上的一刻／——甲板都几乎起火了／却让那大火球水遁而去／着魔的船只一分神，一艘／接一艘都出了水平界外／只剩下半截晚霞斜曳着黄昏／直到昏多于黄，泄漏出星光／敻辽的冷辉壁照着天穹／似乎在探索落日的下落／而无论星光怎样地猜疑／或是涛声怎样地惋惜／落日是喊不回魂的了／这原是一切故事的结局，海说／朝西的窗子似乎都同意／只有不甘放弃的白堤／仍擎着一盏小灯塔，终夜／向远方伸出长臂①

这首诗表面上写西子湾黄昏至黑夜这段时间的景致，若仔细解读，则可发现诗人因海而兴起的自我思索，首先，"朝西的窗子""向远方伸出长臂"暗示了诗人心中对于海峡对岸的怀想和思考；其次，诗人眼中所见西子湾的黄昏，不正也是自身的投射吗？对于眼前西子湾黄昏至夜晚的景色描写，同时也在书写自己的人生与心境变化。

总而言之，高雄的海与山除了提供美丽的景致外，更是余光中思索乡愁、思索人生的重要媒介。

2. 与城市的互动

《茱萸的孩子——余光中传》的作者傅孟丽如此写道：

中山大学是个年轻的学府，创校校长李焕礼聘文学大师来担任文学院院长兼外文研究所所长，目的就是借此提高中山大学的名气。

余光中当然明白，他也是很愿意尽一份力量，所以尽可能配合学校的活动，而只要打"余光中牌"，就几乎无往不利。

当时的高雄市长苏南成急欲摆脱文化沙漠之耻，对文化活动积极提倡，起初两年，一连举办"木棉花文艺季"，也总是请出余光中来登高一呼。②

这段文字反映出的事实是：当初"国立"中山大学校长李焕聘请余光

---

① 余光中：《西子湾的黄昏》，《五行无阻》，台北：九歌出版社 1998 年版，第 54～55 页。

② 傅孟丽：《茱萸的孩子——余光中传》，台北：天下远见出版社 1999 年版，第 198～199 页。

中担任该校文学院院长，确实是想借他的高名气以提升学校的知名度与影响力，高雄市官方亦搭了顺风车，想借此增添城市的文化气息。余光中确也为高雄这座城市注入了文化的活力。但作家与城市的交往并非单向的输出，而是双向的互动，历来参加高雄的文化活动并与高雄文化界的来往，也对余光中自身有显著的影响及意义。前已提及，余光中来到高雄之初，便已写下《让春天从高雄出发》，成为余光中"高雄时期"最具代表性的诗作之一。来年所写的《许愿》是另一个例子：

让所有的鸟都恢复自由/回到透明的天空/不再怕有毒的云雾/和野蛮的烟囱//让所有的鱼都恢复自由/回到纯净的河川/不再怕肮脏的下游/和发酵的河岸//让所有的光都恢复自由/回到热烈的眼睛/不再怕僵硬的面孔/和冷漠的表情//让所有的爱都恢复自由/回到充满的心胸/不再怕白昼的孤独/和夜晚的恶梦//让所有的手都恢复自由/回到欢迎的形状/不再握仇恨的拳头/握亲切的手掌//让所有的手都恢复自由/回到友谊的典礼/不再做打击的拳头/做拥抱的手臂①

《许愿》是余光中为第二届"木棉花文艺季"的"许愿之夜"活动所写，我们可以看到诗的内容较《让春天从高雄出发》更为深入，对高雄这座城市与土地更有爱，举凡自然环境和社会政治等种种现象皆入诗，如陈芳明所言："他的笔可以干涉政治气象，也可以批评现实环境，更可以歌颂乡土生活。他的心灵与台湾社会脉动起落有致地相互呼应，如果说他的诗写得很'台'，亦不为过。"②《许愿》一诗开始扩大其高雄诗作的格局，也为高雄的文艺作品注入新的深层意义。这是诗人与城市高度互动的结果，两者相辅相成，相互成就。

---

① 余光中：《许愿》，《梦与地理》，台北：洪范书店有限公司 1990 年版，第 112 ~ 114 页。
② 陈芳明：《诗艺追求，止于至善》，《印刻文学生活志》2008 年第 4 卷第 9 期，第 98 页。

五、结语

自 1952 年出版第一本诗集起，余光中的文学生涯已逾六十年。其中二十二年的"台北时期"、十一年的"香港时期"，皆有众多重要作品问世，奠定了其文学巨擘地位；而后"就位"高雄，迄今已近三十年，诗人壮心不已、墨笔不辍，为台湾尤其是南台湾高雄，留下了许多美丽诗篇。

本文便以余光中以高雄为主题的诗作为中心，探讨他在 1985 年离开香港回到台湾时，为什么选择高雄而不是情缘深厚的台北定居的原因，以及余氏在高雄"就位"之后，其诗作主题和风格之转变，最后说明高雄对余光中的意义。

1985 年，余光中选择高雄作为回台后的定居地，表面而直接的说法是应邀接任"国立"中山大学文学院院长，但仔细探索其写过的文字和诗篇即可发现，高雄的山海自然环境及"既远离又接近台北"的距离反而更是吸引诗人至此的内在因素：高雄生活不似台北紧张，又没有政治上的烦扰，海洋的拥抱更让余氏悠然自得、醉心不已。而"海洋"主题也成为"高雄时期"余光中诗作的一大特色。事实上，定居高雄之后，余光中开始看见"在地"，大量出现以高雄乡土为主题的诗作，表达他对于"在地"的认同与关怀；同时，此时期也出现诸多晚年书写，诗人透过诗作传达其年岁渐高但壮心不已的怀抱，这些都是"高雄时期"余光中诗作的显明主题与特色。

高雄这座城市对于居住在此近三十年，未来也不打算搬迁他处的余光中而言，意义非凡。首先，高雄的位置和自然环境提供给他优良的思考空间；其次，余光中透过与高雄文艺界的互动并参与众多文化活动，提升了高雄文化能见度，而互动的过程，余氏自身亦吸取高雄的能量，不管在文坛声望还是文学创作的质量方面都更上一层楼，与城市达到最佳之互动。

诗评家萧萧曾说："余光中曾经是厦门街的余光中，有可能成为高雄的余光中。"① 凸显出高雄对于余光中具有重要意义。在未来，八十多岁仍壮心不已的诗人将为高雄，或者说高雄将为这位诗坛祭酒铺写出何等灿然之文章，值得引颈期待。

（作者单位：曾任"国立"台湾文学馆副馆长，已退休）

---

① 萧萧：《余光中结台湾结》，收录于黄维梁编：《璀璨的五采笔》，台北：九歌出版社 1994 年版，第 182 页。

台湾新诗发表场域分析研究

——以 2009—2011 年三大报副刊为例

林于弘

【摘　要】对于时代或年度创作发表的趋势,有不少研究者经常采用印象式批评或抽样式表述,因此常有以偏概全的缺憾。本研究尝试对报纸副刊进行全面的量化普查,针对台湾发行量最多且具有固定文学副刊的三份报纸——《中国时报》《自由时报》《联合报》,进行新诗发表之相关统计分析。首先由发表的场域进行了解,分别统计三大报纸副刊在年度刊登诗作总量及比率分布的概况与差异;其次再计算个别诗人之年度发表诗作数量多寡,进一步厘清三大报副刊选择诗作的作者偏好趋势;最后再以三大报的年度数据相互比对,尝试呈现不同年度间台湾诗坛发表生态的沿革,并省思此一现象所彰显的意义与启示。

【关键词】台湾;新诗;场域;年度;副刊

一、前言

一般研究者对于时代或年度创作发表的整体趋势,经常是以印象式的批评或抽样式的表述为大宗,然而对全面的普查统计,却一直缺乏相关探讨。这一方面是由于进行全面调查旷日费时,另一方面则是其成本所费不赀。但是从 1996 年起,文化建设委员(“文化部”)便开始主导并参与编印年度的《台湾文学年鉴》,在这项出版成为常态后,后继的研究者便可以利用这种全面性的资料搜集与整理,进行更为细腻的数据分析与理论印证。此外,随着 e 化时代降临与网络普及,大数据(big data)的应用分析也更容易入手,于是此一系列的统计与研究,也就能开拓出另一种实证式的研究模块。

场域（field）是布尔迪厄（Pierre Bourdieu）的文化研究与社会学中的关键空间隐喻，场域界定出文化与社会呈现的背景结构，而读者的接受与阅读习惯，就是在这种背景结构之下的运作结果。布尔迪厄认为："场域是位置之间客观关系的网络或图式。这些位置的存在，它们加诸其占据者、行动者以及机构之上的决定作用，都是通过其在各种权力的分布结构中的现在的与潜在的情境客观地界定的，也是通过其与其他位置之间的客观关系而得到界定的。"① 场域并非是客观的实体存在，而是群体之间的共同想象领域，场域进一步透过长时间的演绎，也将影响群体内部的习性。因此，他也建置出一个简单的公式：习性 + 资本 + 场域 = 日常生活的实践②。于是，"这样的实践结构代表着内在性外化、外在性内化的过程，同时也是动态的辩证过程"③，是以文学场域受到种种因素的影响毋庸置疑，但其终能建构出隶属自我的必然定位。

1949 年以后，台湾的新诗发表大致是以报纸副刊、诗刊和期刊为三大管道。若以《七十四年诗选》（1985 年）一文统计的数据④来看（因为这是 80 年代仅有的全面性统计），也可以一窥其奥秘（参见表 1）。

表1　1985 年台湾新诗发表场域与数量比例统计表

	传媒数量（家）	诗作数量（首）	所占比例（%）
报纸副刊	15	1 723	35.4%
诗刊	13	2 450	50.4%
期刊	19	690	14.2%
合计	47	4 863	100%

---

① ［美］戴维·斯沃茨著，陶东风译：《文化与权力：布尔迪厄的社会学》，上海：上海译文出版社 2006 年版，第 136 页。

② ［法］皮埃尔·布尔迪厄著，包亚明译：《场的逻辑》，《文化资本与社会炼金术——布尔迪厄访谈录》，上海：上海人民出版社 1997 年版，第 141 页。

③ 江宝钗：《黄得时的台湾古典文学史论暨其相关问题》，《台湾文学研究学报》2014 年第 19 期，第 199 页。

④ 本文 1985 年度的相关统计资料，皆出自李瑞腾编：《七十四年诗选》，台北：尔雅出版社 1986 年版。以下不再一一列举。

　　接着，再与2010年的统计资料①进行比对，也可以看出1/4个世纪的近似与差异（参见表2）。

表2　2010年台湾新诗发表场域与数量统计表

	传媒数量（家）	诗作数量（首）	所占比例（%）
报纸副刊	11	2 150	45.4%
诗刊数量	12	1 833	38.7%
期刊数量	30	752	15.9%
发表诗作总数	53	4 735	100%

　　就刊登传媒数量来看，报纸副刊数量略微减少，期刊大为增加，诗刊则持平，由此可看出文坛对诗作的接纳度大有改善。若就诗作发表的场域来看，报纸副刊明显增加10%，期刊比例则稍有增加，但诗刊却大幅减少。以上的数据显示，报纸的数量虽未大幅增加，但是刊登诗作数量却有大幅度的增长；而诗刊刊登诗作数量的比重相对降低，也代表某些诗人发表重心的转移。

　　就实际状况而言，台湾诗刊的印制多在千本以下，营销与传播的影响皆有限，期刊的状况或许好些，但诗作在一般文艺刊物又不太可能成为主体，其存在多属陪衬。然而报纸的营销既快且广，发行量少则数万，多则数十乃至百万，自有其"量"的优势。若从"质"的部分观察，1992—1998年的《年度诗选》统计出，"光是两大报（《联合报》《中国时报》）就占全部比率的43%"②，其比重首屈一指。因此，在新世纪之后，报纸副刊将成为台湾新诗的主战场，也是值得期待的必然。是以本研究以2009—2011年为限，并选取《中国时报》《自由时报》与《联合报》此三大报副刊为样本，对台湾新诗发表的场域进行系列量化统计与分析研究。

---

　　①　相关资料皆引自《2010年台湾文学年鉴》（台南："国立"台湾文学馆2011版），并由研究者进行统计与分析。
　　②　林于弘：《九〇年代的新诗版图——从年度诗选的时空分布观察》，《思辨集》（第3集），台北：台湾师范大学国研所1999年版，第49页。

二、2009—2011 年台湾三大报副刊新诗发表之逐年统计与分析

以下将以年度先后为次，并依《中国时报》《自由时报》和《联合报》的顺序，分别统计副刊诗作的刊登数量与发表次数较多的诗人。

2009 年，《中国时报·人间副刊》（E4 版）全年共刊登 88 首诗作，发表诗作较多的诗人为：路寒袖（6）①，鸿鸿（5）、方明（5），高大鹏（4），向明（3）、林焕彰（3）、余光中（3）、陈育虹（3）、吴晟（3）、陈黎（3）、杨泽（3），夏夏（2）、苏绍连（2）、颜艾琳（2）、侯吉谅（2）、罗毓嘉（2）、林梵（2）、刘克襄（2）等。

2009 年，《自由时报·自由副刊》（D13 版）全年共刊登 190 首诗作，发表诗作较多的诗人为：张错（8），陈克华（7），碧果（6），思理（5）、尹玲（5）、李魁贤（5），许水富（4）、鸿鸿（4）、孙维民（4）、王君宇（4）、向明（4）、木焱（4）、达瑞（4）、林婉瑜（4）等。

2009 年，《联合报·联合副刊》（D3 版）全年共刊登 184 首诗作，发表诗作较多的诗人为：洛夫（9），管管（7）、碧果（7），向明（6）、复虹（6），路寒袖（5）、张错（5）、詹澈（5），罗任玲（4）、颜艾琳（4）、陈义芝（4）、陈育虹（4）、严忠政（4）、张默（4）、苏绍连（4）等。

2009 年以《自由副刊》和《联合副刊》所刊登的诗作较多，平均每两天就有一首，《人间副刊》的数量则相对偏低，甚至不及其他两报的一半。至于三大报对诗人的偏爱也有所不同，《人间副刊》以路寒袖 6 首居冠，《自由副刊》以张错 8 首为首，《联合副刊》则是洛夫 9 首排第一，彼此各有所好。

最后，若整合三大报的整体前十名发表状况，碧果、张错和向明在《自由时报》和《联合报》均共发表 13 首并列全年之冠，路寒袖和鸿鸿均为 12 首共同居次，陈克华 10 首排第三，其中洛夫和管管都只在《联合报》发表新诗，而向明、路寒袖、鸿鸿、陈黎和李敏勇等五人，则是在三

---

① 姓名后括号中之数字，代表诗人于该报副刊年度所发表之诗作总数，之后援例使用，不再一一赘述。

大报都能名列前十名的特殊人物（参见表3）。

表3　2009年三大报副刊主要发表前十名诗人及诗作数量一览表

(单位：首)

姓名（出生年）	《中国时报》	《自由时报》	《联合报》	总计
碧果（1932）		6	7	13
张错（1943）		8	5	13
向明（1928）	3	4	6	13
路寒袖（1958）	6	1	5	12
鸿鸿（1964）	5	4	3	12
陈克华（1961）		7	3	10
洛夫（1928）			9	9
陈黎（1954）	3	3	3	9
管管（1929）			7	7
李敏勇（1947）	1	3	3	7

2010年，《中国时报·人间副刊》（E4版）全年共刊登96首诗作，发表诗作较多的诗人为：林沉默（11），林焕彰（5），陈黎（4）、高大鹏（4）、席慕蓉（4），罗叶（3）、瓦历斯·诺干（3）、苏绍连（3）、向明（3）、林婉瑜（3）等。

2010年，《自由时报·自由副刊》（D11版）全年共刊登217首诗作，发表诗作较多的诗人为：李敏勇（11）、陈克华（11），向明（5）、隐匿（5）、波戈拉（5）、尹玲（5）、陈黎（5）、鲸向海（5），张堃（4）、朵思（4）、碧果（4）、林婉瑜（4）、林沉默（4）、汪启疆（4）、许水富（4），向阳（3）、岩上（3）、郑聿（3）、鸿鸿（3）、达瑞（3）、非马（3）、林梵（3）、林蔚昀（3）、林焕彰（3）、李长青（3）、湖南虫（3）、罗任玲（3）、苏绍连（3）、陈玠安（3）、瓦历斯·诺干（3）等。

2010年，《联合报·联合副刊》（D3版）全年共刊登230首诗作，发表诗作较多的诗人为：洛夫（13），路寒袖（10）、碧果（10），管管（9）、陈克华（9），张错（6）、陈黎（6）、詹澈（6）、余光中（6）等。

2010年以《联合副刊》和《自由副刊》所刊登的诗作较多，平均每日的刊登比例皆超过六成，《人间副刊》的数量则仍相对偏少。至于三大报对诗人的偏爱仍有所差异，《人间副刊》以林沉默 11 首居冠，相对比例甚高；《自由副刊》以李敏勇和陈克华各 11 首并列第一，而《联合报》还是洛夫 13 首为最多。就发表状态来看，《人间副刊》以林沉默一枝独秀；《自由副刊》颇能广开善门，容纳许多新人；《联合副刊》则老将和名家较众。

最后，若整合三大报的整体前十名发表状况来看，陈克华共发表21首为全年之冠，林沉默 17 首居次，李敏勇和陈黎各以 15 首排第三，其中洛夫和管管都只在《联合报》发表新诗，碧果则在《自由时报》和《联合报》刊登作品，而其余的八人，则都能在三大报普遍发表作品（参见表 4）。

表4　2010 年三大报副刊主要发表前十名诗人及诗作数量一览表

（单位：首）

姓名（出生年）	《中国时报》	《自由时报》	《联合报》	总计
陈克华（1961）	1	11	9	21
林沉默（1959）	11	4	2	17
李敏勇（1947）	1	11	3	15
陈黎（1954）	4	5	6	15
碧果（1932）		4	10	14
洛夫（1928）			13	13
路寒袖（1958）	2	1	10	13
向明（1928）	3	5	4	12
林焕彰（1943）	5	3	4	12
管管（1929）			9	9
苏绍连（1949）	3	3	3	9

2011 年，《中国时报·人间副刊》（E4 版）全年共刊登86首诗作，发表诗作较多的诗人为：陈家带（6），高大鹏（5），鸿鸿（3）、余光中（3）、林婉瑜（3）等、碧果（3）。

2011 年，《自由时报·自由副刊》（D11 版）全年共刊登 173 首诗作，发表诗作较多的诗人为：陈克华（6），向明（5）、隐匿（5），陈黎（4）、孙维民（4）、鲸向海（4）、张错（4），波戈拉（3）、方群（3）、林梵（3）、李进文（3）、李敏勇（3）、林婉瑜（3）、丁文智（3）、鸿鸿（3）、陈隽弘（3）、张继琳（3）、骚夏（3）、罗任玲（3）、游书珣（3）、张堃（3）、碧果（3）等。

2011 年，《联合报·联合副刊》（D3 版）全年共刊登 235 首诗作，发表诗作较多的诗人为：陈克华（14），洛夫（8），管管（7），余光中（6）、鹿苹（6）、陈育虹（5）、张错（5），詹澈（4）、鸿鸿（4）、张堃（4）、席慕蓉（4）、碧果（4）等。

2011 年以《联合副刊》所刊登的诗作较多，《自由副刊》次之，《人间副刊》的数量仍相对偏少，而三大报副刊的刊登比例也明显拉开。至于对诗人的偏爱仍有所不同，《人间副刊》以陈家带 6 首居冠，《自由副刊》以陈克华 6 首列第一，而《联合报》也是陈克华 14 首居冠。就发表状态来看，《人间副刊》的诗作数量仍为垫底，《自由副刊》的刊登状态较为平均，《联合报》的均衡度也稍有改善，但陈克华的一枝独秀不免引人注目。

最后，若整合三大报的整体发表前十名状况来看，陈克华在《自由时报》和《联合报》共发表 20 首为全年之冠，且拉开相当的差距。向明和鸿鸿在三大报各发表 10 首并列第二，洛夫、张错、陈育虹、陈家带、余光中、林婉瑜六人皆为 9 首同列第三。其中陈克华连续两年蝉联发表榜首，显现其发表实力，而向明、鸿鸿、陈育虹、林婉瑜等四人则是在三大报都能列名的特殊人物（参见表 5）。

表 5　2011 年三大报副刊主要发表前十名诗人及诗作数量一览表

（单位：首）

姓名（出生年）	《中国时报》	《自由时报》	《联合报》	总计
陈克华（1961）		6	14	20
向明（1928）	2	5	3	10
鸿鸿（1964）	3	3	4	10
余光中（1928）	3		6	9
洛夫（1928）	1		8	9
张错（1943）		4	5	9

（续上表）

姓名（出生年）	《中国时报》	《自由时报》	《联合报》	总计
陈育虹（1952）	2	2	5	9
陈家带（1954）	6		3	9
林婉瑜（1977）	3	3	3	9
碧果（1932）		3	4	7
管管（1929）			7	7
陈黎（1954）		4	3	7
张堃（1948）		3	4	7

三、2009—2011 年台湾三大报副刊新诗刊登之研究统计与分析

以下借用统计学之概念，继续对 2009—2011 年间的三大报新诗刊登状况，进行整体的研究统计与分析。

首先，在新诗刊载的数量部分，三大报副刊存有显著的落差。根据 2009—2011 年三大报的新诗刊登数量与比例显示，《中国时报》始终呈现低于 20% 的比例，其新诗登载数量明显不如《自由时报》与《联合报》。《自由时报》的新诗刊登数量占年发表总量的四成左右，但比例有缓步下降的趋势。《联合报》的新诗刊登数量占年发表总量的比例平均超过四成，且呈现逐年递增的趋势，至 2011 年已将近五成，其对刊登新诗的重视程度相对可见（参见表 6、图 1）。

表6　2009—2011 年台湾三大报副刊新诗刊登数量比例一览表

（单位：首）

	《中国时报》	《自由时报》	《联合报》	总计
2009	88（19.0%）	190（41.1%）	184（39.8%）	462
2010	96（17.7%）	217（40.0%）	230（42.4%）	543
2011	86（17.4%）	173（35.0%）	235（47.6%）	494
合计	270（18.0%）	580（38.7%）	649（43.3%）	1 499
平均	90.0	193.3	216.3	499.7

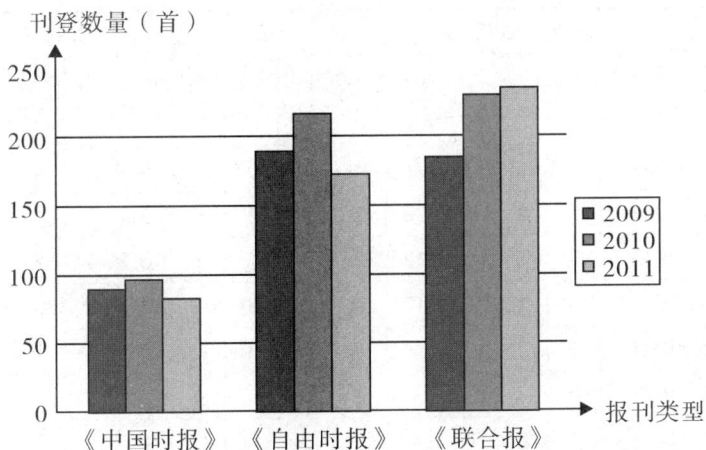

图 1　2009—2011 年台湾三大报副刊新诗刊登数量长条图

其次，至于个别诗人的发表状况，以下也统计 2009—2011 年间，所有诗人在三大报的新诗发表数量，并将总量的前二十名进行相关分析。依数量多寡，分别为：陈克华（51），向明（35），碧果（34），洛夫（31）、陈黎（31），鸿鸿（30），张错（29）、路寒袖（29），李敏勇（26），管管（23）、林焕彰（23），余光中（21）、林沉默（21）、林婉瑜（21），陈育虹（20），苏绍连（19），张堃（18），詹澈（16），陈家带（15），鹿苹（10）。以上二十位诗人，在 2009—2011 年的三大报副刊共发表 502 首诗作，占总刊登诗作的 33.5%，总数超过 1/3；若仅以前十名计，则共发表318 首诗作，占总刊登诗作的 21.2%，总数也超过 1/5，其人数虽少，但发表数量的比重却不容小觑（参见表 7）。

表 7　2009—2011 年台湾三大报副刊新诗发表总量前二十名一览表

（单位：首）

姓名	出生年	2009				2010				2011				合计
		中时	自由	联合	小计	中时	自由	联合	小计	中时	自由	联合	小计	
陈克华	1961	0	7	3	10	1	11	9	21	0	6	14	20	51
向明	1928	3	4	6	13	3	5	4	12	2	5	3	10	35
碧果	1932	0	6	7	13	0	4	10	14	0	3	4	7	34

（续上表）

姓名	出生年	2009				2010				2011				合计
		中时	自由	联合	小计	中时	自由	联合	小计	中时	自由	联合	小计	
洛夫	1928	0	0	9	9	0	0	13	13	1	0	8	9	31
陈黎	1954	3	3	3	9	4	5	6	15	0	4	3	7	31
鸿鸿	1964	5	4	3	12	2	3	3	8	3	3	4	10	30
张错	1943	0	8	5	13	0	1	6	7	0	4	5	9	29
路寒袖	1958	6	1	5	12	2	1	10	13	2	0	2	4	29
李敏勇	1947	1	3	3	7	1	11	3	15	0	3	1	4	26
管管	1929	0	0	7	7	0	0	9	9	0	0	7	7	23
林焕彰	1943	3	0	3	6	5	3	4	12	1	1	3	5	23
余光中	1928	3	0	1	4	2	0	6	8	3	0	6	9	21
林沉默	1959	0	0	0	0	11	4	2	17	2	1	1	4	21
林婉瑜	1977	1	4	0	5	3	4	0	7	3	3	3	9	21
陈育虹	1952	3	0	4	7	0	0	2	2	2	2	5	9	20
苏绍连	1949	2	1	4	6	3	3	3	9	0	2	2	4	19
张堃	1948	1	2	0	3	2	4	2	8	0	3	4	7	18
詹澈	1954	1	0	5	6	0	0	6	6	0	0	4	4	16
陈家带	1954	0	0	1	1	2	0	3	5	6	0	3	9	15
鹿苹	1970	0	0	0	0	0	0	4	4	0	0	6	6	10

　　若从前二十名的个别诗人发表现象观察，向明、陈黎、鸿鸿、路寒袖、李敏勇、林焕彰及苏绍连七人，都是自在游走于三大报副刊。但如洛夫、管管、詹澈、鹿苹四人，则几乎只在《联合报》副刊发表作品。至于陈克华、碧果、张错三人，则将重心放在《自由时报》和《联合报》两报的副刊，而余光中、陈育虹、陈家带三人，则以《中国时报》和《联合报》两报为主要发表园地。综上所述，这些在报纸发表诗作较多的诗人，其在主观的投稿意念上，可能有一定的喜好或趋势。或者反过来说，三大报副刊选用诗作的"守门人"（gatekeeper），其存有某种程度的主观偏好也不无可能。

　　进一步将范围缩小至前十名来看，第一名陈克华、第三名碧果、第七名张错皆属于"自由时报＋联合报"模式，第二名向明、第四名陈黎、第七名路寒袖、第九名李敏勇则为"中国时报＋自由时报＋联合报"模式，第四名洛夫和第十名管管属于"联合报"模式，整体的趋势十分明显（参见表8）。

表8　2009—2011年台湾三大报副刊新诗发表总量前十名发表模式归纳表

排名	姓名	发表模式
1	陈克华	自由时报＋联合报
3	碧果	自由时报＋联合报
7	张错	自由时报＋联合报
2	向明	中国时报＋自由时报＋联合报
4	陈黎	中国时报＋自由时报＋联合报
6	鸿鸿	中国时报＋自由时报＋联合报
7	路寒袖	中国时报＋自由时报＋联合报
9	李敏勇	中国时报＋自由时报＋联合报
4	洛夫	联合报
10	管管	联合报

其次，以出生时代为分析条件，则可以发现，1950—1959年出生的诗人有六人居第一，1920—1929年和1940—1949年出生的诗人分别有四、五人，列第二、三名，1970—1979年、1960—1969年出生的各有两人，1930—1939年出生的只有一人，但1980年以后出生则尚未有入围者。由此统计可知，1950—1959年和1940—1949年这两个年代出生的诗人，应是目前台湾三大报副刊发表的主力，而1920—1929年代诗人的老当益壮也不容忽视，至于年轻诗人的缺席，则是必须深思的隐忧（参见表9、图2）。

表9　2009—2011年台湾三大报副刊新诗发表总量前十名出生年代分布统计表

	1920—1929	1930—1939	1940—1949	1950—1959	1960—1969	1970—1979	合计
人数（人）	4	1	5	6	2	2	20
比例（%）	20	5	25	30	10	10	100

人数（人）

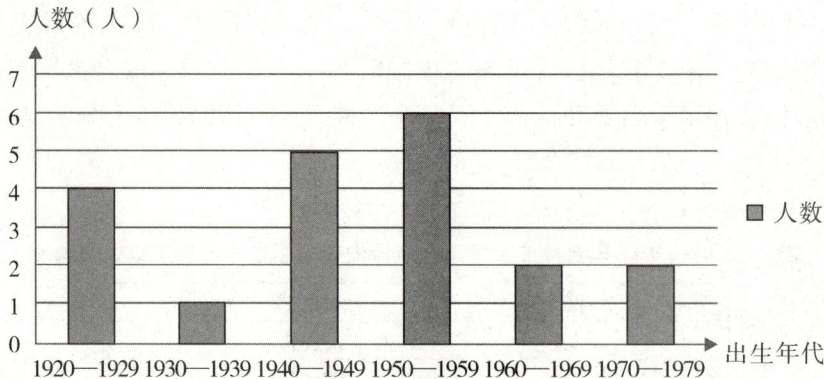

图 2　2009—2011 年台湾三大报副刊新诗发表总量前十名出生年代分布长条图

最后，是有关性别差异的现象。在 2009—2011 年台湾三大报副刊新诗发表总量前二十名的诗人中，仅有第十四名林婉瑜、第十五名陈育虹、第二十名鹿苹三位女性，女性诗人不仅人数比例偏低，且排名亦偏后。历来台湾诗坛女性诗人发表的弱势问题，从三大报副刊新诗发表总量的统计来看，似乎也未见改善。

四、结论

文学社会学者埃斯卡皮（Robert Escarpit）也从文学传播的生产、发行与消费结构的互动，探讨文学与社会的交互影响。他认为："所有文学活动都是以作家、书籍和读者三者的参与为前提。总括来说，就是作者、作品及大众借着一套兼有艺术、商业、工技各项特质而又极其繁复的传播操作，将一些身份明确（至少总是挂了笔名、拥有知名度）的个人，和一些通常无从得知身份的特定集群串联起来，构成一个交流圈。"[①] 而泰瑞·伊果顿（Terry Eaglton）也说："文学本身就是一个有机社会，它之所以攸关紧要，就在于它不折不扣是一种完整的社会意识形态。"[②] 是以

---

① ［法］罗伯特·埃斯卡皮著，叶淑燕译：《文学社会学》，台北：远流出版事业股份有限公司 1990 年版，第 1 页。

② ［英］泰瑞·伊果顿著，吴新发译：《文学理论导读》，台北：书林出版有限公司 1993 年版，第 53 页。

借由对报纸副刊的刊登现象进行全面分析，也是检视此一现象最直接的方式。

　　经由对 2009—2011 年间，关于《中国时报》《自由时报》《联合报》在新诗发表总量的统计分析后可以发现，三大报的刊登数量颇有差异，《联合报》和《自由时报》的接受度相对较高，而《中国时报》则较低。整体而言，三大报都是对外公开征稿，所以稿源并无差异，因此，若非报社高层提出指导，则副刊主编（团队）对新诗的喜爱接受度，应是影响刊登新诗多寡的关键所在。

　　至于作者的差异问题，除了前述副刊主编（团队）的主观条件之外，投稿者（诗人）对副刊的认同度，恐怕也是不容忽视的因素，虽说投稿并不一定会被刊登，但没有投稿也就没有刊登的可能，所以投稿者（诗人）的态度，也可以在某种程度上解释，关于此一阶段在新诗发表总量前十名的发表模式成因。

　　另外，有关于诗人出生年代差异的问题。由于报纸副刊的来稿众多，"名家化"的趋势自是难免，所以刊登诗人偏向"高龄化"的现象，也是必然的结果。加上新世纪的信息发达、网络畅通、出版便利，年轻一代已不必执着于平面纸本的发表，网络的便利可以打破时空限制，而经由现代化的技术跃进，诗集的出版更是简易，相较于必须通过严格审核的报纸副刊，年轻一代确实是有更为便利的选择。只不过在浩瀚网络世界有多少优秀的诗作可以脱颖而出？在印制不过数百本的个人诗集中又有多少诗作能够流传久远？相对于报纸副刊的广大读者，传统纸本传媒的经典价值影响仍是不容小觑。

　　在 2005 年台湾票选"十大诗人"后，萧萧曾提出"凸显了中生代诗人的重要性"[①] 的说法。而在分析 2009—2011 年三大报副刊新诗发表的研究后可以发现，中生代的奋勇精进与前行代的积极投入都值得钦佩，但是年轻一代与女性诗人所遭遇的边缘困境，也需要作者与编辑共同反思。是以"台湾诗坛究竟正处于一场悄悄开始的世代交替，还是一次仍未结束的

---

①　萧萧：《后现代新诗美学》，台北：尔雅出版社 2012 年版，第 61 页。

漫长革命"①? 这些关于台湾新世纪新诗发表场域更迭，以及世代典律（canon）建构的现实问题，同样值得后继研究者继续剖析厘清与持续关注。

（作者单位：台北教育大学语文与创作学系）

---

① 杨宗翰：《暧昧流动，缓慢交替："台湾当代十大诗人"之剖析》，《当代诗学》2006 年第 2 期，第 1～10 页。

西西《我城》中正面的香港想象与方式

金惠俊

【摘　要】20 世纪中期以后成长的香港的新一代，对于中国的归属感逐渐减弱，觉得自己是区别于中国人的香港人。西西敏锐地感知到了这一点，意图正面地描写这个新的城市和新的城市人。为此，西西详细刻画了现代都市里物质的、可视的物体，也不断地描写了现代都市里发生的各种事件。这既缘于她有意的尝试，也源于香港在社会安定和经济发展的环境中成长的一代所拥有的自信感。西西使用了陌生化方式，使读者对都市和都市人的生活产生亲近且全新的感觉。她所使用的代表性陌生化的方式之一即是活用孩子般的表现，这使得作品中描写的香港和香港人的生活既温暖又积极。当然，西西也意识到了现代城市的消极一面。但是，她对此采取相对温和的批判态度，尽可能地强调其积极的一面。尽管这样，对她来说，排外/沟通问题仍然是个重要的问题，对排外现象的指责和对沟通的希望不断出现。因为西西对香港这个城市的爱，甚至对人类、人生本身的爱，即使不完全地抹去昏暗的阴影，也尽力对城市的未来表达了乐观的展望。

【关键词】西西；我城；香港；香港性；正面的香港想象

一、《我城》——香港性的图标

香港作家西西（1938 年生）的代表作《我城》，正如其在 1999 年《亚洲周刊》"二十世纪中文小说一百强"中排名第 51 位那样，不仅在香港文学界，也在整个中国文学界成为被关注的一部重要作品。《我城》描写了 20 世纪中叶以来日益发展的香港以及在香港成长的一代，不管他们出生于何处，都认同自己为香港人，表达自己对香港的热爱，主张自己作为香港人的发言权，《我城》即这些主张开始的标志。

1975 年，《我城》最初连载于香港《快报》，在 1 月 30 日到 6 月 30 日这五个月期间，大约连载了 16 万字。1979 年首次以书籍的形式出版，此后出版的版本字数与结构略有差别，至今共有如下五种中文版问世。[①]

香港：素叶出版社，1979 年（约 6 万字）
台北：允晨文化，1989 年（约 12 万字）
香港：素叶出版社，1996 年（约 12 万字）
台北：洪范书店有限公司，1999 年（约 13 万字）
桂林：广西师范大学出版社，2010 年（约 13 万字）

《我城》历久弥新，出版了多种多样的版本，得到众多读者的呼应。《我城》表现出的香港想象与方式早前即受到评论家和研究者的瞩目，关注重点主要着眼于 20 世纪 70 年代到 80 年代作品的语言实验、20 世纪 80 年代到 90 年代作品的香港性及叙事形式等。此外，结合 1997 年香港回归，同行或学者将其看作是香港性象征的图标，他们在自己的作品中活用了《我城》的语句或内容，有些甚至超越性地通过续写、重写、互文性写作等形态对作品进行了再创造，例如：《i - 城志——我城 05 跨界创作》（潘国灵/谢晓虹，小说），《鲸鱼之城》（梁伟洛，小说），《V 城繁胜录》（董启章，小说），《狂城乱马》（心猿，小说），《失城》（黄碧云，小说），《我·城》（张颖仪，诗），《我剪纸城》（陈智德，评论），这些仅仅是其中的一部分。[②]

本文将重点对《我城》中作家西西怎样积极乐观地把握及展望香港和香港人，又以怎样的手法和方式加以表现的问题进行探讨。

---

① 《我城》也有韩译版（首尔：知万知出版社 2011 年版），是由金惠俊根据 1979 年版翻译的。本文如果并未单独提及的话，以与连载当时的字数和体裁接近的 1999 年版为基准，页数也以此版本为依据。

② 这段中的一部分内容参考陈洁仪：《西西〈我城〉的科幻元素与现代性》，《东华汉学》2008 年第 8 期，第 231～253 页。

二、新的城市，新的人们

《我城》第十七章中作者使用后设小说的手法，对自身的创作意图进行了说明。这里一位手中收集各种字纸然后把阅读作为爱好的老人（有可能象征连载当时作为编者的刘以鬯）向一个叫作"胡说"的拟人化字纸询问创作动机时，关于《我城》"胡说"作了如下回答：

> 是因为，看见一条牛仔裤。……看见穿着一条牛仔裤的人……去远足。忽然就想起来了，现在的人的生活，和以前的不一样了呵。……这个城市，和以前的城市也不一样了呵。是这样开始的。还有，因为天气，晴朗的季节。看见穿着一条牛仔裤的人头发上都是阳光的颜色……大家都已经从那些苍白憔悴、虚无与存在的黑色大翅下走出来了吧，是这样开始的。……那是开始。我用"都很好"的方式胡说。（第 222～223 页）

解读"胡说"的这段话，作家西西认为这个城市及这个城市人们的生活与以前有所不同，她用积极的视角描绘了这个变化了的城市和城市人。可是，西西的这种想法并不是她个人偶然设想出来的。

1841 年，香港不过是一个 7 450 人、出口檀香树的极小规模的港口兼渔村。第一、二次鸦片战争之后，香港岛地区（1842）和九龙地区（1860）以及新界地区（1898）依次被永久割让或者被租借 99 年，在英国殖民当局的管辖下进行正式开发，同时人口也开始了持续的增长。因此，一百年后的 1941 年，已经成长为人口达 1 639 000 的大规模城市，又经过五十年到回归中国的 1997 年，香港成为人口达 6 617 000 的世界型现代大都市。①

在这样的发展过程中，20 世纪中叶香港必要的人力资源，与自身增加的人口相比，主要依存外部（中国大陆）人口的流入。然而，第二次世界

---

① 人口统计分别参考徐曰彪：《近代香港人口试析（1841—1941 年）》，《近代史研究》1993 年第 3 期和《香港年报 1997》，http://www.yearbook.gov.hk/1997/ch24/c24_text.htm。此后香港人口持续增长，到 2013 年年底达到 7 219 700 人。

大战结束以后，世界进入冷战时代，情况也随之发生了变化。随着香港成为资本主义的桥头堡，与主张社会主义的中国大陆之间的交流受到了很大的限制。而且，过去虽然断断续续地受过控制，但大体上可以自由迁移，而此后移民的人数显著减少，香港居民的范围在某种程度上开始稳定下来。换言之，出生并成长于香港的人所占人口比例得到增长，他们自然也就开始成为香港社会的新的动力。

理所当然，这种情况自然使得香港人产生了与以前不同的新的想象共同体意识，形成了身份认同。1966年中国大陆的"文化大革命"和1967年香港的反英暴动，使这种身份认同开始更加分明化。香港人不仅认为香港与英国不同，也直接体验到香港与中国大陆也是不同的。特别是进入香港经济飞跃发展的70年代，发展为现代化大都市的这个城市中成长起来的新一代，不管其来自于何方、出生于何地，都开始将自己认同为香港人，开始积极表达对香港的热爱并主张自己作为香港人的发言权。简而言之，70年代，20世纪中期以后成长起来的香港新一代，与从外地移民过来的上一代不同，对中国的归属感相对较弱，虽然不把自己想象为英国人，但意识或感觉到自己与中国大陆居民是截然不同的。

西西敏锐地感知到这些方面，随之在创作中进行了某种新的尝试，正如第十七章中她自己阐明的那样，意在刻画这新的城市和人们。这种尝试从作品的开始部分就体现了出来。不仅没有贯穿整部小说的主人公和事件，叙述者和人物也都随时变化。其中刚刚中学毕业的、十七八岁的阿果还算是比较主要的叙述者兼人物，小说开头从他父亲的去世，环顾即将迁入的新家（上一代留下的房子），操办葬礼以及搬家开始。可是，看看下面的引文：

> 这是一个星期天。星期天和星期任何天一样，循例会发生各式各样的事。……这天，发生的是一件古老的事。这天一早，母亲的眼睛已经红得像西红柿，且肿成南瓜模样。……所有的来人都极有礼数，又衣着整齐，仿佛是约定了一起来参加重要的彩排。……当有人把眼关注腕表时，一个棺材正打从石级上给抬了上来。……这时，有很多很多人伤风了。（第4~6页）

众所周知，这里用礼节性的方式举行葬礼，并不从阴暗、沉重、悲痛的成人视角进行描写，而是从明朗、轻快、淡然的孩子般的视角（而且还是比叙述者阿果的年龄更年幼的孩子的视角）进行描写。这部作品的开头部分，搬入上一代留下的房子，从这一点来说并不具有彻彻底底与中国断绝的意味，它意味着强调被叫作香港的这个城市以及生活在这个城市的香港人的（新的）诞生，不以过去的死亡而以现在和未来的诞生为重点。而这一点随着作品的展开而越发分明。

三、现代城市的方方面面

香港这座城市以及生活在这座城市里的香港人到底有什么新的特点？而作者到底又在展示着什么样的新的特点？

首先作品时时处处展现现代城市的形成与发展以及众多相关的新事物，与近代的农村事物有所区别的物质的、可视的城市的事物。例如，公共汽车（第21页）、十四座小巴（第113、205页）、计程车（第114页）、机器脚踏车（第12页）、火车（第29页）、航机（第23页）、直升机（第12、229页）、渡海轮（第13、131页）、游艇（第131页）、邮船（第131页）、军舰（第131页）、驳艇（第131页）、电梯（第21、67页）、电楼梯（第191页）等现代的交通手段和机器；玻璃大厦（第10页）、铅皮铁盖搭的屋顶（第22页）、大室（第15页）、电影院（第29页）、超级市场（第28页）、大厦（第191页）、汽车行（第111页）、公园（第29页）、游泳池（第29页）、球场（第63页）、广场（第8页）、水花（第8页）、袖珍银行（第29页）、光管（第23页）、讯号灯（第23页）等各种城市建筑和物品；还有温度计（第23页）、童军刀（第154页）、手电筒（第153页）、风筒（第26页）、唱片（第27页）、电话（第34，第41~42页等）、电视（第16、28页）、摄影器具（第10页）、电饭锅（第27页）、压力锅（第64页）、缝衣车（第27页）、洗衣机（第21页）、冰箱（第15、26页）、风扇（第16页）、打字机（第33页）、电子计算机（第111页）、电脑格子纸（第52页）等现代生活电器和用品；洗洁粉（第27页）、漂白水（第27页）、肥皂粉（第22页）、洗头水（第26页）、发胶（第63页）、塑胶袋（第11页）、胶桶（第25页）、石油气罐（第27页）、红汞水（第26页）、碘酒（第26页）、维他命（第22页）、咖啡（第83

146 页)、汽水（第 27 页）、可乐（第 104 页）、香口胶（第 12 页）、纸包面（第 22 页）等日常消费品随时登场。城市每年都有面貌一新的发展（第 178 页），按时供应石油气（第 22 页），地下埋设了电灯线、电话线、煤气管、水渠等（第 98 页），不管什么店都去看店（第 190 页），分期付款买东西（第 226 页），在报摊买报纸或杂志（第 122 页），睡不醒的眼睛和赛跑似的双腿（第 144～145 页），五个不相熟的人联合雇坐的计程车（第 114 页），假日时游泳、爬山、钓鱼、足球、骑脚踏车、划艇、野餐、远足、拍摄照片（第 102、138、143 页）等休闲活动，土地不够而去填海（第 29 页），不再埋葬开始火葬（第 66 页），火车站搬迁引发不动产价格变化（第 111 页），拥挤到诊症室的急症病人们（第 200 页）等现代城市中的各种问题，特别是时时处处描写叫作香港的城市里所发生的各种事件。

从现在看，小说中出现的种种似乎是理所当然的。但是，这部作品中这样的事物或事例，除了电话以外，几乎没有重复登场的现象，另外可用来对比的是，农村的事物或事例几乎从未登场，不难理解这些并不是创作过程中无意或自然出现的，而是作家刻意安排的。为了确认这一点，现举例说明。

第五章中有位名叫阿发的小学女生登场，她为了中学升学考试永远没完没了地学习，书架上一本书也没有，却堆满了国语（中文）、英文、数学作业簿，每天削铅笔超过五十次。她的别名叫"发条发"，除了上学睡觉，每三十分钟响一次的闹钟总挂在脖子上，做作业和游戏的时间是自发的，但几乎机械般地遵守。这里阿发的闹钟和"发条发"的别名，我们能够充分揣测出其中的含义。众所周知，近代社会中（或是近代城市中），钟表就是象征着线形的、同质的、空间的、能够分割的"近代时间观念"，和将包括人类在内的世界中存在的所有事物当作个别附属品的"机械的世界观念"。[①]"我，有时好像背脊上装了发条一般"（第 56 页），阿发的闹钟以及"发条发"的别名所展现的，即是在紧密的时间和机械的控制下的近代城市和城市人的生活本身。

---

① 虽然近代以前已经发明了钟表，但循环性时间观念与有机体世界观念仍起主导作用。见秦基行：《关于近代性的历史哲学探究序论》（韩文），《哲学论丛》1999 年第 19 期，第 149～178 页。

上述如此之多的现代城市事物和事例，并不是生活中周边的东西单纯地自动出现在作品中的，而是作家为了突出当时的现代城市香港，有意使用香港人现实生活中所熟悉的这些作为道具。换句话说，也可以表现为农村世界观和都市世界观的差异，① 这个城市里的人们（即新的香港市民们）没有任何农村背景，只流露出纯粹的城市感受。因此，第四章中阿果就业面试时，对着上一代的面试官心中默问："你是从别的城市来的吧？"即潜意识地以为那个人不是从农村来的，而当然是从某个"城市"来的。

与保有农村传统的中国（大陆）有所区别的是，强调香港的现代都市性起源于在香港社会安定和经济发展的环境中成长的一代所具有的自信感。当然，香港内部也不是没有任何风波，环绕香港的外部环境，例如：1949 年以来中国大陆接连发生的社会主义改造、反右派斗争、三面红旗运动、三年自然灾害、"文化大革命"等各种政治运动，世界各地出现的如韩国战争、越南战争、中东战争、石油危机等各种混乱现象，也并不是对香港毫无影响。但是，相比之下，香港社会的风波事实上只为死水微澜的程度。外部世界的这种灾难和混乱对香港产生了一定的影响，但只是暂时、有限的，甚至有时扮演了活跃香港经济的角色。

试想，韩国 20 世纪中叶以后处于休战状态，朝鲜与韩国之间或是韩国国内的政治势力冲突极为频繁，政治经济民主化过程中不断有人身生命受到伤害等极端情况的持续出现。然而，对此不再陌生的韩国人，尽管没有抹掉内在的恐怖感，但不是仍毅然保持着精神上的平衡吗？相较之下，自成为英国的殖民地以来，特别是 20 世纪中期以来的香港相对来说更为安全。70 年代，香港虽是殖民地，且处在某种独裁管辖之下，但相对地享有很多的舆论和思想自由。通过作为殖民宗主国的英国和冷战时期领导资本主义世界的美国，与欧美各地区几乎同时共有各种信息；作为世界交通中心地区，通过海运和空运与全世界相连接。站在这个城市人们的立场来看，城市外部发生的大部分事情只是现代传媒的报纸、电台、电视等舆论媒体中传达的"新闻"甚至"信息"罢了。

---

① 这部作品表现了空间上的城市多样形态，而时间上的城市变化并没有时常出现。另外，还使用了很多孩子般的表现方式。这些让读者感觉这个城市将像温暖、永远的故乡那般总会在其原来的位置。对香港人来说，如今他们的故乡已不是农村而是城市了。

可能与此相关，这部作品中下列两种情况尤其突出：第一，作品中除城市本身的各方面外，对外部世界的关心乃至外部扩张等相关的描写也相当多；第二，作品中现代媒介及相关内容格外多。举例而言，第一种情况，未来的愿望是到世界各地去旅行（第 54 页），学校毕业以后成为船员出海远航（第 171～172 页），纽澳良、东京、檀香山、夏威夷、麻省、休斯顿、坦泊、巴拿马、古巴、西印度群岛、千里达、巴西、萨尔瓦多、山度士、布宜诺斯艾利斯、阿根廷、墨西哥、红海、吉达城、苏伊士运河等世界各地的地名处处登场。作为城市自身在郊外树立电话柱（第 207～209 页）等扩张到外延，UFO 的出现（第 14 页）或想与外星人通话（第 36 页）等甚至把关心扩张到外星球。第二种情况，从第一章的请愿运动部分记者出现开始，到第十八章草地里有人失踪的部分也有记者登场，这个城市的很多工作都和媒体有关。通过报纸、杂志、电台、电视等查找赛马消息（第 106 页），整天整晚看纸（第 27、216 页），收听体育节目、观看电视剧和广告（第 15、28～31 页），接触巴基斯坦的地震以及西奈半岛的中东战争等国际新闻（第 9、12 页），根据电视节目收视率改变播映内容（第 31 页），20 世纪 70 年代已经接收卫星电视（第 36 页），这城市的电视新闻是世界著名的（第 130 页）。

所有这些方面综合来看，我们能够充分理解作品创作时香港人是充满自信感的。他们的这种自信感确认了香港在世界中的位置，同时认识体验到香港和中国——抽象的意义上是传统中国，现实的意义上是现代中国大陆——是不同的、独自的地方，并成为其中的一个重要原因。另外，再重新从作品前面的部分往后看，香港和中国两者差异中最明显的是作为现代城市的香港的面貌，也正因如此，作家不断地详细叙述现代城市中的各种事物和事例。

四、孩子般的表现

如上所述，西西大量详细叙述了作为现代城市的香港的各种面貌。①

---

① 可以说这一切不完全是香港所特有，但即便如此，对于当时读过《我城》的香港读者来说，这些都可以成为他们重新回忆琐碎日常、接受新生活的契机。

不仅如此，对香港各个方面的叙述之多已经达到了不胜枚举的程度，这些给香港读者们或是了解香港情况的世界读者们打下了深刻的烙印。九龙地区的中心地带"尖沙咀"用"肥沙嘴"标记（第17、152页）等把香港特定场所变换为有意义的场所的"空间的场所化"方法，建筑物的层数用"第十一层第十二楼 B 后座"（第33页）① 等来表现、强化香港特有的空间状况的"空间的类似场所化"方法，口头语言和书面语言的偏离——"写字的手、脑子和嘴巴每天吵架，已经吵了一百多年了"（第151页）等描写强化香港特有的事物或生活细节的"人生的标记化"方法，② 我们通过这些可以了解到其他的重要事实。作家通过这些方法，试图给香港人再熟悉不过的亲密空间、事物、日常等赋予全新感受，即以很自然多样的形态制造陌生的效果。③

《我城》将读者（尤其是香港读者）所熟悉的都市（香港）和都市人（香港人）的生活变成陌生的，因此，这个都市（香港）和都市人（香港人）的生活既亲近又新鲜，而达到这种陌生化效果所常用的手法之一是对孩子般的视角、想象、语气等的活用。其例子相当多，现仅举几例说明。

第一，对童谣、童话、谜语等间接、直接的活用。比如，第一章阿果去看自己以后要生活的家时，一边踩着楼梯上楼，一边唱"烤面包，烤面包，味道真好"的歌；第六章中麦快乐说明公园相片时使用奥斯卡·王尔德的童话《快乐王子》；第十二章中阿果去岛上玩猜谜语游戏（第151～152页）。当然这些不是一次性的，尤其是活用当时香港人熟悉的"太阳，

① 香港建筑的楼层数既按英国方式又按中国方式计算。因此十二楼，按照英国方式应说成"第十一层"，按照中国方式应该是"第十二楼"。

② 物质的、陌生的、抽象的空间，通过人类的经验，成为有意义的、亲近的、具体的场所。即一个场所所具有的场所性（场所的 identity）通过物理环境、人类活动、以人类意图和经验为属性的意义这三种要素综合形成。因此，对开展人类活动的特定物理空间赋予一定的意义时，空间可以变成场所，我们可以把这种行为称作"场所化"。关于"场所化"的构想原来出自张东天：《中国近代建筑的文学场所性》（韩文），《高丽大学中语中文系创立40周年纪念学术大会论文集》，高丽大学中语中文学系，2012年，149～166页；也参考了 Edward Relph 著，金德铉等译：《场所与场所丧失》（韩文），首尔：论衡出版社2005版。

③ 关于"空间的场所化""空间的类似场所化""人生的标记化"，请参考拙文：《〈我城〉（西西）中以空间为中心的香港想象与方式》，《"流转中的文学"第十届东亚学者现代中文文学国际学术研讨会论文集》，2013年。

白色太阳"以及"我会唱摇小船"（第148页）的歌谣，为自己的人生起到了记忆犹新的亲密效果。

第二，拟声词和拟态词的使用，借用孩子们的语气，活用类似发音的语言游戏"谐音"，来描写孩子们天真烂漫的行动，利用罗列等手法赋予孩子们歌谣般简单的节奏感。"木质的梯级巴隆巴隆地响了起来。"（第2页）"遇见泊着一艘染满很重铁锈的肥个子浴缸。"（第3页）"阿发每天即上去拔两条葱，放了在书包里……或者会令自己聪明。"（第53页）"她们挥手嘱我自己去到处走，好结识这屋子的房墙门窗，几桌椅，碗桶盆，人手足刀尺，山水田，狗牛羊。"（第2页）……都是如此。

第三，以孩子们的方式使用拟人化、联想、想象、夸张以及荒唐的逻辑。前述的叫作"胡说"的字纸以及各种尺的拟人化；搬家公司的职员表演杂技（第26~27页）；阿果躺在草地上，把草咬在嘴里咀嚼，想象也许可以训练自己做一头牛（第226页）；课室旁边空地里种的白菜像地球仪一样肥（第117页）；木匠阿北到阿果家看门，有空时做门而不做椅子（第86页）等。

当然，《我城》里孩子般的表现除了上述提到的几种，还有相当多的例外情况时常登场。然而这种孩子般的表现并不仅仅只为发挥陌生化效果。还有一个重要的效果是，营造各种与这部作品相符合的（或是与作者意图相符合的）积极气氛。换言之，这部作品中表现出来的香港和香港人的生活既温暖又正面。正如作家在作品中通过字纸"胡说"的话语表明的"都很好"那样，乐观地表现了这座城市。"都很好"指的是让·吕克·戈达尔导演的电影《一切安好》（1972）。这部电影与其具正面意义的题目相反，以肉类加工厂中的罢工事件为素材，描写了资本主义社会阶级、冲突这样的消极面貌。然而，西西说："'都很好'本来是一部电影。这电影的导演喜欢拼贴的技巧，又习惯把摄影机的眼睛跟着场景移动追踪，一口气把整场的情事景象拍下来。"（第223页）比起该电影的内容，西西重点将那种乐天的电影名称和技法进行活用。这可被视为一种陌生化的方式，即使这个城市有沉闷的一面，以强调其积极面的意图为基础，积极活用孩子般的表现即给这种意图作出了相当大的贡献。

但是，小说的后半部分这种孩子般的表现好像有所减少。即使出现孩子般的表现，那种新鲜感也有逐渐减少的倾向。城市的模样和场面描写增多，意欲详细描写、说明看起来却又像别的东西（第 92 页）。但同时，为了肯定地描写城市，已经尽力却好似不得不意识到其消极的方面。事实上，许多人从发展逻辑的视角，将近代化过程中的消极面看作伴随着近代化的不可避免的附属品。即使这样，也不能无视这样的消极面。因此很多论者早先就指责过近代化的这些消极面。西西并不是没有意识到这些，当然，《我城》中也出现了城市的消极面。

五、批判和肯定，排外和沟通

现代都市以及近代化本身带来的弊端已经受到了很多人各种各样的批判。例如，海德格尔在《存在与时间》（1927）中主张要摆脱做成近代精神与近代社会的地平线的、机械论的制作中心的思考和行动，本雅明在《德国悲剧的根源》（1928）中对近代精神综述进行了历史哲学批判，怀特海在《过程与实在》（1928）中展现了试图超越近代精神的哲学构思。随后，又出现法兰克福学派关于近代精神的怀疑、结构主义关于近代精神的挑战、阿尔都塞关于马克思主义的新的解释等。[①] 香港作家刘以鬯在这一层面上通过《酒徒》（1963）强烈批判了资本主义现代都市香港的邪恶，而且在西西的《我城》发表之后，又通过《陶瓷》（1979）、《岛与半岛》（1993）等作品继续这种批判。除了刘以鬯以外，如《地的门》（昆南）、《太阳下山了》（舒巷成）、《坚守最后阵地》（海辛）等作品，还有 20 世纪中期以来香港众多作家持续地以不同方式对都市化表示忧虑、进行批判，对近代性本身提出疑问并进行反省。

西西自然对这些有着良好的认识。都市日益发展，在这一过程中人们越来越忙碌，走路也只看地面而很少抬头（第 105 页），在系统的、周密的人的组织里（第 92 页），调好闹钟像机器般行动（第 56 页），万一违反这定好的规则，就会成为被惩罚的对象（第 76 页）。人们无法忍受资本主义产业文明的冷漠（第 34 页）和灰色的混凝土建筑之间的废弃感，无法忍受的人们最终自己从高层建筑的窗口跳下去结束生命（第 93 页）。因

---

① 秦基行：《关于近代性的历史哲学探究序论》（韩文），《哲学论丛》1999 年第 19 期，第 149 ~ 178 页。

此，作品中除此之外，处处提到垃圾的大量生成（第 56～60 页）、环境污染引起的燕子栖息地减少（第 72 页）、人口密集造成空间不足（第 66 页）、犯罪频发以及凶暴化（第 168～169、第 206～207 页）、为取得经济利益行诈（第 79 页）、没有时间读书或思考而总是被时间追赶的即冲生活（第 193～194 页）等都市的消极一面。

然而，西西与前辈作家不同，也与其他作家不同，对此，西西相对温和地进行批判，尽可能地强调积极的方面。例如，深夜归家的麦快乐被三名强盗抢去了钱和手表的场面，麦快乐拿出了自己的全部却仍然遭受了暴行，以及被打之后发生的事的描写如下：

> 没有了。全给你们了，他说。他头还没有摇完，眼睛前面却出现了一只拳头，这拳头打黑了麦快乐一只眼睛，打得他满头北斗星。……睁开眼睛的时候，前面的人都不见了。对街黑黑的，有一条白色的狗站在几个破纸盒旁边对着他呆呆地瞧着。……后来没有见到麦快乐回去工作，他们在桌上看见一张纸，上面留下他写的几个字：我已去了参加城市警务工作。（第 206～207 页）

毋庸讳言，路上强盗事件本身是都市的消极一面。但上面的引文中作者意外地使用孩子般不太通畅的（或是不太符合常规的）语气，温和地批判这一事件。甚至这里设定麦快乐辞去电话局的工作去当警察，也都保留了对香港的乐观看法。

然而，对西西来说香港也存在着一种不可忽视的深刻问题。这就是排外/沟通问题。现代社会中个体的发现乃至主体的发现，一方面，使以个人的独立、个人的自由及个人为基础的市民社会能够成立，并在这一点上具有非常重要的意义；另一方面，个人之间相互排斥或者被他们的社会排斥，这种排斥的结果反而使社会具有全体主义化的危险性。[1] 在这点上，西西所持的关于城市的肯定态度，对城市的阴暗面保持比较温和的批判水准是事实，但至少没有轻视排外问题。因此，在《我城》中对于排外现象

---

① 秦基行：《关于近代性的历史哲学探究序论》（韩文），《哲学论丛》1999 年第 19 期，第 149～178 页。

的指责和对于沟通的希望被不断表现出来。例如，阿发看着天台从别的地方飞来的、怎么整理都整理不完的堆积的垃圾，给邻居写信告知因为垃圾所带来的伤害。麦快乐、花王傻等在公园拣起某人的电影剧本，为了还给人家，在自己没有钱的情况下硬是费力拿出两条报纸广告。另外，阿果、阿发、悠悠依次访问靠自己做门艰难度日的阿北，阿果和乘坐远洋船的阿游互通书信，都是如此。众多例子中，最集中表现作者意图的是，阿果作为电话工人通过电话这一现代道具，赋予人们之间互相依存的角色。特别是作品最后部分中，阿果在郊外树立电线柱，连接电话线，最后使每一个人可以互相通话，以下的场面意味深长：

　　我不知道听筒那边的声音是谁的声音，陌生而且遥远。但那声音使我高兴。电话有了声音，电线已经驳通，我的工作已经完成。我看我表，五点正。五点正是我下班的时间。那么就再见了呵。再见白日再见，再见草地再见。（第 235 页）

　　阅读这部小说的读者读完就会立刻知道这里所说的再见或下班的时间是什么意思。这也许是这部小说连载结束的时间，也许是这部已成书的小说合上的时间，也许是期待在另一部作品中再次相遇的时刻。然而，之前连接电线开通电话，这意味着作者终于通过作品和读者沟通，也意味着通过整部作品所重复希求的、城市的个人和个人间的互相沟通终于实现。这更进一步意味着叫作香港的这个城市中的人们与全世界的人们沟通，甚至地球上的人们与外星的生命体乃至神连通。

　　这难道仅仅是笔者的推测吗？绝对不是。这部作品中的反复重复表现，对于这一点通过探讨以下两点即可得到充分的确认。

　　《我城》中个体和集体的关系已经被提到过多次。正如上面所述，作者充分肯定现代城市中个人的确立，同时多次表示这些个人不应该被排斥而应该互相沟通，作为其结果的城市不应该是汇集没有任何特征的单一个体的复制品的场所，而应该是多样独立的个体互相沟通、共同交融的地方。作者的这种希望体现在阿果进行职务研修的过程中，例如，"大家以前都不曾相识"（第 91 页），"我们彼此由完全不认识到忽然一下子可以谈起来，不外是这样的一回事。……是了，人为什么要发明电话呢，难道不是为了可以彼此交谈么?"（第 97 页）换句话说，每个人自身既是独自的主体的存在，又通过相互沟通成为和谐的集体（市民社会），因此作品的题目"我的城"其实意味着"我们的城"。

另外，这种"我的城"或是"我们的城"结果不是与世隔绝的孤立的城市。整体来看这部作品，空间层面一共可分为三个层次，即以我为中心有三个同心圆：第一个层次内的同心圆是叫作香港的城市，第二个是香港以外的包括中国的全世界，也即地球，最后一个是地球外部的外层空间。①第一个同心圆无须再多说。关于第二个，也许谈及一项就可以，如作品中通过乘坐远洋船出去的阿游的来信或这个城市的报纸和电视等舆论报道提及的世界的众多地方。最后第三个，也许应当多说一点。作品中 UFO 的出现（第 14 页）、宇宙旅行和宇宙语学习（第 30～31 页）、希望与外星人通话（第 36 页）等都提到了外星球，甚至与外星球有关的插图也出现了很多次（第 35、95、173 页）。而将这些与后面要提到的存在主义问题联系起来看时，整部作品都在希望沟通、作品末尾也象征着这样的可能，不仅是作者与读者的沟通、城市的个人与个人的沟通、这个城市的人与世界各地的人之间的沟通，更是人类与外星人甚至与神的沟通。

六、双重的感情与乐观的展望

如上所述，西西尽可能以积极的面貌来描写城市并提出乐观的展望。然而，反过来看，这意味着西西已经意识到城市的消极一面并对此具有批判的态度，对城市的未来也在某种程度上保持悲观态度。这种态度随处可见。例如，阿发每天清理不知从哪儿飞到天台的垃圾，但"谁也不敢担保明天又会有什么"（第 59 页）；悠悠一边逛商店一边问阿发："当我六十岁，你还容纳我吗?"（第 119 页）尤其是第四章和第十六章中，瑜夫妇摆放空椅子的场面，收拾身边的事去进行身体检查，后放好椅子去草地的场面；第一章草地中人们聚集的场面；第十八章中聚集到草地的人们变成泡沫消失掉而只剩下空椅子的场面等，都作为集体自杀的暗示，使人感受到

---

① 陈洁仪：《西西〈我城〉的科幻元素与现代性》，《东华汉学》2008 年第 8 期，第 231～253 页。

这个城市的未来就像是被很抑郁的影子所笼罩。

西西的这种态度在她自己的口述中也有一定程度的体现。她与何福仁的对话中说,《我城》成为自己创作生涯的一个分水岭,如果说以往存在主义时期的创作都沉浸在生命无意义的想法当中,那么这部作品则不同,看待事物保持另一种态度,开朗多了,作品的结束也充满希望。但不管怎样作者还没有完全从这座城市或人生的阴影中走出来。因此,即使作者作出以上说明,作品仍然留有存在主义的痕迹,只是形态不同罢了。①

对这个城市正面的赞扬、负面的温和批判、未来的积极乐观、一丝无可奈何的悲观等,作者这些复杂的态度在第十章中有比较好的体现。第十章中读者乃至这个城市的人们可以由"你"这一第二人称主语来叙述。一个休息日"你"醒来一看,城市的全部——公园的椅子、公共汽车站、冰淇淋车、交通信号灯、斑马线、警察所、隧道、书报亭、报贩、公共电话等,甚至整个城市被透明的塑胶布包装变成了包裹。"也许包裹是为了防止污染。……或者,包裹是意味着人们不相往来了。……又或者……这城市……搬到比较理想的居住环境去。"(第125页)除了"你"外,城市的全部甚至包括书报亭的报贩都静止了,其中"你"忽然遇到了一个挥舞着剑,把剑朝四周刺割的人。他给"你"塑胶布和剑,让你选择是走进塑胶布让布把你裹着,还是用剑把包裹一个个割开。但问题是这个包裹被切断割开的同时,会立刻自己缝合起来,割裂包裹将会是一件永远无法完成的工作。那么这个人自己又会如何选择呢?"他既没有能力割开绳索和布幕,又不愿意成为包裹,他只好每天用剑对着天空割切,他想把天空割开一道裂口,好到外面去。"(第127页)可是联想到西绪福斯的他一边说着"我很疲倦"(第127页),一边就"闭上了眼睛,很快就睡着了"(第127页)。面对着两者选一的"你"也"就和舞剑的那个人一般睡熟了"(第128页)。

第十章的叙述也同样给予我们很多思考。这个城市以及地球的环境污染、恶劣的居住环境问题等暂且不谈,从作者个人层面来看,也可看作是

---

① 西西,何福仁:《时间的话题》,台北:洪范书店有限公司1995年版,第198页。即使作者已经作过如此说明,但梁敏儿仍然认为《我城》不仅残留存在主义思想并且是一个非常重要的主题。见梁敏儿:《〈我城〉与存在主义——西西自〈东城故事〉以来的创作轨迹》,《中外文学》2012年第41卷第3期,第85～115页。

通过创作与读者沟通的可能性和不可能性；从这个城市人们的层面来看，也可看作是个人与个人沟通的可能性和不可能性。更进一步，可以提出这样的疑问，发现主体的人类究竟能否替代神，甚至包装时的包裹是否可以看作移居到外星球的象征。只是这里明显的一点是，作者乃至这个城市的人们并不完全对这个城市持乐观态度，也并不是无条件地对这个城市的所有方面都持肯定态度。

这样看来，关于这个城市，作品中人物（或是西西）的感情在某种程度上具有双重性是不足为奇的。例如，阿游乘坐远洋船离开这个城市时，一起走的人说："这挤逼肮脏令人窒息的城市，我永远也不要再回来了。"（第 172 页）阿游自己也说："我挚爱的、又美丽又丑陋的城。"（第 173 页）尽管如此，他们以后都对这个城市表达了强烈的感情，这也是不足为奇的。乘坐远洋船的阿游等人在海中航行时感叹道："离开我生长的城那么远了呵！"（第 174 页）远望点缀了无数灯盏的港口，问道："是我城吗？是我城吗？"（第 188 页）每当在陌生的港口停靠，向新上船的人问了又问："我们的城怎样了呢？我们的城别来无恙吧？"（第 174 页）去附近岛上野营的阿果一行轮流大声呼喊起来："我喜欢这城市的天空""我喜欢这城市的海""我喜欢这城市的路"（第 157～158 页）。最后祈祷道："天佑我城。"（第 170 页）这些表现中，各登场人物既是西西的化身，也是香港人的化身。考察这部作品的特征，事实上是考察作家自身的表现以及这个时代香港人的表现。正是因为这种对这个城市的爱以及更进一步对人生本身的爱，即使不能完全抹去阴暗的影子，作家也在主动地尽力揭示乐观的展望。换句话说，当时西西个人仍然可能在某种程度上受存在主义的影响，即使不完全转换对世界肯定、对未来乐观的态度，但面对日益发展的香港以及拥有强烈自信感和自负心的这个时代的香港人，作为其中的一个人，不仅已经肯定了香港并对其前途持乐观的态度，而且这样的态度在作品中被尽可能地并有效地展现出来。

同样，西西通过有意识的努力希望可以和作品中期待创造的"美丽新世界"相联系。阿发的班主任在草地上和孩子们谈话："目前的世界不好。……你们可以依你们的理想来创造美丽新世界。"（第 54 页）其后，阿发未来愿望中的一个是"将来长大了要创造美丽新世界"（第 54 页）。这种对创造"美丽新世界"的期待，看似不再需要做更多说明，更重要的是作品结尾处和阿果通话的电话听筒另一边传来的声音，以下面这样的话结束：

> 电话听筒那边的声音说……旧的地球将逐渐萎缩，像蛇蜕落蛇衣，由火山把它焚化，一点也不剩。人类将透过他们过往沉痛的经验，在新的星球上建立美丽的新世界。（第 234～235 页）①

七、我的城市，我们的城市

《我城》是香港文学史乃至中国文学史上具有里程碑意义的作品。这部作品最初并且最成功地刻画展现了香港人想象的共同体意识，而且这部作品展现的对城市的想象，并不仅仅局限于香港这个城市，而可适用于世界上的任何一个城市，因为这种想象是以最得体、最具独创性的方式加以表现的。结合这一点，可以简单地综合如下。

20 世纪中期以后成长的香港的新一代，对于中国的归属感逐渐减弱，觉得自己是区别于中国人的香港人。西西敏锐地感知到了这一点，意图正面地描写这个新的城市和新的城市人。为此，西西详细刻画了现代都市里物质的、可视的物体，也不断地描写了现代都市里发生的各种事件。这既缘于她有意的尝试，也源于在香港社会安定和经济发展的环境中成长的一代所拥有的自信感。西西使用了陌生化方式，使读者对都市和都市人的生活产生亲近且全新的感觉。这种陌生化的方式是她使用的具有代表性的手法之一，从活

---

① "美丽新世界"是阿道司·赫胥黎的小说《美丽新世界》的题目。赫胥黎的这部小说原本是一种反乌托邦式小说，讽刺了一个科学支配万物的新世界。这里所有人都可以乘坐私人直升机到任何地方，这里没有阶级斗争也没有不幸，但是人工孵化出的人类是满足于被科学技术赋有的生物体的阶级与角色，像机械部件一样活着的。就像前面西西表明"都很好"时，以一种陌生化的方式活用电影《一切安好》的题目和技巧，作者这次同样不管其内容如何，也只活用了小说《美丽新世界》的题目，期待这座城市可以永远是个"美丽新世界"。因此，读者如果知道其原来的背景，不管是说"都很好"，还是"美丽新世界"，都可以隐约感知到原作中流露出来的一丝悲观情绪。以上有关"美丽新世界"的论述中，"陌生化"概念源自陈洁仪：《西西〈我城〉的科幻元素与现代性》，《东华汉学》2008 年第 8 期，第 231～253 页。

用孩子般的表现开始，作品中充满了对香港和香港人的生活既温暖又正面的
描写。当然西西也意识到了现代城市的消极一面。但是，她对此采取相对温
和的批判态度，尽可能地强调其积极的一面。然而，对她来说，排外/沟通
问题是个重要的问题，对排外现象的指责和对沟通的希望不断出现。因为西
西对香港这个城市的爱，甚至对人类本身的爱，即使不完全地抹去昏暗的阴
影，也尽力对城市的未来表达了乐观的展望。

　　理解作者西西在《我城》中展现的香港想象和方式，比起从上述冗长的
分析文字中得到的指引，最好的方法是通过阅读行为直接参与到想象与方式
中去。从这些地方来看，不久前已故去的中国香港作家也斯——在香港想象
方面和西西一样热忱、成功，他下面的这段话很值得人细读：

　　到底该怎样说，香港的故事？每个人都在说，说一个不同的故事。到头
来，我们唯一可以肯定的，是那些不同的故事，不一定告诉我们关于香港的
事，而是告诉了我们那个说故事的人，告诉了我们他站在什么位置说话。①

　　是这样的。可能我们都在通过自身的位置以自己的方式想象着香港以
及自身的世界。从这个意义上看，《我城》对西西、对我们各自来说分别
是"我的城"，而结果对我们全体来说就变成了"我们的城"。

（作者单位：韩国釜山大学中文系）

---

　　① 也斯：《香港的故事：为什么这么难说?》，张美君、朱耀伟编：《香港文学@文
化研究》，香港：牛津大学出版社 2002 年版，第 11 页。

【中国文学海外传播研究】

近20年"海上丝绸之路"诸国华文文学发展的融汇倾向

萧 成

【摘 要】近20年来,"海上丝绸之路"诸国华文文学发展中不断出现地方性与当地传统相互融汇,并与其他区域华文文学不断接近趋同的倾向,逐步演变成了"海上丝绸之路"诸国华文文学在本质上愈益成了联系当地社会的纽带与桥梁。这既是"海上丝绸之路"诸国华文文学各自不同的胎记,也是20世纪90年代以来"海上丝绸之路"诸国华文文学最突出、最基本的特征,没有这一特征,东南亚华文文学也就没有存在的必要和发展的可能。"海上丝绸之路"诸国华文文学势必将沿着上述方向前进,并不断巩固与形成新的特色。

【关键词】海上丝绸之路;华文文学;趋同发展;融汇倾向

进入21世纪之后,随着"冷战"结束、中国重新崛起与全球"反恐"的兴起,全球化催生的大国博弈更趋激烈,世界风云变幻,特别是美国施行的"离岸遏制"的战略意图和"重返亚太"外交政策的影响,加剧了中国周边的地缘与争端问题,中日东海问题、中国与东南亚诸国在南海问题等方面的冲突都进一步凸显。值此之际,习近平主席高瞻远瞩提出了具有重大意义的"一带一路"("丝绸之路经济带"和"海上丝绸之路")政策,不仅要积极建设陆上"丝绸之路"经济带,同时也要积极重建海上"丝绸之路",冀望中国与周边邻国一起创建亚太地区共同繁荣、和平发展的新局面。由此,如何在全球化视野下深入拓展中外关系史研究的议题,进一步深入了解和认识东南亚、积极建设与经略中国与东南亚国家之间的友好交流关系,就成为重建"海上丝绸之路"的核心内容之一。

一、"海上丝绸之路"诸国华文文学之发展概况

众所周知，世界上有华人的地方就有华文文学的存在。在世界地图上，"海上丝绸之路"的核心区域东南亚诸国是除中国大陆、港澳台之外，华人最多的地区。那里海上丝绸之路的发展，总体上来说也比世界上其他地区兴旺。随着中国和平崛起，中华民族传统文化在海外得到进一步广泛传播，作为东方文化与文明代表的中国文化思想，也作为一种国家和民族的"软实力"，在中国的对外邦交中发挥着愈来愈深入与广泛的国际影响。特别是近 20 年来，"海上丝绸之路"诸国作为中国的后院和友好邻邦，在政治、经济、文化、外交和军事等方面，双方的交流与互动也愈来愈密切。而散布在"海上丝绸之路"诸国的华文作家，也积极用汉语书写着这日新月异的变化，生动反映了当地华人与土著民族的生活和心态变化，即努力汇入"全球化"的时代潮流当中去。这些华文文学作品带着新鲜的"南洋气息"，不仅是东南亚社会生活在意识形态领域的反映，也是"海上丝绸之路"诸国上层建筑的组成部分之一，决定其变化发展根本方向的主要推动力：一是"海上丝绸之路"诸国的官方与民众意愿构成的社会基础；一是中国与"海上丝绸之路"诸国之间的政治、经贸、文化与学术方面双向交流的不断扩大与多方合作关系的深入开展的现状。

（1）从历史的视野来观察，我们可以发现直接制约"海上丝绸之路"诸国华文文学生存、发展的因素主要是各国国情。"海上丝绸之路"诸国华文文学开始时，本质上也是一种"移民文学"。早期"海上丝绸之路"诸国的华文作家，同 19 世纪初的那些法国作家一样，大多也是流亡者一类。一些人是不满中国黑暗政治，参加革命活动失败后，在家乡无法立足亡命而来的；另一些人则是为生计所迫，不得已远走异地谋生的。他们中间的部分知识分子有意识地把文学当作革命与宣传的武器，揭露旧中国半殖民地半封建社会腐败落后的状况。至于"海上丝绸之路"诸国华文文学由"移民文学"逐渐蜕变为独立发展的文学，则是在第二次世界大战结束之后才宣告完成的。因为当时东南亚地区的多数国家，历史上曾是西方殖民地，华侨华人与当地人民一样，都遭受过殖民主义和帝国主义的深重剥削与残酷统治，又并肩作战，有着共同进行反殖反帝斗争、争取民族独

立、建设新国家的艰辛经历和共同命运，这使许多来自中国的华侨华人及其后代对东南亚这片淌过鲜血、流过热汗的土地和勤劳勇敢的人民产生了深厚的情感认同，加上当地政府大力推行"民族同化"政策，促使许多华侨华人不仅在法律上，而且在心态、观念上也逐渐接受同化。多数人已"归化入籍"，几乎完全融入当地社会主流，有了"落地生根"的国家主人的心态，特别是被称为黄皮白心"香蕉人"的土生土长的第二、第三代华裔，他们很少有先辈那样的失落漂泊感或"叶落归根"的祖籍国向往之情，他们很自然地认同出生、成长、生活的居住国，对遥远的中国反倒感觉生疏；再加上国际局势的风云变幻，"海上丝绸之路"诸国的政局也随之变动频繁，当地华侨华人的人身安全，以及政治、经济、文化、教育权益无法得到保障，且不时受到影响冲击，这种复杂的历史和现状导致了"海上丝绸之路"诸国华文文学一再出现时兴时衰、几起几落的局面，反映到文学创作方面，就不仅仅只局限于异域风情的描画，进入人们视野之中更多的是当地华人与土著人民普遍性的对于共同命运的挣扎与奋斗的故事，在艺术上强调的是走"为人生"的现实主义道路，题材方面则侧重歌颂真善美、鞭挞假恶丑。

（2）华侨华人在当地社会的地位对"海上丝绸之路"诸国华文文学的发展起基础和导向作用。华侨华人在"海上丝绸之路"诸国人数的多寡，他们的社会地位及其在国家政治、经济、文化生活和教育界的地位与影响力的大小，起着不同的作用，这造成了"海上丝绸之路"诸国华文文学的发展状况大相径庭。譬如在新加坡，华人占全部人口 76% 以上，居于社会各界领导地位，乃至社会主流势力，因而华文文学相应受到重视，成为除英语写作的文学之外的当然的国家文学，作家的处境也相对较好。而马来西亚、泰国、菲律宾、印度尼西亚、文莱、缅甸、越南、老挝、柬埔寨等国，华侨华人中虽不乏华裔执该国政界、商界之牛耳，但当地华人华侨占人口总数比例并不大，只属于所在国的少数族群，华文文学相应地也就被摒弃于其国家文学的大门之外，经常受到限制和禁锢。令人感到欣慰的是，20 世纪 80 年代中国实行改革开放政策，开始走上了和平崛起与民族复兴的道路，国力逐步增强，国际地位也进一步提高，积极同"海上丝绸之路"诸国开展友好邦交，经贸关系也日渐密切，社会环境趋于轻松、融洽，"海上丝绸之路"诸国华人社团与华人作家境况也随之有了明显改善，其社会地位和影响也有所提高，这一切都为"海上丝绸之路"诸国华文文学的复兴与繁荣创造了良性发展的氛围和空间。

（3）"海上丝绸之路"诸国华人作家不同的人生经历与创作心态，对各国华文文学的复兴、繁荣与发展方向也产生了重大影响。中国人到了海外，势必深切感受到作为被分裂国家的国民是怎样的不便、困扰与痛苦。"认同"的危机不仅存在于母体文化与客体文化的对峙之中，甚至产生在面对自己被分裂祖国的彷徨中。种族的弱势、身份的尴尬、文化的失根、历史的断裂、故土的纷争，使得海外的中国人背负着比任何一个作客异邦的"外国人"都更深重的历史负荷。因此，"海上丝绸之路"诸国华人的文学创作，便有先天的历史感和时代感。特殊的历史和时代造成了这样的创作，而这些创作又将一个真正作家不可或缺的历史感与时代感融入其中。"海上丝绸之路"诸国华文作家，老一辈多出生于中国，接受过较为完整的儒家传统文化的教育与礼仪道德的熏陶，继承和发扬了"五四"新文化运动"为人生"的文学传统；一部分中年作家和年青一代作家则在"海上丝绸之路"诸国出生和成长，接受的已非单一的儒家教育和文化，还有当地文化与西方文化的多元影响。但从大方面来看，儒家文化对他们的影响还是比较深远的，因而他们的创作取向和方法还是多为现实主义的。近年来，有些作家也逐步接受了一些西方现代派理论和技巧，加上西方人生观、价值观潜移默化的影响和渗透，也出现了一些创作思想和技巧较为新颖多彩的作品。同样，这些作品的文学阐述也渗透进了作家自身的感受和认知，是从他们的独特处境出发的，仍然是既有历史痕迹，又有政治冲击；既有肉身流徙，又有心灵漂泊和"文化乡愁"。在不同时空，用汉字这一世界上最古老的文字以层层叠叠的意象，记录着相似或相异的广大海外华人的渴盼、挣扎和奋斗，在一种流动状态里表达出了丰富的内涵和愿景。

二、"海上丝绸之路"诸国华文文学之多元发展趋向

由于影响"海上丝绸之路"诸国华文文学发展的各类因素对各国华文文学所起的作用先后、大小不一，因此"海上丝绸之路"诸国华文文学发展成熟的程度也不尽相同，造成了当前和今后"海上丝绸之路"诸国华文

文学多元发展的趋向。对此，我们可以来具体分析一下。

（1）不断增强地方性。"海上丝绸之路"诸国的华文文学已经明显形成了与之密切相关的、和中国文学及其他国家与地区文学相互融合而成的当地文学传统。"海上丝绸之路"诸国华文文学虽然都出自同一源体，具有炎黄文化基因，彼此有文化上的血缘关系，但已或多或少地分别与各国的本土文化相融合，各自成为所在国文化的组成部分之一。"海上丝绸之路"诸国华文文学发展的这种普遍性趋向，用文化眼光对其进行考察、探索其文化意蕴的异同，了解其传播与融入主流社会之后产生的变化，对把握"海上丝绸之路"诸国华文文学的总体状况，以及与不同民族文化互相交融、借鉴、转化、吸收、认同的规律，都会有所裨益。"海上丝绸之路"诸国华侨华人分别生活在不同的国家里，自有他们的风俗信仰和文化历史。一方面，华文文学要获得本身的独立发展，不但要在内容上反映当地的生活，更应当有自己的独特风貌，使人一望而知为当地的华文文学；另一方面，通过"海上丝绸之路"诸国华文文学的中介位置，可以更清晰地看到中国文化被置于异域环境中时所发生的种种演变、衍生、传袭与继承的形象过程：某些中国传统文化的基本观念，以怎样的方式在域外延续？它对当地华人的生活又造成了怎样的影响？尤其在异国人眼中，华裔社区的文化到底是怎样的一种状况？另外，"海上丝绸之路"诸国华文作家的文化交流活动、作品互译，在中外文化交流中也起到了很大作用；他们本身就是"活的"文化标本，土著族群和外国人可以从他们身上直观地了解、感知中国文化气息。当然，"海上丝绸之路"诸国当地华文文学传统的形成、完善亦非一朝一夕的事，而是有一个漫长渐进的过程。早在 20 世纪 30 年代至 40 年代，在思乡、寻根之外，"海上丝绸之路"诸国华文作家、理论家就提出了"铸造南洋文艺"的新议题，并围绕此议题创作了一批具有当地特色的华文文学作品。但真正形成气候，却是在 60 年代中期，东南亚华文文学才逐渐形成较为鲜明的当地性，80 年代才日臻成熟，作品题材取向在椰雨、蕉风、锡矿、胶林、渔港、槟榔园、海洋、艳阳之外，还有了组屋生活、商业竞争、职场拼搏、旅游见闻、男女婚恋、科技创新、文化冲突、维权斗争、文明批评，以及年轻学子的忧愁与边缘族群、弱势阶层的呼声等。自然，各种情节曲折的异族爱情与通婚故事仍然占据着不弱的一环。这种地方性与当地传统，使"海上丝绸之路"诸国华文文学在本质上愈益成了联系当地社会的纽带与桥梁。这既是"海上丝绸之路"诸国华文文学各自不同的胎记,也是90年代以来"海上丝绸之路"诸国华文文学最突出、最基本的特征,没有这一特征,东南亚华文文学也就没有存在的必要和发展的可能。"海上丝绸之路"诸国华文文学势必将沿着上述方向前进,并不断巩固与形成新的特色。

(2)"海上丝绸之路"诸国华文文学在发展过程中,还不断加强同所在国其他民族文学之间的交流和沟通,力争成为被官方认可的国家文学的组成部分之一。长期以来,除了在华人占多数的新加坡,华文文学占据国家文学的地位之外,在其他国家华文文学都属于少数族裔文学,不为所在国政府所重视、未被纳入所在国国家文学的范畴或视野中,几乎很少得到国家或政府的资金资助,大多是靠社会热心人士和民间捐助来维持基本运作,可谓处境困难、步履维艰。如马来西亚自建国以来,虽然保留了华小、独中,但在高等教育方面却对其有着严格限制,当地的华人作家一直被排拒在其国家文学奖候选人行列之外,政府对华文作家团体的关心支持也远逊于巫文(即马来文)作家;印度尼西亚的华文作家与作品的处境更等而下之,甚至很长一段时间被迫处于地下挣扎求生的厄境,特别是20世纪60年代,印度尼西亚曾厉行排华政策30余年,苏哈托军政权施行所谓的"新秩序",先后发布限制华人的各类法律条令竟达300多条,除了禁止华人说汉语和使用中文之外,并禁止一切华文报纸杂志,关闭华校,收缴焚毁一切华文书籍,在这样的文化浩劫中,印度尼西亚华人直到90年代末叶,也就是苏哈托军政权被人民推翻之后才开始逐步扩大与其他地区的华文文化、文学社团的交流,重新接续起复兴当地华文文化与华文教育,以及华文文学的新的历史使命。值得注意的是,当代"海上丝绸之路"诸国华人作家创作的许多作品,不仅反映了华人社会问题,表达了广大华人的心声,而且还提出了许多有关当地社会国计民生的问题,以及华人参政议政、发挥和扩大华人在居住国的政府与民众中的作用与影响等新议题。当然,这些国家的华文文学为了摆脱困境,势必要走上争取跻身国家文学之列的道路,使华文文学成为被居住国政府和民众所承认的国家文学之一。为此,自90年代以来,"海上丝绸之路"诸国的华文作家均不约而同地除了努力争取政府重视和华人社团在政策、财政等方面的支持之外,还力争其他民族作家和人民的理解、支持;而且自90年代开始,马来西亚、泰国、印度尼西亚及菲律宾等国的许多华文作家都积极从事把华文文学作品翻译成马来文、泰文、印度尼西亚文、英文等工作，出版了许多双语著作，使不懂华文的读者也能读懂、喜爱华文文学作品，进一步扩大和增进了各民族文学之间的相互交流和了解。

（3）"海上丝绸之路"诸国华文文学自 90 年代以来，还有一个发展趋向，即积极推动"四结合"（文学界、企业界、教育界和新闻界的通力合作）运动，为华文文学发展创造有利条件。在"海上丝绸之路"诸国华文文坛，由于稿酬很低，有时甚至没有，故专业从事写作并以此谋生的作家几乎没有。华文作家队伍基本上由商人或企业家、工薪阶级、家庭主妇这三部分组成，他们只能在工作之余执笔从事其所热爱的创作。作为个人的文学行为，作家从事创作，借助正常发行途径发表出版作品，固然不成问题，但是要创办定期发行的文艺刊物，或者开展一些固定的文学活动，没有足够的经费就无法进行；即便筹足了经费，没有新闻界的宣传，效果也不一定会理想。因此，从 90 年代开始，"海上丝绸之路"诸国华文文学界开始重视争取企业界和新闻界的理解和支持，主动扩大与教育界的合作，发掘华文文学界的新人，积极培养后备军。他们开展的举办演讲、主办会议、表彰作家、征文比赛、出版文学丛书、组织文艺营以及举办文学节等一系列活动，都卓有成效，引起了社会上强烈的反响，这充分证明了文学界与企业界、新闻界、教育界互相结合的必要性和重要意义。其中特别引人注目的是，至今已经举办了 14 届的"亚细安文艺营"，这是"海上丝绸之路"诸国华文文学界内部区域性交流合作最为成功的典范之一。就目前来看，"海上丝绸之路"诸国华文作家在成功实践的基础上，进一步推广"四结合"运动，说明"海上丝绸之路"诸国华文文学在探索当地文学发展路径中，有了更深刻、自觉的认识。尽管"海上丝绸之路"诸国华文文学界还有一些人对此持怀疑、旁观，甚至反对的态度，认为这会导致文学趋于"商业化"、"功利化"、利润至上，沾满铜臭味，但我们切不可因噎废食，应该看到"四结合"运动还是使华文文学得到了有力拓展，并从客观上显示出了良好的效果，正在"海上丝绸之路"诸国华文文学界不断催生出灿烂的花果来。

三、"海上丝绸之路"诸国华文文学取得的成果

"海上丝绸之路"诸国华文文学在各国具体环境中既多元又独立地发展着，到出现一批造诣较高的作家与有影响的作品的阶段时，自然会对自身发展提出更高要求，就会希望走出国门，冲向世界。自 20 世纪 90 年代以来，"海上丝绸之路"诸国华文文学获得了长足发展，显示出欣欣向荣的景象，令人为之振奋。

首先是大力加强了与中国大陆文坛的交流。"海上丝绸之路"诸国华文作家因政治与历史原因，虽然在很长一段时期内与中国港台两地文坛交往频繁，亦从中得到颇多滋养，但港台毕竟是弹丸之地，无法尽解"海上丝绸之路"诸国华人思乡寻亲怀祖之饥渴，也不能为"海上丝绸之路"诸国华文文学提供纵横驰骋的广阔天地。"海上丝绸之路"诸国华文文学界早就不安于这种现状了。中国大陆"十年浩劫"一结束，他们便立即通过各种途径和大陆文学界取得联系，多方实施"破冰之旅"，积极向大陆文坛迈进，尤其是 90 年代中叶开始，双方的交流合作更是呈现出了相当热烈的局面。例如，自 1987 年开始至 2014 年，在中国福建厦门已经定期举办了 10 届"东南亚华文文学国际学术研讨会"，每届研讨会都以一个东南亚国家作为主要研究对象，同时也兼及研讨东南亚其他各国的华文文学，会议期间还向各国各地区参加会议的代表无偿赠送著作、报刊等资料进行广泛交流，会后精心编选论文集，使研究成果公之于世。这些专业的国际性学术研讨会，不但进一步扩大和加强了中国大陆、港澳台等地区作家、研究者和"海上丝绸之路"诸国华文文学界的交流，而且也使东南亚各国华文文学界内部的交流更加紧密，迅速提高了"海上丝绸之路"诸国华文文学的整体水平；再如 1992 年，在中国广东中山举行的"第五届世界华文文学国际学术研讨会"，东南亚作家到会人数空前，超过任何一个海外华文作家代表团；1996 年，印度尼西亚华人作家冒着生命危险首次参加中国南京举办的"第七届世界华文文学国际学术研讨会"；1998 年，印度尼西亚华人作家在"五月暴乱"的血腥尚未散去之时，毅然冲破重重阻挠，成立了"印华作协"，而且此后在中国大陆各城市轮流举办的历次国际学术年会，他们也从不缺席，文学新人不断闪亮登场。与此同时，随着全球化

的影响，除了新加坡、马来西亚、印度尼西亚、泰国、菲律宾、越南和文莱之外，以往缺席的缅甸、老挝、柬埔寨的华文文坛也开始复苏，开始有华文作家走出国门参加海外的文化活动和学术会议。其中缅甸华文文学界可谓异军突起，从 2010 年缅甸军政权实行 "改革开放" 政策开始，缅华文学界迅速行动起来，在海内外缅甸华侨华人的大力协助下，他们重整旗鼓，选派代表参加海外会议，搜集散佚的资料，短短几年间迅速出版著作几十种。2012 年，由一群 80 后年轻人成立了 "五边形诗社"，以锐不可当的青春气势成了缅华文坛的生力军，并在 2015 年 3 月承担举办了 "第八届东南亚华文诗人大会"，在海内外引起了极大反响，得到了广泛肯定与赞誉。

其次是 "海上丝绸之路" 诸国华文文学作品开始大规模进入中国大陆图书市场。许多 "海上丝绸之路" 诸国华文作家的作品在大陆相继出版，广受读者好评，甚至引起轰动效应。譬如新加坡女作家尤今的几十册作品，包括小说、游记、散文、小品等，在大陆一版再版，引起很大反响。《新加坡当代华文文学大系》（四卷本，新加坡文艺协会编）也令人瞩目地出现在大陆图书馆与书店的书架上了。鹭江出版社出版的 "东南亚华文文学丛书" 50 本，选编了包括新加坡、泰国、马来西亚、菲律宾、印度尼西亚五国代表性华文作家的作品，鹭江出版社还分别于 1993 年和 1999 年出版了《海外华文文学史初编》和煌煌四大卷的《海外华文文学史》专著，此外中国各地的出版社还先后出版了包括马来西亚、菲律宾、泰国等国的国别文学史著作，而且 "海上丝绸之路" 诸国的华文作家与作品也进入中国高等院校的课堂，成为学生选修课程的内容之一。这些相当重要的文学信息表明，"海上丝绸之路" 诸国华文文学正以极大热情，努力进军中国大陆这块世界上最大的华文文学市场，以谋求更大的发展。与此相应，"海上丝绸之路" 诸国华文文学界对中国大陆文坛和大陆作家也表现出了极大热忱，不仅为他们写的评论文章提供足够的发表园地，在各种报纸杂志上予以介绍，而且多次盛邀大陆作家前往 "海上丝绸之路" 诸国进行访问、指导，参加研讨会、举办文学讲座等。上述种种情况都表明，中国与 "海上丝绸之路" 诸国华文文学本是同根生，血脉相系，任何外力也无法隔绝或阻断。相信在这样的趋势下，"海上丝绸之路" 诸国华文文学，一方面能对中国文学起到促进作用；另一方面也必然会使其自身提升到一个新层次，进一步走向成熟、深刻与开阔，其发展潜力和前途无疑是可以预期的。这不仅是由于"海上丝绸之路"诸国华文文学界希望自己的作家、作品得到国际的了解和确认，而且也由于希望了解国际文坛、开拓创作视野，向其他地区的华文文学借鉴，使本国的华文文学从民族化、地方化向国际化、世界性方向发展。新加坡著名华文作家骆明先生就认为："新加坡华文文艺已经不再可以自己关起门来，可以故步自封了。而应该立足本地，放眼海外。"① 泰国华文作家也发出了"泰华文学走出湄南河"的呼声，菲律宾华文文学界也提出了"菲华文学要走出王彬街"的希望。基于同样的认识，马来西亚、菲律宾等国的华文作家也有类似的愿望。许多学者更从理论高度提出一方面"东南亚的华文诗歌、小说、戏剧、散文自然应该突出东南亚社会文化的本地特色，也应带有中国文学悠久的大传统的特色。在另一方面，又不能完全孤立自限，应该同时带有国际化的前瞻性和共通性"②。华文文学走出本国，冲向世界，已成为"海上丝绸之路"诸国华文作家的共同心愿和努力方向。散布在"海上丝绸之路"诸国的华文作家，尤其是女作家，由于血脉文缘的共通性，强烈要求能够像一个大家庭的成员一样欢聚一堂，一起探讨东南亚华文文学的共同问题。这使得东南亚华文文学在新世纪以来表现出两方面的融汇倾向：

一是作家与研究者的学术交流扩大、增多，包括参加各级各类学术会议、策划出版作品、作家代表团互访、个人访问讲学、单位间协作完成研究项目、"海上丝绸之路"诸国华文文学界轮流承办"亚细安文艺营"等形式的文学与文化交流，十分频繁而多样。这些活动探讨了"海上丝绸之路"诸国华文文学的现状和亟待解决的问题，增进了各国华文作家之间的了解，加强了彼此的友情和联系。二是组织联络常态化。由于各种文学和学术活动不断增加，许多作家觉得这种交流和联系有必要组织化、制度化。于是，成立了相应的组织机构、制定了规章制度、推选了负责人，以保证相关学术交流，以及相关文学与文化活动能够顺利进行，各种学术会议除在会前或会后进行论文集的选编、出版之外，还建立和加强了海内外

---

① 骆明在2006年厦门召开的"第六届东南亚华文文学国际学术研讨会"开幕式上所做的"大会主题发言"中的言论。

② 厦门大学教授周宁在2008年厦门召开的"第七届东南亚华文文学国际学术研讨会"开幕式上所做的"大会主题发言"中的言论。

华文作家的定期与不定期的交流合作关系。而且"海上丝绸之路"诸国华文文学界参与推动的这些交流活动，还产生了一系列积极的社会效应：①互补。"海上丝绸之路"诸国华文作家通过接触和交流，可以发现国门外更广阔的世界，发现其他国家华文文学的许多优点，以及本国华文文学的长短，因而可以互相借鉴、扬长避短、重新整合。②趋同。"海上丝绸之路"诸国华文作家把作品寄回中国大陆和港台等地发表出版，不仅要考虑文化市场的适销对路问题，还要考虑读者的审美需求，进而调整创作角度和习惯、风格，使"海上丝绸之路"诸国华文作家内部、"海上丝绸之路"诸国华文作家与中国大陆、港澳台以及欧美等地区的华文作家之间，在文学意识、思维形式、创作技巧、研究方法等诸方面，在保持自己固有基本特征的同时，逐步接近、趋同，让作品更具流动性、普遍性。③提高。"海上丝绸之路"诸国华文文学与中国大陆、港澳台以及欧美等地区华文文学的互补与趋同，使得"海上丝绸之路"诸国的华文文学水平得以迅速提高，将会汇集中外华人文化艺术精英于一体，合作创造世界华文文化、华文文学艺术的共同财富，从而加速了"海上丝绸之路"诸国华文文学迈向并融入世界文坛的进程。

综观当今世界，随着中国和平崛起，国际经贸、文化交流发展的不断扩大，特别是中国提出"一带一路"新战略，更是与时俱进地向当代的中外关系研究提出了许多新的议题，拓展了新的研究视野与学术空间。换言之，21 世纪的"丝绸之路"强调的是利用古老的联系，发展新的关系，使中国与周边的国家合作共赢，这是伟大"中国梦"的合理延伸。它既顺应了当今世界经济、政治、外交格局的新变化，又将为沿线国家和地区的文化交流及友好往来开辟新的更加顺畅的通道。目前已有 13 亿以上的人使用汉语中文，海外不少地区都兴起了"汉语热"，中国政府的相关部门也在海外开办了上百所孔子学院，加上华人留学和移民人数的不断增加，许多国家和地区的公民中，华侨华人数量也日益增加，他们在精神文化方面对华文文学的需求也迅速扩大和增加，这些都使得华文文学创作既成了各国、各地区文化事业的构成部分之一，还共同汇集成了世界华文文学的庞大体系。作为世界文化艺术宝库中必不可少的组成部分之一，世界华文文学已自成体系，正赢得海内外愈来愈多人士的关注、重视；华文文学交流的范围也早已超越了国界。要把华文文学的创作和研究扩展开去，很需要建立一种更为博大的世界性文学观念，从世界文学的格局中去审视、探究各国各地区的华文文学，正是在这样的背景下，借助"一带一路"这股劲吹的东风，"海上丝绸之路"诸国华文文学的创作、出版与研究也被赋予了蓬勃的生机。

（作者单位：福建社会科学院文学研究所）

中国文学在越南的传播与影响

蔡辉振

【摘　要】越南民族出自中国浙、闽、粤、桂等区之越人系，与中国同种、同文、历史关系悠久。自秦汉时期将越南纳入中国版图，正式设立郡县后，不但民间经常有贸易往来，而且士人亦互相授学。中国文学由贤吏良士传入越南初期，其文学思潮只着重于伦理，讲学全赖"四书五经"，纯接受中国圣哲先贤之道德思想，尚未有创作性作品出现，仅有口传文学之谚语、歌谣，以及神话故事流行在民间。然至魏晋南北朝时，由于受到佛、道两教的影响，再加上原儒学的盛行，越人融通了三教思想以作为文学基础。故越南文学有了很大变化，从原重伦理、讲道德，转变为重经传之微言大义，慢慢形成了自己的风格。而流行于民间之口传文学，也得到进一步的发展，歌谣诗体崭露了头角，其内涵有着佛、道两家的思想。隋唐时期，是中国政局安定的时代，学术文风达到巅峰，佛学鼎盛、风靡一时。贤吏良士及僧侣更是不遗余力地将中国文学传入越南，并致力于人才培养，教化越民。于是知识分子辈出，通解诗文者不计其数，使越南文学欣欣向荣，为今日之越南文学奠定了厚实的基础。

【关键词】中国；越南；文学；影响；民族

一、导言

中国以汉民族为主体，总人口约 13 亿，约占世界总人口的 20%，是世界上人口最多的民族。在晋朝以前，汉族主要分布于中国北方，在西晋末年（307—312）因永嘉之乱而大举南迁。后来的唐天宝十四年（755）安史之乱、五代时期的战乱，以及北宋靖康之难（1126）金兵南侵等事件，使得北方战争连年，民不聊生。而南方相对稳定，经济发达，故大量人口往南移动，改变了南北的人口分布格局。如缅甸汉族人口比例为

90%、新加坡为74%、马来西亚为42%、澳大利亚为61%等。还有更早期的移民传说，如越南之安南族，为中国浙、闽、粤、桂等区之越人系；日本之大和族，出自秦始皇派徐福率领的童男童女数千人的后裔；韩国之朝鲜族，为商朝的遗臣箕子之后裔。

随着汉族人口的移动，其文字、语言、文学以及风俗习惯等也随之传播，并对当地产生影响。越南在10世纪喃字未发明前，以汉字为书写工具；日本至今还使用汉字作为假名①；朝鲜族在19世纪前也以汉字为书写工具。此等民族至今还保存完整的汉化风俗习惯，由此可见中国文化底蕴之深厚。

基此，笔者尝试从历史的视角切入，并以地理环境为辅，探讨及研究中国文学在邻近国家的传播与影响，由于篇幅所限，本文仅以越南为例，概略论述如下。

二、越南之历史背景

越南位于亚洲中南半岛上，东临东京湾及南海，与中国海南岛遥遥相望；西毗老挝、柬埔寨；南临暹罗湾；北接中国广东、广西、云南，面积32.8万平方公里（包含南越、北越、中越），人口9 000余万，海陆交通便利，与中国来往频繁，故为南洋诸国接受中国文化最早的国家，至今还保存完整的汉化风俗习惯。

越南民族，据史学家陶镕指出：

相传神农氏之三世孙帝明者巡狩至五岭之南（即今湖南、江西之南部），娶婺仙女，生禄续。帝明后传位于其长子帝宜，治北方。而由禄续治南方，称泾阳王，国号赤鬼，北连洞庭、南界胡孙、西接巴蜀、东濒南海。泾阳王娶洞庭君之龙女，生崇缆，是为貉龙君。貉龙君娶帝厘女瓯

---

①　假名为日本独有的表音文字，主要有平假名、片假名、万叶假名等不同的表记法。"假名"的由来，系相对于"真名"（即汉字），它起因于自身虽有语言，却没有记录的文字，仅能以口耳相传来传承历史。汉字传入后，各国纷纷以汉字为书写文字，日、韩、越等国皆兴起"文言二途"之制，即口语使用本国语言，书写则使用汉文。

姬。生下百男，后五十子随母归山，前五十子随父下南海，貉龙君封其长子于文郎（即今北越永安河，白鹤县）称雄王。自此开建越南国，为史家所称之鸿庞时代。由此推究，越族系由荆楚分出，其发源地即在今之湖北与湖南两省之长江流域宜昌洞庭之间，后为楚所迫相继南徙，至今之福建、广东、广西及越南北部建成多数小国，此为秦代所称百越之地。①

何金兰亦据东西方史学家的看法指出：

许多学者曾对安南民族的起源加以研究考证，大部分东西方的史学家、民族学家、考古学家都认为系源出古时中国南方百越族之一支，原本在江浙地区，后因楚国逼迫而向南迁移，并因越南地广人稀、土地肥沃，于是在此安居立业，后来又与当地土著相融合，而形成今日之越南民族。②

由此可见，越南安南民族出自中国浙、闽、粤、桂等区之越人系，与中国同种、同文，历史关系悠久，已无疑义。

越南最早的名字为"越裳国"，《尚书·大传》云："尧南抚交址……交址之南有越裳国，以三象重九译，而献白雉。"《后汉书·南蛮西南夷列传》亦云："交址之南，有越裳国。周公居摄六年（前1110）制礼作乐，天下和平。越裳以三象重译而献白雉。"按《辞海》："故地当在今越南之南境"，可见当时之越裳国，即为今日之越南，与中国交往至今已有三千多年的历史。

越南开国之初，素有"文郎国之说"与"安阳王国之说"，前者据《越南史》中云："貉龙君封其长子于文郎，称雄王。分国中为十五都：1. 文郎（今永安河白鹤县）。2. 朱鸢（山西）。3. 福禄（山西）。4. 新兴（兴化、宣光）。5. 武定（太原、高平）。6. 武宁（北宁）。7. 陆海（凉山）。8. 宁海（广安）。9. 阳泉（海阳）。10. 交址（河南、兴安、南定、宁平）。11. 九真（清化）。12. 怀驩（艺安）。13. 九德（河靖）。14. 越

---

① 陶镕：《中越关系史略》，《中越文化论集》，台北："国防研究院" 1968 年版，第 1～2 页。

② 何金兰：《中国文化对越南通俗文学喃传之影响》，《淡江大学中文学报》1999 年第 5 期，第 132 页。

裳（广平、广治）。15. 平文。"

后者亦据《越南史》中云："雄王传位十八世，后为蜀王于泮所灭，号安阳王，都封溪（今北越福安河，东英县）。曾筑古螺城，今封溪仍存其古迹。"

此二说，因史册记载并不详细，故仅止于传说而已。至有文献可考者，见《史记·白起王翦列传》中云："秦因乘胜略定荆地城邑。岁余，虏荆王负刍，竟平荆地为郡县，因南征百越之君。"可见是在秦朝末年，正值秦始皇二十五年（前 222）灭楚之后，继续向南拓展，直达百越之地，即今之北越。《史记·平津侯主父列传》又云："又使尉（佗）屠睢，将楼船之士，南攻百越，使监禄凿渠运粮，深入越，越人遁逃。"由此证明，秦始皇之攻略越南始于此时，并于秦始皇三十三年（前 214）攻陷越南、平百越，而后设郡县，派官吏管理。

在秦始皇统一天下后，最初设三十六郡，其后平定百越又置四郡，最南端即为"象郡"，管辖今广东省西南部、广西壮族自治区南部，以及越南北部等地区；秦朝末年，由于陈胜、吴广等揭竿起义，随后又有项羽、刘邦的兴起，致使南海尉赵佗有机可乘，并桂林、象郡、南海而自立为"南越武王"，此即"南越"一名之始。至汉代后，赵氏归顺称臣，朝廷将南越分置为南海、苍梧、郁林、合浦、交趾、九真、日南、儋耳和珠崖九郡，这时已管辖到越南中部，也就是今之顺化一带。南北朝时又改称交州与日南。到唐高宗调露元年（679），改交州都督府为安南都护府，分十二州，其中交州管辖河内、宁平、兴安、南定等地，此亦即"安南"一名之始。元代，更管辖至占城，亦即今之芽庄。对于"占城"，按《辞海》云："占城，地名，古越裳地，秦林邑国，汉象林县。唐代，称占婆或占城。五代周时，土王遂以占城为国号。清康熙时，并于安南阮氏。占城遂亡。"至清代嘉庆七年（1802），阮福映攻陷安南称王，改安南为越南，此即"越南"一名之始，该名一直沿用至今。

从秦汉将越南纳入中国版图至清代阮氏改安南为越南，其间，越南曾几度自立为王或归附中国，与中国藕断丝连，直至清光绪十二年（1886），才正式脱离中国成为法国领土。法国将之分为五部：东京与交趾为殖民地；安南、老挝（寮国）、柬埔寨为保护地。第二次世界大战爆发后，日本于公元 1940 年春占领越南，结束了法国五十五年之久的统治。"二战"

日本无条件投降后，胡志明在北越组织越南共和国临时政府。后与法国冲突而发生"法越战争"，法国支持过去的越南国王保大在南越组织政府，自此南北对抗不断，表面虽独立，然实际仍受法国控制。到 1954 年，才依日内瓦协定，以北纬十七度为界，将越南分为南越与北越两个国家，北越属共产国家，南越属民主国家。南越后于 1955 年 10 月 26 日改制共和，1956 年 10 月 26 日正式颁布宪法，终于成为一个独立自主的国家。

纵观中越两国长期以来，由于同种、同文，又因地理环境的便利，故彼此之间的来往极其频繁。自秦汉时期将越南纳入中国版图，正式设立郡县后，不但民间经常有贸易往来，而且士人亦互相授学。由此，中国文化便随着官方或民间等不同途径渐渐传入越南，其影响层面涵盖了越南的政治、经济、教育、宗教、建筑、学术、思想、风俗礼制等。胡玄明指出：

中国文化可谓深广流布于越南：政治方面，一切典章制度，如官制、兵制、地方制等，均仿效中国。文教方面，如学术思想、教育体制与教材、考试、文字、科技等，可谓照本抄誊于中国。社会习俗方面，如节令、婚丧、伦理观念、宗教信仰等，亦与中国无异。①

他列举了社会习俗之节令、婚丧、伦理，以及宗教思想等，来印证中越两国在文化上的相似性，可见中国文化对越南地区影响之深。由此，本文即尝试在这样的历史条件下，从文学的角度，探讨中国文学对越南地区的影响，并据北属之前、北属，以及独立之后三个时期分别讨论如下。

三、北属之前时期

所谓"北属之前时期"，指百越人移入越南（约在夏商）至秦末（前214）将越南纳入中国版图设郡为止，凡约一千五百年间谓之。如前所述，越南民族来自中国闽、浙、粤、桂一带，其民俗风情、生活习惯等，在初期自与中国差异性不大。后与当地土著融合，加上其地处中国、印度、马

---

① 胡玄明：《中国文学与越南李朝文学之研究》，台湾"国立"政治大学博士学位论文，1978 年，第 26～27 页。

来西亚、印度尼西亚、菲律宾等国之间，又为中国文化、印度文化，以及印度尼西亚马来系的南岛文化所影响而逐渐产生变化。据考古学家在河内地区的发现，最足以代表越南早期文化之旧石器文化及新石器文化，与"尼格利多"（Negritos，即小黑人）、美拉尼西亚（Melanesion），以及印度尼西亚（Indonesian）三大文化有密切的关系，此即显示其变化的轨迹。

后至蜀王于泮之入建蜀朝，中国文化对越南的影响则有进一步发展。据《交州外域记》载："交趾昔未有郡县之时，土地有雒田，其田从潮水上下，民垦食其田，因名为雒民，设雒王、雒侯……"又称："后蜀王子将兵三万，来讨雒王雒侯，服诸雒将，蜀王子因称为安阳王。"《越史又传》亦载："雄王传位十八世，后为蜀王于泮所灭，号安阳王，都封溪（今之北越福安河东英县）。"

"蜀国"，依《华阳国志》谓："蜀之为国……其地东接于巴，南接于越，北与秦分，西奄峨嶓。"可见当时之蜀国包含越南地区，不仅限于今之"四川"。

于泮建立蜀朝以后，与中国之间的来往更为频繁，甚有阮翁仲（或作李翁仲，交趾慈廉人，今之河内人）入秦为官。据《钦定越史通鉴纲目》记载："阮翁仲，交趾慈廉人。身长一丈三尺，气质端勇，异于常人。少为县吏，为督邮所笞，叹曰：'人生当如是耶？'遂入中国学书史，仕秦，为司隶校尉。将兵守临洮，声震匈奴，及老归田里，卒。始皇以为异，铸铜为像，置咸阳司马门，腹中容数十人，潜摇动之。匈奴以为生校尉，不敢犯。"

综上所述，由阮氏之例，自可推测当时越南已深受中国文化的影响，但似乎还未发现文学方面的有关作品。

四、北属时期

所谓"北属时期"，指秦末（前 214）设郡以降至唐末（938）越人吴权领导越军击败南汉建国称王为止，凡一千一百余年间谓之。秦始皇平越后，即在北越设象郡，并以任嚣为南海尉，赵佗为龙州令，同时迁徙大批秦人入越。任氏死后，由赵氏任南海尉。后秦二世胡亥时，正值陈胜、吴广起义，中原大乱，赵佗乘机合并桂林、南海、象郡，自立为"南越武王"，是为《越史》所称之"赵朝"。赵氏原为北方人士，是个颇有才能的知识分子。他即位后，便秉持开化政策，极力推行汉化，设学校、教民耕，使越南百姓安居乐业，不遗匮乏。黎嵩之《越南通鉴总论》上云："赵武帝乘秦之乱，奄有岭表，都于番禺，与汉高祖各帝一方。有爱民之仁，有保邦之智，武功慑乎蚕丛（安阳王蜀泮），文教振乎象郡，以诗书而化训国俗，以仁义而固结人心，教民耕种，国富兵强；词极谦逊，南北交欢，天下无事，享国百有余年。真英雄才略之主也。"黎崱之《安南志略》卷一十四上亦云："赵氏王南越，稍以诗礼化其民。"《前汉书》卷一下高帝十一年五月诏书中亦说："南海尉佗居南方，长治之，甚有文理。"《后汉书·南蛮西南夷列传》卷八十六也说："凡交趾所统，虽置郡县，而言语各异……后颇徙中国罪人，使杂居其间，乃稍知言语，渐见礼化。"

此即说明赵佗以中国文教治理百越，致使越人逐渐汉化而知书达礼。后至汉武帝元鼎四年（前113），也就是越南赵朝末年，因南越王赵兴与王太后樛氏拒绝汉朝谕旨"比内诸侯，三岁一朝，除边关，并除其故有之黥劓刑而用汉法"，两国由此交恶。汉武帝遂命汉卫尉路博德移兵南下，平定南越并进军交趾（今之越南顺化一带），结束了赵朝五世计93年的光景，越南终又被划入中国版图，并分置九郡，其中之交趾、九真、日南三郡，即位于越南境内。此后终有汉之世，越南均在中国官吏直接治理之下。

汉朝遵循秦代之政策，迁徙大批汉人与越人杂居，促使众人学书俗通礼化。在王莽篡汉，中原大乱时，又有袁忠、桓晔、胡刚、梁竦等[1]甚多士大夫为避难而入交趾。而朝廷派遣官员中，亦不乏贤能者，如交趾太守锡光、九真太守任延、伏波将军马援等即个中佼佼者。他们共同推行汉化，设学校，讲诗书，化民俗，铸造田器等日常用具，教民垦地耕种以及衣冠仪制、嫁娶礼法等。

---

[1]　袁忠，"字正甫，桓帝延熹（158—166）末，天下大乱，弃官客会稽，忠浮海南，投交趾"。桓晔，"字文林，初平中，天下乱……浮海客交趾，越人化其节，至闾里不争讼"。胡刚，"汉太傅广四世祖，清高有节，王莽居摄，解衣冠挂府门而去，亡命交趾"。梁竦，"字敬叔，明帝永平四年（61），坐兄松事。先是松以怨望，作书诽谤。竦与弟共，及松家属，俱徙九真。历江湖……常登高望远，叹息言曰：丈夫居世，坐当封侯，死当庙食，如其不然，闲居可以养志，诗酒可以自娱，州郡之役，徒劳人耳"。见黎崱：《安南志略·历代羁臣》卷十，北京：中华书局2000年版，第250～251页。

《汉书·循吏列传》曾赞颂说："汉中锡光为交趾太守，教导民夷，渐以礼义。"又说："九真俗以射猎为业，不知牛耕，民常告籴交趾，每致困乏。延乃命铸作田器，教之垦辟。田畴岁岁开广，百姓充给。又骆越之民，无嫁娶礼法，各因淫好，无适对匹不识父子之性、夫妇之道。延乃移书属县，各使男年二十至五十，女年十五至四十，皆以年齿相配。其贫无礼聘，令长吏以下，各省俸禄，以赈助之。同时相娶者二千余人。是岁风雨顺节，谷稼丰衍。其产子者始知种姓，咸曰：'使我有是子者，任君也。'多名子为任。于是徼外蛮夷、夜郎等，慕仪保塞，延遂止罢侦候戍卒。"《后汉书·马援列传》也说："援将楼船大小二千余艘，战士二万余人，进击九真贼征侧余党都羊……自无功至居风，斩获五千余人，峤南悉平……援所过辄为郡县，治城郭，穿渠灌溉，以利其民，条奏越律与汉律驳者十余事，与越人申明旧制，以约束之，自后骆越奉行马将军故事。"可见这些人在经济、社会及文化各方面所创汉化之功绩，尤其是任延，越南史学家多承认其为越南文化之"奠基者"，并为其立祠，春秋祭祀。

越人因得其教化，随后即人才辈出，诚如蒋君章指出：

越南有众多的人才，大约始于西汉末年的交州刺史邓让，保送交州优秀子弟八人到中原去留学，后来更有一批一批的学生北上。其中包括了李进。李进是一个特出的人才，学成后，官途顺利，并且回到交州担任刺史之职。①

李进（亦作阮进）于东汉灵帝中平四年（187）受任交趾刺史，乃越人首次任此要职。此外尚有李琴（亦作阮琴）以茂才出仕，官至司隶校尉；张仲于汉明帝时，游学洛阳，官至金城（今之甘肃泉兰）太守。另有二人，一为夏阳（今之陕西韩城）县令，一为六合（今属江苏）县令，但史料有缺，姓名不详。

有汉时期，如欲获朝廷选拔任用，必须通达诗书经传，具备文学才华，中举茂才孝廉，方得晋用。若能进身宦阶，足见其对汉学②有相当的

---

① 蒋君章：《越南论丛》，台北："中央"文物供应社 1960 年版，第 123 页。
② 所谓"汉学"，即西方人称中国学术为汉学之意。

研究。兹引赵朝末年越人吕嘉上书陈述王太后樛氏卖国求荣之罪的文章："王年少。太后本汉人也。又与汉使者乱，专欲内附，持先王宝器入献以自媚。多从人行至长安虏卖以为僮仆，自取一时之利，无顾赵氏社稷为万世计虑之意。"以及李进为平等中越人才待遇，上书汉献帝云："率土之滨，莫非王臣，今登仕朝廷，皆中州之士，未尝奖励远人……"吕氏以汉文直接表达思想意志，其文"质朴直抒"，毫无"靡丽淫艳"之象，可见其对中国文学造诣之深。

　　文字是中国文化传入越南的一个重要媒介，尤其是文学（除口传文学外）必须借其为桥梁，双方才能进行文化交流。在越南尚未成为中国领土前，是否已有文字存在，至今尚未成定论，史学家虽曾致力探讨，但效果不彰，未能提出有力证据。越人黄道成认为在越南古代（汉字没有传入越南以前）已经有文字，这种文字和现在越南少数民族芒族、土族所使用的标音文字相同，只是到汉字传入越南以后，古代越南标音文字逐渐绝迹。①

　　然此系个人臆测，仍缺乏真凭实据。但无论如何，汉字的传入时间当在秦汉，由前述之良吏、避难之士大夫，以及越南留华学生等传入，以行教化之功，应无疑义。尤其是士燮，其名不仅在《越南文学史》上可见，越人还建庙祀奉，以念其开化之功。

　　士燮系汉灵帝中平四年（187）受任交趾太守，先后历黄巾之乱与董卓之乱，而后又有三国鼎立，中原扰攘，群雄割据。士燮乘机自立，安置其兄弟统治越南各郡县，虽未称王加号，然不臣之心甚明。士燮博学厚德，以礼乐教人心，以诗书化民俗。故在其管辖之下，人民安居乐利，较之中原，有如天壤之别。《大越史记全书》赞曰："其（士燮）功德岂特施于当时，而有以远及于后代，岂不盛矣哉……立庙事之，号士王仙。"士燮之所以特别被越人所尊重，除前述外，尚有将汉字读成"越音"之功劳，如郭寿华所言：

　　交州刺史士燮，感于越人学习汉音之困难，乃将音韵译为越声，平仄俱有一定方式，音韵不变，判别显然，其译法颇为技巧，越人之所以能吟

① 中国文字改革委员会第一研究会编：《外国文字改革经验介绍》，北京：文字改革出版社1957年版，第1页。

诗作对联皆得力于此。①

士燮之做法，不仅合情适境，又有益越民，自然受到众人的喜爱。其对而后越南文学之贡献，居功至伟，无怪乎越人尊称士燮为"南交学祖"。

越南文学在开化初期，虽有知识分子及汉官在教导与推动，然由于社会教育并未普及，广大民众之智能仍嫌粗浅，意义深含之文学思想问题，均非其能力所及。故文字流行仅止于贵族阶级，大多数平民"日出而作，日落而息"，并无机会受教育，遑论吟咏诗书、说经道理。虽然如此，但这些平民终日与大自然为伍，对人生自有许多的感触，于是相互传诵，经有心人士加以整理，于是产生言简意赅之谚语，诸如：

天高海阔	顶天立地	卧薪尝胆	露宿风餐
物换星移	沧海桑田	天涯海角	野鹤山云
镂骨铭心	锦心绣口	金枝玉叶	惜玉怜香
盟山誓海	海枯石烂	红叶赤绳	乘龙跨凤
凄风惨雨	玉碎珠沉	米珠薪桂	衣架饭囊
剐皮燔肉。②			

此等谚语，为便于记忆与传诵，再加上韵调即成歌谣。此类"口传文学"易唱易记，与农业社会之质朴民情相得益彰，故普遍地流传在民间。

> 燕低飞，雨淹湖畔；
> 燕高飞，阵雨冷落。

这首歌谣即倾吐劣吏肆虐之哀曲。

> 贾综来晚，使我先反；
> 今见清平，不敢复叛。

① 郭寿华：《越南通鉴》第二章，台北：幼狮书店 1961 年版，第 12 页。
② 郭寿华：《越南通鉴》第二章，台北：幼狮书店 1961 年版，第 15 页。

这首歌谣旨在赞颂贾综太守之贤良。

随着时代的进步，这种简单的谚语、歌谣也随之发展，并渐趋复杂，慢慢地产生了一种较为进步之"神话故事"。如《蒸饼传》：

雄王既破殷军之后，国内无事。思欲传位于子。乃会诸官郎公子二十二人。谓之曰：我欲传位，有能如我愿，欲其以珍甘美味，岁终荐于先王，以尽孝道，方可传位。于是诸子各搜水陆珍奇，多方渔猎市鬻，先务要异味，不可胜数。独十八子郎僚母氏寒微，先已病故。左右寡少，难以应辨。昼夜忧思，寤寐不得。忽梦神人告曰：天地之物，米独为贵，所以养民，能壮人者也，人食不能厌，他物莫能先。若以糯米作饼，或春粘为圆以象天，或裹叶为方以象地。中藏美味，以则天地包涵万物之状，寓父母养育之恩。如此则亲心可悦，尊位可得。郎僚惊觉，喜曰：此神助我也。当遵而行之。乃择糯米之精白圆完无所缺者渐渐之洁精。以青叶为表，为方形。置殊味于其中，煮而熟之以象地，号曰蒸饼。又以糯米炊之至熟，捣而烂搏作圆形以象天。号曰薄捣饼。至期，王会诸子。具陈物饼，历而观之，诸子所献无物不有。惟郎僚作方圆饼以进，独作方饼以献。王异之，问诸郎僚。郎僚具对，如神人所告。王亲尝之，百味皆有，适口不厌，诸子所陈莫能加之。王叹赏良久，以郎僚为第一。岁终，王以是饼荐于先庙，及供奉父母，天下效之。传至于今，以其名郎僚，故呼为节料，王乃传位于郎僚。兄弟二十一人分守藩维，立为部党，据守山泉，以为险固。其后互相争长不睦，各立木栅以遮护之，故曰册，曰雉，曰庄，曰坊，自此始也。①

这则故事旨在说明蒸饼及薄捣饼之由来，再如《槟榔传》：

上古时有一郎官，状貌高大。国王赐名高，因以高为姓。生二男，长曰槟，次曰榔……师事道士姓刘。刘家有一女，年亦十七八，欲为夫妇，不识其为兄为弟，乃以粥一盏箸一双，与二人食，以观其兄弟。见弟让其

① 陈庆浩，郑阿财，陈义主编：《岭南摭怪·蒸饼传》，巴黎：法国远东学院1992年版，第49页。

兄而辨之，乃以实告父母，嫁其兄，夫妇情爱如蜜。至后，待弟不如初，弟自生羞愤，谓兄爱妻而忘弟，乃不告兄而去。行至村野间，忽遇泉泽，无船可渡，独坐恸哭而死，化为一榔出于其口。及兄觉失弟，辞妻追寻，见弟已死，遂投身于树边，成一石块，蟠结树根。妻怪其夫久不见还，乃追而寻之。及到处见夫已死，遂投身抱石，化为一藤，缠绕石上，叶味芳辛。刘氏父母追思哀恸，乃立祠其地祀之。时人经过皆焚香致拜，称其兄弟友顺，夫妇节义。七八月暑气未退。雄王巡行，常驻跸避暑于此。见祠前树叶繁密，藤叶弥漫。王登石审视，问之，乃知其事，嗟叹良久，即令侍臣摘采藤叶。王亲咬之，唾于石上，见其色鲜红，觉为佳味，乃取而归。始命以火烧石为灰，与树果藤叶，合一而食。甘脆芳辛，唇颊生红。乃传颁天下随处栽植，凡嫁娶会同大小礼，皆以此物为先，即今槟榔树，芙留叶，石灰是也。此南国槟榔之时由始焉。①

这则故事系在强调只有兄弟和顺、夫妻有义，家庭才会幸福，社会才会安定。文学作品固为人类抒发对自然、人生的感触，但其最重要之价值，即在于反映当时的社会背景。由上则故事，可知当时越人业已树立伦理道德观念。

越南早期口传文学之所以能盛行于秦汉，而未能产生"成文文学"留传于后世，其主要原因与当时秦汉王朝对越南采取安抚政策，并分土豪贵族之阶级有关。朝廷教化越民，并不以培养高级人才为目的，仅止于造就一些才疏学浅之小官吏，帮助朝官治州，并借此为号召，以期长期统治而已。对于那些地方官吏，厚赐俸禄，或给予贵族待遇，使其一生荣华富贵，忘却有领导民族独立之任务，甚至荒废学术及振作文风，此即"困顿使人成长，安逸使人丧志"的最佳写照。故越南在秦汉时期，虽接触中国文化已达四百余年，犹未能产生名作家、名作品留传于后世，仅止于奏、表、公文之类的文体而已。

虽然如此，但仍有少数爱国之士站在百姓立场，以谚语、歌谣，甚至是神话故事寄托情怀、彰显意志，口传文学便因此而产生。此种文学，因

---

① 陈庆浩，郑阿财，陈义主编：《岭南摭怪·槟榔传》，巴黎：法国远东学院1992 年版，第 39 页。

声韵优美，方便记忆，且带有深刻的情愫，其内容有讽刺社会黑暗不公、有痛责官吏之暴行、有反映人民生活的情形及风俗与信仰等，故能快速地流行，且代代相传，形成秦汉时期的盛况，奠定后来李朝以降之成文文学发展的基础。

至魏晋南北朝时期，越南地区虽时划地自立，时为中国郡县，但执政者间亦有贤良之臣，颇能化导风俗，改善人民生活，使中国文化深植于民心。其中以陶璜及杜慧度最为出色。

汉末，蜀、魏、吴三国鼎立，纷争不休，后由司马懿统一，国号"晋"，是时交州尚未归附，仍为吴国所控制。后晋武帝遣杨稷，于泰始三年（267）击破吴军，初得交州。然至泰始七年（271），吴国又遣薛翊、陶璜二人率三十万大军征伐交州，晋得交州又复失。吴国夺回交州后，便令陶璜出任该州刺史，并将历世不宾之新昌、武平、九德设置为郡县。故是时交州所属有合浦、珠崖、交趾、九真、日南，以及新增之三郡共八郡。至晋咸宁五年（279），晋帝遣王濬伐吴，所向披靡。晋太康元年（280）三月，吴主降晋，赐号"归命侯"，交州复为晋属，并续命陶璜为交州刺史。陶氏在位三十年间，广布恩义、辟建道路、开垦荒地、设置村邑，推广中国文化更是不遗余力。故死时，交州百姓"举州痛悼，如丧考妣"，可见其受越人拥戴之一斑。

交州刺史杜慧度于晋元熙二年（420）率大军南讨林邑王胡达，讨回曾被夺掠之郡县，后林邑王降晋，交州得以安宁。杜氏便致力于各种建设、施德政、办教育，偶逢岁荒民饥，更以私禄赈给，使越人敬畏有加。诚如《钦定越史通鉴纲目》卷三称赞说："慧度在州，布衣蔬食，禁淫祠，修学校，岁饥以私禄赈给之，为政纤悉，一如治家，吏民畏而爱之，城门夜开，路不拾遗。"可见其深得众心之一斑。

传播中国文化于越南地区者，除上述饱读儒学之朝官良吏外，尚有避居交州之学人文士，以及佛、道两教的传播者。学人文士有刘熙、许慈、程秉等人。① 此等闻名于儒林之士，均因中国群雄割据，兵祸连绵而迁徙至越南避难。他们或出任官职，或隐居民间，或闲游山林，无不尽其才思，将中国文化传教于越民。由此，越人日渐开化，民族意识日强。故越南虽经中国千余年之统治，但始终未被完全同化，而时有争取独立之运动，如宋、齐之际，交趾人李长仁与李叔献兄弟率兵击败刺史，自领州郡十八年；梁、陈之时，亦有李贲与李天宝、李佛子兄弟据龙编城，占全州，自立"南越帝"，国号"万春"。此等反抗之举，加深越人追求民族独立之信心，开启唐末越南吴朝独立建国之先锋。

佛道两教的传入也对越南产生了极大影响。佛教于东汉初传入中国，经魏晋之译传，到东晋已具规模，达摩祖师于梁朝东渡中原，更掀起一阵高潮。而佛教传入越南，或早于中国，或为同时，因越南地处印度与中国之间，乃海陆交通必经之地。是时凡欲往中国弘法者，常驻足越南一段时间后再北上中原。如密体《越南佛教史略》中云："印度僧人摩罗耆域云游海洋各国，留于越南教化。晋惠帝时代（约290）乃转入洛阳弘法。"慧皎《高僧传》亦云："康僧会，其先康居人，世居天竺，其父因商贾，移于交趾。"又云："交州一方道通天竺，佛法初来，江东未被，而羸喽又重创，兴宝刹二十余所，度僧五百余人，译经一十五卷，以其先之故也，于时则有比丘尼，名摩罗耆域。康僧会、支疆良、牟子之属在焉。"康僧会精通梵文与汉文，至中原讲经说法度化吴王，建立多塔寺，使中原佛教普遍流行于民间；《高僧传》又云："释昙弘，黄龙人，少修戒行，专精律部，宋永初中（421）南游番禺止台寺；晚又适交趾之仙山寺，诵无量寿及观经。"以上，即为佛教传入越南地区的概况。

至于道教，犹如儒教，在秦汉设郡县之时代，即随朝官或避难士大夫传入越南，并深植于民间。其中较为著名者，如交州刺史杜慧度、葛洪等

---

① 刘熙，《百越先贤志·刘熙传》卷三云："刘熙，字成国，交州人，先北海人也。博览多识，名重一时，荐辟不就，避地交州，人谓之征士，往来苍梧南海，客授生徒数百人。乃即名物以释义，惟揆事源，致意精微，作释名二十篇，自为之序，又着谥法三卷，皆行于世。建安末，卒于交州。"许慈，《三国志·许慈传》卷四十二云："师事刘熙，善郑氏学，治易、尚书、三礼、毛诗、论语。建安中与许靖等俱自交州入蜀。"程秉，《三国志·程秉传》卷五十三云："事郑玄，后避乱交州，与刘熙考论大义，遂博通五经，士燮命为长史，权闻其名儒，以礼征秉，既到，拜太子太傅。"

名士。交州刺史杜慧度，前已述及，其人"衣食清淡，言行皆模仿老庄"。
而葛洪系道教丹鼎派创始人，他曾为炼丹请调交趾任职。诚如《晋书·葛
洪传》上所说："以年老，欲炼丹以祈遐寿，闻交趾出丹，求为勾漏令，
帝以洪资高不许。洪曰：非欲为荣，以有丹耳。"足见当时交趾应是道教
盛传的地方。以上亦为道教传入越南地区的概况。

　　如前所述，儒学流行仅止于官吏、士大夫、贵族等上流社会，而平民
百姓仍多失学。但佛学与道学则不同，它们本着"众生平等"的精神，传
播其思想义理，获得广大群众的支持，故佛、道两家传入越南时，即能普
遍性地流传，上至王公贵族，下至贩夫走卒，如此自然对越南文学产生很
大的影响。兹列举歌谣诗体，说明如下：

首一：河江流水嫌恶浊清，水牛洼中打混夸好。
首二：鹭身不省考虑，田野卖鹤夜须觅食。
首三：官需求然民岂急，官要急步入过河。
首四：来玩则当过来，勿必候迎碍操民心。
首五：虾类牛洼戏驱，鲸鲵海阔闲游满怀。
首六：无比钓竿蓑衣，名缠利束无期得安。
首七：得时得势为仙，失时龙蚓岂相别分。差机甘累吴齐（指华人），
　　　若此才智任稽游乎？世骏马何碍长途，志终始无比英雄。
首八：马奔驰竟为终站，象缓缓从容达岸。
首九：有财多人为妈，富裕金钱网罗人从。
首十：小偷抢劫成佛登仙，上拜佛前半身不遂。

　　前两首系在指责趋炎附势、奉承阿谀之辈；三、四首旨在批评贪官暴
政、社会不公之现象；五、六、七首系在抒发离尘绝俗、淡泊名利的情
怀，具有浓郁的清谈玄虚之道教思想；后三首旨在痛责现实社会，感慨人
生无奈，具有佛教思想的意味。

　　以上所举之七言、八言、六八言、六八间七言各类歌谣诗体，流行于
魏晋南北朝间。这种口传歌谣，慢慢发展成具有规律的"歌谣诗体"，尤
其是六八间七言以后变成"七六八体"与"六八体"，在往后的越南诗坛
上占有很重要的地位。

至隋唐时期，由于中国政治统一，社会繁荣，且儒释道三者并行，文风鼎盛，故能开启另一波学术的高潮。自隋文帝受禅于周（581），开皇九年（589）陈后主被俘后，中国南北得以统一。隋帝便任刘方为交州道行军总管，统率大军南下交州，是时交州为李佛子所据，后李氏畏惧而请降，交州复归隋之版图。隋仁寿四年（604），刘方又以驩州道行军总管，率驩州刺史李晕、钦州刺史宁长真进军林邑，又将林邑划为中国版图，并分为荡州、农州和冲州三州。隋大业十四年（618），邱和为交州刺史，是年十月萧铣起兵称王，次年又称帝，驻守岭南之隋将王仁寿、张镇周乃率诸州降于萧铣。至唐高祖武德四年（621），李俊破江陵、降萧铣，于是交州刺史邱和、长史高士廉，日南刺史李畯等纷纷请降，自此交趾之地又尽为唐所有。唐高宗调露元年（679），改交州都督府为"安南都护府"，并以刘延佑为都护，安南之名便始于此。

越南自隋复为中国管辖后，其朝廷即决心汉化成为地道中国的一部分，故除分别朝贡与限制各族之间往来，以分散境内各族力量外，更派选贤能良吏加以管理。此外，当时遭贬官员或文人学士留寓越南期间，还共同提倡文教，培养人才。这其中较为有名者如沈佺期、王福畴、杜审言、马总以及高骈等，尤其是高骈对安南的贡献最大。

高骈于唐咸通六年（865）至海门治军，是时安南为南诏所陷，南诏酋龙以段迁为安南节度使，并遣杨缉思助段迁共守安南；唐帝命监阵敕使韦仲宰率军至峰州（今之北越山西省）援助高骈破南诏，复围交趾城，收复安南；并以高骈为静海军节度使，兼诸道行营招讨使，镇守安南，结束南诏近十年之患。高骈镇守安南后，即致力于建造房舍以供人民居住，复疏通交州至广州的水路，使其通畅无阻，还修罗城、备粮食，使安南物资充足，至此安南之局才稳定。①

沈佺期系相州内黄人，在初唐与宋之问齐名，其诗精致靡丽、重格律音韵，学者多宗之。王世贞《艺苑卮言》就称赞说："五言至沈、宋，始可称律。律为音律法律，天下无严于是者。知虚实平仄不得任情，而法度明矣。二君正是敌手。"在武后长安年间，沈氏官至考功郎给事中。后于

---

① 陶镕：《中越关系史略》，《中越文化论集》，台北："国防研究院" 1968 年版，第 11～14 页。

唐中宗神龙初年，因坐交通张易之罪而流配驩州，数年后方得召还，留有
咏安南诗十余首。兹摘录二首如下：

题椰子树

日南椰子树，香裛出风尘。

丛生调木首，图实槟榔身。

玉房九霄露，碧叶四时春。

不及涂林景，移根随汉臣。①

初达驩州

自昔闻铜柱，行来向一年。

不知林邑地，犹隔道明天。

雨露何时及，京华若个边。

思君无限泪，堪作日南泉。②

　　王福畤为王勃之父。王氏由驩州司功参军出任交趾县令。任职期间，
平易近人，尽力教导越人，深受百姓敬重而立祠祀之。诚如徐延旭《越南
辑略·名宦类》上云："唐王福畤为交趾人，大开文教，士民德之，至今
祀之，号王夫子祠。"

　　杜审言系襄阳人，以五言诗成名。武后时，任膳部员外郎，后于唐中
宗神龙初年，与沈佺期同样因坐交通张易之罪而流配峰州（今之北越山西
省），数年后才被召还。杜氏居越期间之作品多佚失，仅余一首如下：

旅寓安南

交趾殊风候，寒迟暖复催。

仲冬山果熟，正月野花开。

积雨生昏雾，轻霜下震雷。

---

　　①　中华书局编辑部点校：《全唐诗》（增订本），北京：中华书局1999年版，第
1034页。

　　②　中华书局编辑部点校：《全唐诗》（增订本），北京：中华书局1999年版，第
1033页。

故乡逾万里，客思倍从来。①

　　马总曾任安南都护，平日喜言孔子礼教、周公遗风，在任期间颇能发挥儒学，培养人才，致使安南文风礼俗彰显。《新唐书·马总传》卷一百六十三称赞说："马总，字会元，系出扶风。少孤娄，不妄交游……元和中，以虔州刺史迁安南都护，廉清不挠，用儒术教其俗。政事嘉美……总笃学，虽吏事倥偬，书不去前，论著颇多。卒赠右仆射，谥曰懿。"

　　这些贤吏良人在越期间，颇能安抚民心，整顿社会，建城邑，设学校，辟荒地，扩农耕，并鼓励百姓研读"四书五经"，使越人知识分子辈出，通解诗文者难计其数，其中又以姜公辅最杰出。姜氏系越人唯一任职唐宰相者，《新唐书·姜公辅传》上云："公辅，爱州日南人。第进士，补校书郎。以制策异等授右拾遗，为翰林学士，岁满当迁，上书以母老赖禄而养，求兼京兆户曹参军事。公辅有高材，每进见，敷奏详亮，德宗器之……擢公辅谏议大夫，同中书门下平章事。"

　　爱州、日南即今之越南顺化、清化二省一带，而同中书门下平章事，在唐制即是"宰相"。姜氏能登进士，入翰林，最后官至宰辅，足见其文学造诣之深。兹列举其诗文，以证明之：

白云照春海赋

白云溶溶，摇曳乎春海之中。

纷纭层汉，皎洁长空。

细影参差，匝微明于日域；

轻文怜乱，分炯晃于仙宫。

对直言极谏策

臣闻尧舜之驭寓也，以至理理万邦，以美利利天下，百姓犹惧其未化也，万邦犹惧其未安也。乃复设谤木，询谠议，不敢满假，不敢荒宁……夫中于道者易以兴化，失其道者难以从宜，事爽其分，则一毫以乖事，审

---

　　①　中华书局编辑部点校：《全唐诗》（增订本），北京：中华书局 1999 年版，第732 页。

其分则殊途同归……但立法于制事之初，望化于经年之外，使损益鉴于兴替，寒暑渐于春秋。何忧不均理于義轩，同光于尧舜。……愿陛下俯仰必于是，寤寐必于是。诗云：靡不有初，鲜克有终。抑臣以为知终，终之可以存义者，其惟圣人乎，伏惟陛下终之，臣不胜葵藿倾心之至，谨对。①

　　姜文文气通畅，内容丰富，见识卓越，其题旨又确切，绝不亚于中原人士。

　　除此之外，佛教传入中国，至隋唐时达到巅峰。交州刺史刘方奏请建寺，以兴佛教，是时交州有僧徒五百人、寺院二十座、佛经十五卷，足见当时佛教在交州鼎盛的状况。越南僧侣、居士为研习佛经，不得不先学汉文，而学汉文就是熟读"四书五经"，无形中，凡精佛理者无不兼通儒学。这其中，以奉定法师、维鉴法师、无碍上人，以及黄知新居士等最著名。他们都曾去过长安，与当时名士王维、贾岛、张籍等交游，互相唱酬。郭廷以就说：唐时，越僧无碍上人、奉定法师、维鉴法师等均精汉学，尝往中国长安与名士王维、贾岛、张籍交游，诗文唱酬颇多。②

　　可见佛教对中国文学传入越南地区，也有很大的贡献。

　　综上所论，可知在秦汉时代，中国文学由贤吏良士传入越南初期，其文学思潮只着重于伦理，讲学全以"四书五经"为教材，纯接受中国圣哲先贤之道德思想，尚未有创作性作品出现，仅有口传文学之谚语、歌谣，以及神话故事流行在民间。然至魏晋南北朝时，由于受到佛、道两教的影响，再加上原儒学的盛行，越人融通了三者思想以此作为文学基础。故越南文学有了大变化，从原重伦理、讲道德，转变为重经传之微言大义，慢慢形成自己的风格。而流行于民间之口传文学，也得到进一步的发展，歌谣诗体崭露了头角，其内涵有佛、道两家的思想意味。隋唐时期是中国政局安定的时代，学术文风达到巅峰，佛学鼎盛、风靡一时。贤吏良士及僧侣，更是不遗余力地将中国文学传入越南，并致力于人才培养，教化越民。于是知识分子辈出，通解诗文者不计其数，使越南文学欣欣向荣，为

① （清）董诰等编：《全唐文》（4），太原：山西教育出版社2002年版，第2701页。
② 郭廷以等著：《中越文化论集（一）》，台北：中华文化出版事业委员会1956年版。

未来李朝以降之成文文学奠定了厚实的基础。纵观历史，越南文学的发展离不开中国文化的传播与影响。

五、独立时期

所谓"独立时期"，系指唐末（939）越人吴权建国称王以降至清光绪十二年（1886）越南沦为法国属地为止，凡九百四十六年间谓之。唐末五代时，中国境内争战不断，群雄并起，据地为王，无一州幸免，安南亦祸乱四起，成割据局面。唐天祐四年（907），朱全忠篡唐，是谓梁太祖，当时广州为刘隐所占，而安南为曲颢所有。梁开平二年（908），梁帝拜刘氏为静海节度使安南都护，次年册封南平王。刘隐死后由其弟刘龑代立，梁末帝即位时，进封南海王。梁贞明三年（917），刘氏乘机自立为帝，国号"大越"，翌年改称"南汉"。刘氏称帝后，便遣李守庸、梁克贞率军攻克安南，安南遂为南汉所有。

南汉大有十一年（938），越人吴权（原曲颢故将杨廷艺之部属）于白藤江大败南汉军，攻克安南。翌年自立为王，并建都于"古螺"（今之福安河东英县），史称"吴朝"，正式脱离中国版图，结束一千一百余年的北属时代。继之而起者有丁朝、前黎朝、李朝、陈朝、胡朝、后黎朝（含莫朝）、西山朝、阮朝等前后计九个朝代。在此千余年独立期间，吴朝虽已摆脱附属国地位，但对中国历朝仍奉尊有加。尤其是在商贸往来与学术文化等各方面，与中国交往仍非常频繁，加上诸朝帝王对汉学的仰慕与推行，故中国文学依旧对越南地区产生了很大影响。兹以诸朝分别论之如下：

1. 吴朝（938—968，凡三十年间）

自吴权建立吴朝后，即仿中国制度置官职、制朝仪、定国服，颇有立国规模。但吴氏在位仅八年即驾崩，后由其前娶杨廷艺之女杨氏为后、掌实权，杨氏卒后其弟杨三哥篡位。在杨三哥篡吴家之位后，各地士豪不服，纷纷划地为王，《越史》称为"十二使君时代"。吴朝建国虽有三十年时间，但安南十二使君割据的局面即占二十年之久。

2. 丁朝（968—981，凡十三年间）

丁部领系越南后华间洞（今之宁平省嘉远县）人，因与其叔不和，故率其子琏投靠陈明公使君部下，明公死后丁氏领其众退守华间洞，并招纳天下豪杰，整军备武。后以一年时间就削平了十二使君，而自称"大胜明帝"，国号"大瞿越"。诚如《越史》中云："丁部领以赵宋太祖开宝元年（968）称皇帝于华间洞。起宫殿，制朝仪，置百官，立社稷，尊号大胜明帝。……一年（968）闰五月封长子琏为南越王。三年（970）改元太平。元年中国宋朝封王为安南郡王，立王后五人，其有年号自此始。"

丁部领建立丁朝后，亦仿中国制度置百官、立社稷、制朝仪、起宫殿，只是丁氏在位亦仅十二年即被杜释所弑。丁氏死后其幼子浚年仅六岁嗣位，大权即旁落黎桓之手。不久，黎氏即废幼主而自立为王，结束丁朝十三年的统治。

3. 前黎朝（981—1009，凡二十八年间）

越南丁部领所建之"大瞿越王国"被黎桓所灭后，黎氏即自立为王（981），史称"前黎朝"，统领越南抵御外敌，平定内乱。

中国宋朝太宗获悉黎氏篡位后，即乘其政权未定，于宋太平兴国五年（980）出兵安南，欲将其复归中国版图。黎氏见状，以诈降来诱宋军，致宋军败北率师而还。隔两年，黎氏旋上禅位表与宋修好，宋太宗遂授黎氏为静海军节度使，封吏兆侯，后又进封交趾郡王。宋真宗即位（998），再进封黎氏为南平王。至宋景德三年（1006）黎氏过世，其在位二十六年，《越史》称为"大行王"。黎氏卒殁，其子争王位，致内部大乱。宋朝派邵晔为安抚使，谕明黎氏之子龙廷主持军事，宋景德四年（1007）复封龙廷为交趾郡王，惟龙廷多病不能起坐，临朝只能卧而视事，故《越史》称为"卧朝"。

据上可知，吴、丁、前黎三朝更替迅速，各朝建国后虽都忙于抵御外侵、平定内乱、整顿社会、安定民心，但对中国文学非常仰慕，亦非常重视推行。他们重用精通汉学之僧侣道士来领导人民的精神信仰，负责文化教育的工作。因此，寺庙便成为人民学习的场所，文人士大夫则多出于僧侣之徒。此即越南独立初期，尚未建文庙、设国子监时，培育国家人才需假寺庙僧道之手的缘故。僧侣本身对道德伦理向来严谨，且能淡泊名利，又如前所述，为贯通佛理，必须精通汉学，能诗善文，是帮助帝王治理国政的好帮手。故当知识分子缺乏时，主政者自会要求僧侣积极入世，以完成治国大业，丁、黎诸朝皆是如此。诚如史学家吴时士所说：

考大行一代史，科举学校之正无闻焉，当时辟命如请袭位书，婉曲得体。至如续天涯之韵，饯使君之曲，敏赡情智，文人亦无以过，不知琢磨何自。盖世英雄出世，恒不乏人。故虽不见教养之具，草润之臣，而洪游以淹贯为太师，真流以高奇备应对，亦足以被殊奉对扬之任。[①]

如此，对中国文学普及越南地区自有很大的影响。兹亦列举诗文说明如下：

宋端拱元年（988）宋钦使李觉南行，越黎帝密遣高僧杜顺法师饰作渡夫迎迓。当泛舟江中时，李觉目睹两鹅凌波，一时兴起云：

> 鹅鹅两鹅鹅，仰面向天涯。

杜僧应声联之云：

> 白毛铺绿水，红棹摆青波。

此一江中唱和之美境，让宋使李氏赞赏有加。李氏在越南期间，黎帝命臣越国师吴真流代越招待，双方几经应酬唱和，使李氏对越南文风更为钦佩。故在回中国之前，作一诗赠黎帝曰：

> 幸遇明时赞盛猷，一身两度使交州。
> 东都再别心尤恋，南越千重望未休。
> 马踏烟云穿浪石，车辞青嶂泛长流。
> 天外有天应远照，溪潭波净见蟾秋。

吴国师亦替黎帝作《王郎归词》以谢之曰：

> 祥光风好锦帆张，神仙复帝乡。

---

① 转引自〔越〕释德念：《中国文学与越南李朝文学之研究》，台北：金刚出版社 1979 年版，第 99 页。

> 千里万里涉沧浪，九天归路长。
>
> 人情惨切对离觞，攀恋使星郎。
>
> 愿将深意为南疆，分明报我皇。①

　　杜、吴二氏之诗，描写技巧相当纯熟，对偶亦工整，除能彰显澹远恬静之山水风光外，尚具有雄伟气象之内涵。难怪黎贵敦在《见闻小录》上称赞二氏说："师顺诗句，宋使惊异；真流词调，名振一时。"

　　又如阮万行禅师，他在临终时与众徒开释"人生生灭"哲理时说：

> 身如电影有还无，万木春荣秋又枯。
>
> 任运盛衰无怖畏，盛衰如露草头铺。

　　他亦曾预料杜银有所图谋，故作一诗送杜氏说：

> 土木相生银与金，为何谋我蕴灵襟。
>
> 当时五口秋心绝，直至未来不恨心。

　　该诗系将"杜"拆成土、木，而金银为是时通用之货币，土木金银既相生，何以要相害。杜氏见之，知其谋业已败露。

　　另一首无名氏所作之诗云：

> 树根杳杳，木表青青。
>
> 禾刀木落，十八子成。
>
> 东阿入地，异木再生。
>
> 震宫见日，兑宫隐星。
>
> 六七年间，天下太平。

　　该诗系预断黎朝末叶之国运，帝衰而臣旺，李朝代之，国运昌隆，宋

---

　　① 中国社会科学院历史研究所《古代中越关系史资料选编》编辑组编：《古代中越关系史资料选编》，北京：中国社会科学出版社 1982 年版，第 158 页。

军败退，而天下太平。

以上越人所吟作之诗虽不如唐、宋之"隽永严整"，然有此成就，诚属难得。盖以外国之语文，作外国之诗文，有此佳境，实在不容易。

至于散文方面，因作品几乎失传，故无法考知。今仅列举一表疏以窥一斑：

世应朝奖，僻居海隅。假节制于蛮陬，修贡职于宰旅；属私门之薄佑，值先世之沦亡。玉帛骏奔，敢稽于助祭；土茅世及，未预于守藩。臣文郭领兄琏俱荷国恩，恭分阃寄，谨保封略，罔敢怠荒。汗马之劳未施，朝露之悲俄至。臣堂构将壤，哀裳未除。营内军民将吏，藩裔耆老至等共诣苫块之中，俾权军旅之事。臣恳辞数四，请逼愈坚。未及奏陈，又虑稽缓。山野犷恶之俗，洞壑狡猾之民，倘不循其情，恐因生变。臣谨已摄节度，行军司马，权领州军事。优望赐以真命，令备列藩，慰微臣尽忠之心，举圣代赏延之典。克治遗业，因抚远夷，铜柱之墟，庶宣扞御之力。象阙之下，永效献琛之诚。惟陛下俯怜其过，未忍加罪。①

相传该表系由杜顺法师执笔，吴真流国师润色。从此表陈述外交之态度、用词之婉转，不难推知当时越南文人之文章能力，及其所具之汉唐风格，可见中国文学对越南地区影响之深。

4. 李朝（1009—1226，凡二百一十七年间）

李朝开国皇帝李公蕴，原为黎帝龙廷之殿前指挥使，甚得黎帝的宠信，其为人勤俭自持，平易近人且好诗文，深得百姓拥戴。在黎朝末年时，天下大乱，民心忧扰，李氏凭其才德兼备，临危受命，整治国事，平定内乱；并于宋景德六年（1009）废龙廷而自立为帝，《越史》称"丁先皇"，国号"大瞿越"，都设花间，后迁都罗城，并改名为龙升（今之河内）。李氏建国后即仿宋制，分国中为二十四路，由诸子领兵节制，并分六种赋税。宋朝封李氏为交趾王，至宋天禧元年（1017），宋真宗进封李氏为南平王。

---

① ［越］黎崱：《安南志略·历代羁臣》卷六，北京：中华书局 1995 年版，第154～155 页。

李氏建国后，鉴于前朝之亡在于嗣位储君之无道，好逸恶劳，安于享乐，故深知欲强国安民，永存国祚，当使嗣君守仁智之道、知诚敬之德。故严求诸子研习文章武事，并由禅师高僧授业指导，致李朝诸帝皆文武双全，才德兼备。

佛教传入越南，历经数百年之发展，到李、陈二朝时，已成为国教。不仅人民多数信法礼佛，君王亦极为虔信，国内寺院更多如民舍，此时正是佛教在越南的黄金时代。诚如《越史》所云："李朝人多愿出家为僧，国内寺院、佛塔、精舍比比皆是，设置道场弘法讲经极为普遍，因造佛教之极盛一时。陈朝更上自国君下至百姓俱深渐佛法，君臣后妃律己有如僧尼，百官如僧众信徒，宫廷形貌颇类一佛寺禅院。"

李氏一门来自禅门（李太祖公蕴亦是万行禅师之徒），为人民精神支柱——禅师僧侣所支持，又深得儒释精髓而施行仁政。故能得全民爱戴，而国运鼎盛、民生乐利，保有国祚达二百余年之久。

在此长治久安、国家无事中，不仅民富物饶，生活安定，朝廷体制、社会礼节、伦常纲纪等无一不完备；而且汉学亦因君主的提倡而有进一步的发展。李朝诸帝为落实汉学于越南，特分别于李圣宗世（1067）时，设文庙奉周公、孔子。李仁宗世（1075）时，开科取士；次年命置国子监，令公卿子弟学习"四书五经"，自此儒学始为国学；1086 年，再设翰林学士考试科。

由此足见，李氏一门对汉学的重视，许云樵在《安南通史》上就说："帝之在位，能举贤能，信用李道成、李常杰等辅佐，选明统博学，设国子监，充实翰林院，择文武之才分管军民，定文武从官及杂流之职名，定诸条例……"① 又说："李高宗皇帝宝符十年乙巳（宋淳熙十二年，1185年）正月，令天下士人十五岁以上能通诗书者试验，侍讲筵。"②

故汉学在李朝时代，即有辉煌的成果。兹将是时著名之文人及其作品概述如下：

---

① 许云樵：《安南通史》，新加坡：世界书局 1957 年版，第 50 页。
② 许云樵：《安南通史》，新加坡：世界书局 1957 年版，第 53 页。

①韵文：

兹列举作品，以见是时诗品之风格：

李太宗之《与诸耆宿讲究禅旨》云：

> 般若真无奈，人空我亦空。
> 过、现、未来佛，法性本相同。

满觉禅师之《告疾示众》云：

> 春去百花落，春到百花开。
> 事逐眼前过，老从头上来。
> 莫谓春残花落尽，庭前昨夜一枝梅。

空路禅师之《言怀》诗云：

> 择得龙蛇地可居，野情终日乐无余。
> 有时直上孤峰顶，长啸一声寒太虚。

庆喜禅师之《答法融问色空凡圣》云：

> 劳生休问色兼空，学道无过访祖宗。
> 天外觅心难定体，人间植桂岂成丰。
> 乾坤尽是毛头上，日月包含芥子中。
> 大用现前拳在手，谁知凡圣与西东。

当时诗作，风神奇特，李太宗之诗隐含玄意；满觉禅师之古风极富蕴积；空路禅师之七绝潇洒飘逸；庆喜禅师之七律意境微妙。

②散文：

兹亦列举作品，以见是时文章之风格：

李太祖之《迁都诏》：

昔商家至盘庚五迁，周室逮成王三徙，岂三代之数君俱徇己私，妄自迁徙？以其图大宅中，为亿万世子孙之计。上谨天命，下因民愿，苟有便辄改，故国祚延长，风俗富阜。而丁、黎二氏乃徇己私，忽天命，罔蹈商、周之迹，常安厥邑于兹，致世代弗长，算数短促，百姓耗损，万物失宜，朕甚痛之，不得不徙。况高王故都大罗城，宅天地区域之中，得龙蟠虎踞之势，正南北东西之位，便江山向背之宜，其地广而垣平，厥土高而爽垲，民居蔑昏垫之困，万物极繁阜之丰。遍览越邦，斯为胜地，诚四方辐辏之要会，为万世帝王之上都。朕欲因此地利，以定厥居。卿等以为何如？①

又海照禅师之《仰山灵称碑》云：

夫禅祖显实而直指一心；圣人适时，而通乎万变。万者一之散，一者乃万之宗。至于贤智间出……凡有名山胜境莫不启拓，以建觉场。然但无王公大人弘护匡维，而莫能成焉。②

事实上"李朝诸帝能文允武，皆能崇文章慕有德，不变先王广揽贤能振兴文教政策。乃激励民间文学之士尽情创作诗文，体物写志，刻画玄思"③。故黎贵敦《见闻小录》评论说："李时之文，骈偶绚丽，尚类唐体。"阮灯熟《禅学越南》亦评说："李代文学，佛儒互相标榜，造成越南初时之文风，灵色豪放，合孔孟安邦济世之宗，适佛老飘逸解脱之旨。故谓'仁智所乐山也水也。世代所传道焉名焉。……万者一之散，一乃万之宗，李代佛、孔、老互相熏陶其时之诗人文士，善融和此三思想以处世也'。"此等评论印证了李朝文学所呈现之风格特色，充满受中国文学影响的痕迹。

---

① ［越］吴士连等：《大越史记全书》卷二，明治十七年版。
② ［越］阮灯熟：《禅学越南》，顺化：顺化出版社1997年版，第450页。
③ 转引自［越］释德念：《中国文学与越南李朝文学之研究》，台北：金刚出版社1979年版，第122页。

这一时期也出现受汉字影响所产生的越南自有文字"喃字"①，陈光辉的研究指出：

产生喃字文学的两个重要因素即出现在这个时期：一是喃字的创始与成熟；一是歌曲、戏剧到了李朝已很发达，颇为皇帝所爱好。李朝神宗封伶人为"上制爵"，英宗也封伶人为"宫殿令"。此时，歌曲和戏剧还带着浓厚的民间色彩，多以演出为主要，所以没有剧本流传。但据范延琥《雨中随笔》，当时歌曲和戏剧已开始受外来的影响：一方面占城音乐为李朝皇帝所爱好而与越南音乐融合；一方面送粉戏也已借一些道士传入越南。②

越南喃字的出现，为日后喃字文学的发展，尤其是"喃传"③ 的产生，奠定了厚实的基础。

5. 陈朝（1226—1400，凡一百七十四年间）

宋理宗宝庆二年（1226）初，李朝末代君主李昭皇禅位陈煚，建立陈朝，国号"大越"，以升龙（今河内）为首都。

陈朝一百七十多年的历史，被史家分为三个阶段：第一阶段为开国至1293 年，第二阶段为 1293 年至 1341 年，第三阶段为 1341 年至 1400 年。第一阶段里，在陈守度、陈太宗、陈圣宗、陈仁宗等统治者的经营下，对内方面，巩固并调整内政，采取太上皇主政的方式，以及近亲通婚，以防大权落入外戚之手；学术文教亦得以发展，如科举的沿用、越南首部官方

---

① 按，所谓"喃字"，或称"字喃"，是一种过去在越南通行，以汉字为素材，运用形声、会意、假借等造字方式来表达越南语的文字，其在越南古代文字系统中的地位和作用与朝鲜谚文、日语假名相同，都被用来表示本民族原生词汇，而汉字则用来表示从古汉语中引入的汉字词。喃字是在汉字的基础上，在 10—20 世纪初形成发展起来的。在这段时间里，喃字是记录民族历史、文化的纯粹越南的唯一工具。越族人创造喃字，用来为越语、岱依语和瑶语记音，造成越喃字（喃字）、岱喃字、瑶喃字。有关喃字的最早史料是李朝 1076 年的云板钟铭文。起初，喃字常用来记录人名、地名，后来逐渐普及，进入国家的文化生活。15 世纪胡朝、18 世纪西山朝年间，出现了在行政文书中用喃字的倾向。单就越南文学领域而言，喃字对于营造延续多世纪的辉煌文学起到了特别重要的作用。见维基百科"喃字"条。

② 陈光辉：《越南喃传与中国小说关系之研究》，台湾大学中国文学研究所博士学位论文，1973 年，第 11 ~ 12 页。

③ 按，所谓的"喃传"，系指用喃字所撰写的传奇小说。

史籍《大越史记》的编撰等。对外方面，蒙古帝国（元朝）于 13 世纪曾三度出兵攻越（分别为 1257 年至 1258 年，1284 年至 1285 年，1287 年至 1288 年），但在陈朝君主及名将陈兴道等人的奋力抵抗下，成功击退蒙古军，陈朝与元朝保持朝贡关系，元封越南君主为安南国王。第二阶段里，陈英宗、陈明宗、陈宪宗等保持祖业，但未能化解国内的社会分歧，时治时乱。第三阶段里，陈裕宗纵情享乐，朝纲紊乱，其后出现杨日礼被立又被废的内乱局面。陈艺宗、陈睿宗、陈废帝时长期受占城的侵寇，国家元气衰弱。陈朝晚期适值中国明朝建立，明廷继续册封陈朝君主为安南国王。陈顺宗、陈少帝时，权臣胡季犛把持朝政。最后在 1400 年，终废少帝，自立为王，建立胡朝，陈朝遂亡。

中国文学对陈朝有很深的影响，如朱安所著的《四书说约》，对儒家思想有深入的阐释；陈太宗之《禅学指南》与《课虚录》，则对佛学有特殊见解；诗歌亦有长足的发展，其内容颇受老庄、陶潜、李白等人隐逸或浪漫奔放思想的影响。诚如范延琥评云："陈诗惊艳、清远，各极其长，殆犹中国之有汉、唐者也。"①

至于散、骈文，如张汉超之《白藤江赋》、郑梴之的《玉井莲赋》、陈国峻之《檄将士文》。黎贵敦就评说："陈朝赋多奇伟、流丽，韵致格词，殆类有宋。"② 该时期亦产生小说，如李济川之《越甸幽灵集》四卷，其他作品可能已散佚，保存下来虽不多，但仍可见其梗概。另，喃字也随着发展产生了"喃字文学"。据《大越史记全书》上说："诠能国语赋诗。我国赋诗多用国语，实自此始。"其中之"诠"即指"阮诠"。据吴士连等人的研究，较早的一次使用国语赋诗是在陈仁宗绍宝四年（1282），泸江地区因有鳄鱼为患，朝廷命刑部尚书阮诠撰写文章（后世称为《祭鳄鱼文》），投入江中，鳄鱼随即离去（此事与韩愈驱赶鳄鱼一事十分相似，所以仁宗便赐阮诠韩姓，故又作韩诠），于是越南的"赋诗多用国语，实自此始"③。后人因此将他采用的诗体称为"韩律"，早期采用韩律的诗集有：

---

① ［越］范延琥：《雨中随笔》，巴黎：法国远东学院 1992 年版，第 101 页。
② 参见王晓平：《东亚文学经典的对话与重读》，上海：复旦大学出版社 2011 年版，第 204 页。
③ ［越］吴士连等：《大越史记全书·陈纪·仁宗皇帝》，东京大学东洋文化研究所，1986 年，第 355 页。

阮诠的《飞砂集》、陈光启的《卖炭翁》，以及阮士固的《国音诗集》。

6. 胡朝（1400—1407，凡七年间）

胡季犛于 1400 年废陈朝少帝自立为王，国号为"大虞"，年号"圣元"，定都西都城。建立胡朝后，续以陈朝精神推展国力。胡季犛雄才大略，极负远见，在政治、社会、经济以及文化等方面都有惊人的改革措施。只可惜国祚太短，仅历经两代君主，维持七年时间，在文学上很难有所表现。

7. 后黎朝（1428—1778，凡三百五十年间）

1407 年，中国明朝灭亡越南的胡朝，并将越南划入中国版图。1418 年时，黎利在蓝山起义反明，自称"平定王"，并于 1424 年起先占领越南中部地区，后再占领东都（今河内）。1427 年，明朝战败退出越南，改封黎利于 1426 年所立之傀儡君主陈嵩为安南国王。1428 年陈嵩死，黎利便自立为王，建立后黎朝，定都东京（今河内），国号"大越"。

后黎朝可分前期与后期两个部分：1428 年至 1527 年的前期称作黎朝（或称初黎朝）；1531 年至 1778 年的后期称作后黎朝（或称中兴黎朝或黎维朝）。其中 1527 年至 1531 年凡四年间，为后黎朝权臣莫登庸篡位所建立的莫朝。1531 年，后黎朝旧臣阮淦在哀牢（今清化）立黎昭宗少子黎维宁为帝，建元元和，是为黎庄宗，并宣布恢复黎朝，进据清化与莫朝对抗，皇帝莫登瀛便退守北部，从此形成南北对峙。

后黎朝权臣莫登庸于 1527 年 4 月自称为安兴王。6 月便逼黎恭皇帝让位，自立为王，改元明德，建立莫朝，并立莫登瀛为太子。1529 年末，让位给太子。翌年正月莫登瀛即位，是为太宗，莫登庸则自称太上皇。1540 年正月，登瀛帝病殁，太上皇便立孙子莫福海（登瀛子）嗣位。后明朝大军压境，讨伐莫登庸篡弑之罪。是年十一月，莫登庸亲到广西镇南关向明朝纳降求封，明朝便下诏降安南国（莫朝）为安南都统使司，封莫登庸为安南都统使，于是安南成了内属明朝的自治单位。

1541 年 8 月，莫登庸病逝，莫氏宗室争权内讧，产生多次内乱，国势日衰，于 1592 年为后黎朝所灭。然莫氏势力并未被完全消灭，又集结于北部高平建立统治，托庇于中国明、清两代政府的保护之下，直至 1677 年才为后黎朝郑主所灭。

后黎朝诸帝都重视中国文化，其组织、教育制度等承袭中国，各府各路都要设立学校，故儒学在后黎朝便获得独尊的地位。在文学上，也极力推崇中国文学，奖励书生，并命吴士连编纂《大越史记全书》，申仁忠等编撰《天南余暇集》，创立"骚坛会"，文人相互唱和之诗，今尚存者有《明良锦绣》《春云诗集》《琼苑九歌》，以及《古心百咏》等作品。阮荐亦有：《抑斋诗集》《冰壶遗事录》《军中词命集》《蓝山实录》，以及《平吴大告》等作品。还有潘孚先之《越音诗集》、杨德颜之《古今诗家精选》、黄德良之《摘艳诗集》等作品。小说也颇有发展，如武方堤所撰之《公余捷记》、陈世法之《岭南摭怪》、阮玙之《传奇漫录》，以及黎圣宗之《圣宗遗草》等作品。后黎朝的汉字文学有下列特点：

①在体裁上，近体诗和赋最盛行，散文、传记也有相当的地位。

②内容上，有乐观入世的态度，带着浓厚的儒家色彩。这是历史背景所使然。①

至于喃字文学，在这个时期就发达起来，现存有：黎圣宗之《十戒孤魂国语文》、阮荐之《国音诗集》、阮冲确之《咏潇湘八景诗》，以及黎德毛之《八甲赏桃文》等作品。此时之喃字文学与汉字文学一样，大多在歌功颂德，赞美太平盛世的生活，蕴含着乐观态度和儒家色彩，其艺术成就虽未臻至完美，但由于受到汉字文学的影响，很快地达到相当成熟的阶段。

莫朝则因国内多乱，生灵涂炭，儒家失去独尊地位，而佛道思想则颇为盛行。文学也失去前时乐观的入世态度，转而带着浓厚的悲观的厌世色彩。代表作品有：阮秉谦之《白云庵集》约一千首，与《白云庵国语诗集》约一百首。其中多咏闲逸生活和人情世态，以洁身自爱为宗旨。喃赋也很盛行，代表作品有：黄士恺之《小独乐赋》，以及阮沆之《大同风景赋》《三峒洞赋》《僻居宁体赋》等作品。喃诗曲亦有：黄士恺之《使北国语诗集》《使程曲》以及《四时曲》。喃文则有：杜觐之《金陵记》等作品。

"喃传"的出现对黎莫两朝而言是最特殊的现象，现存的作品有：《王嫱传》《林泉奇遇传》《苏公奉使传》等作品。喃传早期采用近体诗体裁，

---

①　陈光辉：《越南喃传与中国小说关系之研究》，台湾大学中国文学研究所博士学位论文，1973 年，第 14 页。

后来逐渐采用六八言体作为正式体裁。① 杨广含就评说:

> 喃文胚胎于陈朝,到了黎莫两朝越来越发达、进步。将《白云庵国语
> 诗集》与《洪德国语诗集》加以比较,我们可以看出 16 世纪的喃文比 15
> 世纪的喃文进步得多。《洪德国语诗集》的句法还有不少累赘的地方,词
> 藻多用汉字,还不能脱离中国诗歌的套语。到了《白云庵国语诗集》,句
> 法婉转,少用汉字,显然已经成熟。②

可见,喃传在后黎朝时期已很发达。

8. 西山朝（1778—1802,凡二十四年间）

西山朝（或称西山阮朝）,系由出身西山地区的阮岳、阮侣以及阮惠
三兄弟,于 1771 年率农民起义,推翻广南国（阮主）的统治,并先后歼
灭北方的郑氏政权及后黎朝,于 1778 年所建立的王朝,享国祚二十四年。

后黎朝于 1531 年中兴后,皇帝徒具虚名,实权落在郑、阮两氏手中。
前者据有定都河内后黎朝王室的北方政权,后者据有定都顺化广南国的南
方政权,各自称王,史称南北纷争时期。由于郑、阮两王互相攻伐,税敛
繁、兵役重,以致人民生活非常痛苦。而朝廷也日益腐败,儒学没落,风
气衰颓,文学也跟着日趋衰微。

此时之汉字文学,除有各家的诗文集外,最具代表性的作品有黎贵敦
之《易经肤说》《书经衍义》《群书考辨》《圣模贤范录》《芸台类语》
《全越诗录》《皇越文海》《黎朝通史》《抚边杂录》《北使通录》《见闻小
录》《桂堂诗集》《桂堂文集》,以及《联珠诗集》等作品。传记文学也相
当发达,有武芳提之《公余捷记》、段氏点女士之《续传奇》、吴时俫之
《安南一统志》和黎有着之《上京纪事》等作品。

喃字文学也非常发达,其艺术成就相当高,各种体裁都有很可观的收
获。在歌曲类方面,有陶维慈之《卧龙岗》《滋容挽》与《山后剧》,段
氏点之《征妇吟曲》和阮嘉昭之《宫怨吟曲》,以及黄光之《怀喃歌曲》。

---

① 按作品出现的年代,固没有确凿的根据,然文史学家大多相信是黎莫两朝时
的作品。

② ［越］杨广含:《越南文学史要》,胡志明:国家教育出版社 1951 年版,第 282 页。

在赋类方面，有阮伯麟之《佳景与情赋》《张刘侯赋》，阮有整之《郭子仪赋》，阮辉浣之《颂西湖赋》，以及范彩之《战颂西湖赋》等作品。

此时的喃传最为发达，成为文学的主流。现存有无名氏之《贞鼠传》《天南语录》，阮有豪之《双星传》，无名氏之《潘陈传》，范彩之《梳镜新妆》，以及阮辉似之《花笺传》等作品。①

9. 阮朝（1802—1945 年，凡一百四十三年间）

阮朝是越南史上最后的朝代，系由后黎朝时期，据有定都顺化广南国的阮氏政权阮福映，于 1802 年灭西山朝统一越南后建立的，年号为"嘉隆"，是为阮世祖，又称嘉隆帝，直至 1945 年最后一位皇帝保大帝退位，王朝才正式结束。建国时的 1802—1804 年使用"南越"国号，1804—1839 年使用国号"越南""大越南"。1839 年，明朝皇帝命阮福晈帝将国号改为"大南"。

阮朝可分两时期，即独立时期与殖民时期。独立时期为 1802—1883年，凡八十一年间，阮朝对越南有绝对的统治权；殖民时期为 1883—1945年，凡六十二年间，由法国所属之印度支那政府所统治。其中，在独立时期末，阮朝即被划分为三部分，即交趾支那（南圻）、东京（北圻）与安南（中圻），交趾成为法国殖民地，东京与安南则成为法国的保护国，阮朝渐衰，至 1883 年法国取得越南的统治权。在这段时期内，越南经历两次世界大战，在第二次世界大战时，曾一度被日本占领。

阮朝建国后，儒学颇受尊崇，汉字文学也随之发达。代表人物有高伯适、阮文超、从善王，以及绥理王。当时人就评说："文如超适无前汉，诗从前绥失盛唐。"

此时，喃字文学也达到最高的成就，无论诗、赋都可与任何汉字文学名作比较而毫不逊色。代表人物有：高伯适、春香女士、清宫女士、阮公着、李文馥、阮贵新、阮劝、阮庭照、裴有义、朱孟贞，以及陈济昌。而喃传的成就则更辉煌，有阮攸之《断肠新声》、阮翘之《军中对传》、李文馥之《西厢记》和《玉娇梨新传》、阮庭照之《陆云仙传》，以及无名氏

---

① 陈光辉：《越南喃传与中国小说关系之研究》，台湾大学中国文学研究所博士学位论文，1973 年，第 16 页。

之《女秀才传》《芙蓉新传》《二度梅传》《碧沟奇遇传》等作品。[①]

其中，阮攸之《断肠新声》，系根据中国明末清初青心才人的原著小说《金云翘传》，用喃字写成的 3 254 行的叙事诗；阮翘之《军中对传》，与中国清朝褚人获所著之《隋唐演义》有关；李文馥之《西厢记》和《玉娇梨新传》，分别取材于中国元代王实甫之《西厢记》和清初张匀之《玉娇梨》；无名氏之《女秀才传》，取材于中国明代凌蒙初之《二刻拍案惊奇》中的女秀才移花接木的情节；无名氏的《二度梅传》，取材于中国清代署名惜阴堂主人之《忠孝节义二度梅传》，二者故事内容基本相同。此等证明，皆足见中国文学对越南文学的影响。

1883 年后，法国取得越南政权，于西贡（今胡志明市）成立殖民政府，为法属印度支那的一部分，并推动法语取代汉语及越南语而成为越南的官方语言。自此，中国文学对越南文学的影响逐渐消失，取而代之的是法国文学。受西方文学影响的诗歌、散文、小说和戏剧也开始产生与流传，经过几十年的酝酿，自 1932 年后，新文学长成，喃传也失去吸引力，越南文学到此就完全改观。其中，于第二次世界大战期间，日本曾占领越南，建立傀儡政权，然日本于 1945 年 8 月就宣告无条件投降，其时间不长，故日本文学对越南文学并没有什么影响。1941 年，胡志明等越南革命家创办"越南独立同盟会"，通过以武装斗争来建立新民主主义的"越南民主共和国"的主张，反对法国与日本的殖民统治。在日本宣告无条件投降时，同盟会随即起义，夺取越南政权。是年 9 月 2 日胡志明于河内巴亭广场发表《越南独立宣言》，宣告越南民主共和国成立。1946 年，法国卷土重来，重新占领越南各大城市，并控制由保大帝所领导的越南国，同盟会虽暂退丛林地区从事游击战，然于 1954 年便击退法国殖民势力，于日内瓦会议签订协议，协议规定法军撤出越南，并规定以北纬 17 度线为"北方越南民主共和国"和"南方越南国"的分界线。尔后越南南北分裂，南方由保大帝政权所领导的越南共和国统治，北方由越南民主共和国统治。1960 年，美国介入越南政局，遂演变成南北战争，北越由苏联及中国支持，南越则由美国支持。1975 年，越南民主共和国胜利统一全国，并改国

---

① 陈光辉：《越南喃传与中国小说关系之研究》，台湾大学中国文学研究所博士学位论文，1973 年，第 16 ~ 17 页。

号为"越南社会主义共和国"。越南统一后，虽仍面临经济落后等问题，却于 1978 年 12 月入侵柬埔寨，亦与美、中两国交恶。1986 年实施"改革开放"，经济开始好转，并于 1989 年 9 月从柬埔寨撤军。冷战结束后，越南经济快速发展，并逐渐摆脱外交困境，1995 年加入东协，1998 年加入亚太经合组织，2007 年加入世贸组织等，呈现欣欣向荣的景象。

胡志明政府于 1945 年宣布越南独立后，随即宣布采用越南语和越南罗马字为官方语言和文字的政策，使之取代法语与汉字而成为当今越南唯一的口语和书写语标准。虽是如此，至今越南仍有很多留学生至中国大陆或台湾学习中国文学，足见越南是受汉文化影响，尤其是儒家思想的影响最深的国家之一。越南长期实施科举制度来选拔官吏，直到 1919 年才废除，今天在越南各地仍可见到文庙中的进士碑。

六、结论

综上所论，可知越南民族出自中国浙、闽、粤、桂等区之越人系，与中国同种、同文，历史关系悠久。自秦汉时期将越南纳入中国版图，正式设立郡县后，不但民间经常有贸易往来，而且士人亦互相授学。中国文学由贤吏良士传入越南初期，其文学思潮只着重于伦理，讲学全以"四书五经"为教材，纯接受中国圣哲先贤之道德思想，尚未有创作性作品出现，仅有口传文学之谚语、歌谣以及神话故事流行在民间。然至魏晋南北朝时，由于受到佛、道两教的影响，再加上原儒学的盛行，越人融通了三教思想以此作为文学基础。故越南文学有了大变化，从原重伦理、讲道德，转变为重经传之微言大义，慢慢形成自己的风格。而流行于民间之口传文学，也得到进一步的发展，歌谣诗体崭露了头角，其内涵有着佛、道两家的思想。至隋唐时期，当时中国政局安定，学术文风达到巅峰，佛学鼎盛、风靡一时。贤吏良士及僧侣更是不遗余力地将中国文学传入越南，并致力于人才培养，教化越民。于是知识分子辈出，通解诗文者不计其数，使越南文学欣欣向荣，为今日之越南文学奠定厚实的基础。纵观历史，越南文学的发展离不开中国文化的传播与影响。

（作者单位：台湾云林科技大学汉学应用研究所）

异化国族的寓言书写

——评黎紫书《国北边陲》

陈竺羿

　　《国北边陲》是黎紫书获 2001 年"第六届花踪文学奖"首奖的一部短篇小说，也是黎紫书小说创作的转折点，因为自这部小说起，她"再不能把以往拿手的短篇小说写得'像'小说了"。如此说来，这部小说似乎是黎紫书第一部不像小说的小说。的确，作为小说而言，它的情节过于稀薄，意识流动混乱，充斥着象征和隐喻，加之几乎满篇的"你"，让任何一个闯入这个故事的人都会感到一种被人直戳脑门的不知所措和莫名其妙。但恰恰是这些叙事特点，让整篇小说犹如氤氲在热带原始丛林黏腻的湿气里，浸染在一头苟延残喘的龙兽吐纳的恶腥中，缓缓舒展着对马华这个异化国族的寓言书写。

　　小说的主人公"你"带着父亲的私密札记，来到"你"的国度里最靠近中国的国北边陲小镇，寻找可以解除家族诅咒的龙舌荠。当年"你"的曾祖父漂洋过海抵达南洋开疆辟土，初入南洋丛林，宰食一奇兽，从此留下男丁命不过三十的家族诅咒。诅咒如潜伏的死神，到时到点便毫不含糊地带走了"你"祖父的七兄弟，带走了你的伯父、父亲。到了"你"这一代，堂兄弟们"早早开枝散叶，企图以繁衍的速度来平衡生死间的拔河"，唯有"你"过着苦行僧般的禁欲生活，孑然一身，苦苦寻找龙舌荠。可是"你"却发现，"龙舌无根，属水中的寄生科，茎内虚空"。于是"你"转而寻找流落在外的同父异母的兄长，得知家族诅咒在兄长身上不起效用——兄长至今靠贩卖壮阳药"东卡阿里"为生而且子嗣繁多。最终"你"才明白，家族成员和"你"的这种寻找，空洞虚无，深处唯有"对生存的欲望，蚯蚓似的蠢蠢欲动"。是的，寻找龙舌荠，是"你"和"你"的家族对死亡的害怕以及人本能的求生欲望使然。可是，这种寻找又是徒劳的，因为龙舌本无根，一切都枉然。

　　家族故事的过往与现在就这样在"你"的意识流动下，交叉着徐徐展开。里面每一个湿淋淋的文字仿佛都沾满了南洋特有的湿气和腥味，同时混杂着由象征、隐喻搅拌而成的魔幻寓言的味道，扑面而来。文学的语言究根到底是如孙先科在《说话人及其话语》中所言的"是模糊的、想象的、幻想性的语言，里面充满了梦呓的、隐喻的、神话的意象、原型和符码"，"含着特定民族、社会、集团、阶级的精神、灵魂颤动的信息和时代心理微妙的波动"。挥开弥漫于文字之上的湿雾，我们便轻而易举地发现《国北边陲》的字里行间都充斥着象征和隐喻。曾祖父杀死的南洋异兽是异族文化的象征。家族男性因此受到诅咒无法正常迎接死亡，这是华人在异族生存困境的残酷隐喻。南洋居，落户大不易，生根更不易。"你"的家族传到"你"父亲这一代，都是无根的，无法从实实在在的此时此地汲取生命的养料，反而集体迷信于对原乡的想象和渴求。这不，伯父、父亲死前，还看到了异兽——龙、麒麟、玄武或朱雀，总之，是一切代表中国、故乡、传统等美好而又虚空字眼的意象。也许精神病院的堂兄最后也"跟随那兽离开，驰骋于生命的荒原"。在异族对回不去的原乡的过度渴望、对本族原汁原味的文化的集体迷信式慕求，恐怕才是家族诅咒能够肆无忌惮地伸展死亡魔爪得到应验的根源吧。而同父异母、已经不属于华人族群的兄长，在当地落地生根，与异族文化融为一体，丝毫不受家族诅咒的困扰。有了根，生命的大树才能卓然挺立，开枝散叶，多妻多子。最后抛开家族诅咒迷信的"你"，也看到了新年满地残红的鞭炮纸屑得以躲过一劫。但是文化寻根之旅不会终结，穿过小镇的那个他，是千千万万个和"你"有相同背景、经历的华人子弟之一，拎着旅行袋匆匆而去，寻找自己族群的文化之根。

　　这些文字间暗涌的寓言，经由"你"的叙述、"你"的视角，渐渐抹去了表层迷雾而显现。"你"几乎出现在小说的各个角落，除了开头和结尾各出现了一次"他"，其他的人称都是"你"。在叙事学上，从詹姆斯的视点、热奈特的聚焦叙事视角，并相较于作家们比较成熟使用的第一人称和第三人称叙述，第二人称"你"都是失语的，就如它的中间位置一样尴尬，是个不受宠的孩子。甚至有人直接指出"尽管批评家们曾罗列若干种'视点'，然而究其本质而言实际上只有两种，即第一人称叙述和第三人称叙述这两种视点（米歇尔·比拖尔曾在小说《回想》中巧妙地运用第二人称'你'，然而这仅仅是罕见而特殊的例外）"。以这些叙事学家的观点尤其是以经典叙事学的理论为参照，我们会对《国北边陲》中出现的"你"无从下手。黎紫书这种叙述人称的安排有问题吗？第二人称叙述就劣于第一、三人称吗？不是的，我们别忘了，经典叙事学那一套本来就令人心烦，一个术语还没有得到统一的确切的定义就被滥用，每个人都迫不及待地从舞台后方冲到前台欲分一杯羹，最后真的搞得像是福斯特一开始批判卢伯克说的那样成了"几项死公式"。既然如此，我们又何必视它为供奉于神坛之上的不容亵渎挑战的标准，公式化地评判《国北边陲》的第二人称叙述呢？

其实，第二人称叙述"你"，有着第一、三人称叙述所没有的特殊叙事效果。相较于第一人称叙述，第二人称叙述容易让作者抽离，从而使深入思考有了可能。黎紫书在《告别的年代》采访里提到："我觉得用'你'这样的第二人称书写的时候，我作为作者比较容易抽离。就像是我在一个比较高的角度看着自己在做什么事情，在寻找，我觉得抽离对于一个小说的书写者来说是必要的。"所以，黎紫书对第二人称叙述是情有独钟的，不仅在《国北边陲》使用"你"，其他多篇小说，如《疾》《生活的全盘方式》《未完·待续》等亦可见"你"的踪迹。对于这种对第二叙述人称"你"的偏爱，黎紫书解释说这是源自自己对镜子的体验："我从小就很喜欢看镜子，总是在幻想镜子里面是另外一个相反的世界，镜子里面的我是一个相反的我。后来我的许多小说用第二人称书写，你看起来这只是一个奇怪的切入角度，但事实上我这样选择是因为这总是反射着我的存在：如果没有'我'的存在，是不会用到'你'这个称呼的；当我每次在使用'你'的时候，'我'就一直存在于周边。"原来，"你"就暗示着"我"的存在，是"我"的另一面。《国北边陲》的主人公就好像站在一面镜子面前自言自语，对着"我"在镜子中形成的镜像"你"叙述故事。说话人即叙述者就是主人公"你"，也即镜子前的"我"。这就在文本中形成了一种隐形的对话结构。而文本之外的现实读者，一开始会对"你"的出现感到突兀和不解，但最后会渐渐习惯，产生一种对话感甚至是代入感，游走在故事中。读者被"你"调动了，不再是呵欠连连被动地接受"你"的叙述。

　　福斯特曾警告小说家"如果对自己的创作方式太感兴趣，则他的作品不会令读者太感兴趣"。但黎紫书好像完全没有这种困扰，《国北边陲》并不刻意谈论国族命运，但是意识流动、象征隐喻、第二人称叙述等一切叙事技巧，好像都被揉碎了、碾成了汁液，渗进了弥漫着腥味和湿气的故事，浓稠得化不开。作者的高超之处，是她最终轻车熟路，操控自如，将笔触直指南洋异化华人族群的生存困境，并指出走出困境的方式——吾心安处是吾乡，以此挣脱对原乡、传统文化集体式的迷信，将所有的注意力集中到落地生根这一切实问题上去。

（作者单位：武汉大学文学院）

雨林式国族寓言

——论黎紫书《国北边陲》的叙事特色

廖 怡

　　黎紫书的《国北边陲》在 2001 年获得"花踪文学奖",先后收录于短篇小说集《出走的乐园》和《野菩萨》。王德威在后者的序中写道:"异化的国族,错位的寓言。黎紫书安排她的人物游走流浪,迎向黑洞般宿命,或大量使用自我嘲讽、解构的叙事方法,其实都可以视为她的创作症候群。"《国北边陲》作为《野菩萨》的首篇,自是将国族、宿命、性别等种种困惑与反思叙述得最为"黎紫书"。隐晦潮湿的话语和断裂跳跃的情节,拼凑出创伤式探险。

　　乍看起来,《国北边陲》并不遵循传统的线性叙事结构。故事从"一个穿过小镇的人"倒叙引入,穿插童年回忆、找寻神草经历、身体状态变化等,多元线索交错着打乱时空,最终回到"一个穿过小镇的人"身上,破碎结构中游走着各种象征。但我们不妨先抽丝剥茧一番,拎脊骨一探。这么一来,两种经典叙事模式便浮出水面,呼应了托多洛夫的主谓宾式叙述语法。一是希腊神话夺宝(闯关)模式。英雄因传说、天赋使命或百姓之请踏上了凶险征程,寻找宝藏或解救弱者。二是寻根模式。游子追溯失落文明,以图摆脱精神困境。从"寻找"母题的角度看,这两种模式无疑殊途同归。若以格雷马斯的语义矩阵进行表层简析,则文中的"你(求生者)"(X)与"死亡诅咒"(反 X)完成了最基本的二元对立结构,而依靠繁殖平衡生死的家族弟兄与传说中破解诅咒的龙舌苋则分别充当了"非X"与"非反 X"的角色。若挖掘背后寓意,则龙舌苋象征的中华文明(Y)与马来貘影射的马来文明(反 Y)形成了另一组激烈的对立关系。曾祖、父亲、伯父、母亲、妹妹、大哥观鸿、龟、小镇、雨林、壮阳药东卡阿里等意象群庞杂繁复,像从脊骨四周延伸出来的旁枝、血肉,相互丰盈与支撑，最终形成一副完整的身体，而每个细胞里都胀满了用力而卑微的对抗。

但黎紫书的叙事魅力绝不止于此，叙述话语层面的笔力让她游刃于巫女性质的沉思和描绘之间。正如王德威在《黑暗之心的探索者——试论黎紫书》中说到的："不论是书写略带史话意味的家族故事，或是白描现世人生的浮光掠影，黎紫书都优以为之。而营造一种浓腻阴森的气氛，用以投射生命无明的角落，尤其是她的拿手好戏。"在无中生有的小说叙事技艺上，黎紫书依凭丰盛的想象力成为高手。沉重严肃的族史玄幻类书写如《国北边陲》《七日食遗》等，与琐碎细腻的都市体验类叙述如《此时此地》《生活的全盘方式》等，虽题材大异，却在她波诡隐喻的笔风下得到统一，字里行间或多或少渗透着的魔幻色彩与后现代感像是与生俱来。虽然黎紫书本人极其不愿被定型，一再谈到风格并不重要，我依然认为诡谲、阴郁、湿冷的蓝调气质最能代表黎紫书，使黎紫书"是其所是"。当然，这不意味着任何抹杀。

只粗粗翻阅《国北边陲》，便很容易看见"沼泽""山""丛林""茅""谷""雨""泥""蛙鸣""潮湿""阴冷"等字眼。南洋热带雨林的霉湿气候与糜烂气息是孕育神话传说的温床。在那一大丛蛮荒里，鬼怪精灵出没，占卜祭祀秘行，各类符咒蛊惑被言过其实地渲染与添油加醋地传承着，而这一切却因为森林的原始气质而显得庄严可畏。在这样阴森颓腐的环境里，非正常的疾病与死亡感受都成了正常联想，只需以一头奇兽和一个死亡预言为引子，寓言化叙事便自然而然地铺展开了。对于从小生活在马来西亚的黎紫书来说，雨林特质已经扎根在她的潜意识里了，将意识转化为话语不过是水到渠成的事情。怪诞与诡异成为雨林给她的文字礼物。恰巧，魔幻现实主义起源于拉美，一片雨林茂密、遍布印第安古老神话的地方。这更印证了雨林环境在黎紫书叙事风格上落下的痕迹。此外，她曾表示"一直有兴趣读的是莫言跟王安忆"，受到莫言风格的影响也就不足为奇了。

除文字风格上的烙印，南洋地理环境的特殊性还造就了《国北边陲》里典型的动植物隐喻。无根的龙舌苎影射衰落的华族文化，引发诅咒的马来貘象征着异族文化的热暴力，壮阳药东卡阿里类似一种潜移默化的同化趋势，连"你"杀死的挑逗草龟的野猫也似乎代表了某种撕扯性的异族势力。小说中有这样一个片段："你把药膏抹在草龟头上，它温驯地保持静止的状态……只剩一抹眼神新鲜润湿，悲情如昨。"家族中开枝散叶的其他弟兄像极了这只草龟，横向的过度繁殖并不能解决纵向的生命长度与深度问题，我反而认为这是另一种意义上的消极。如果说无根的龙舌荟是一个伪命题，东卡阿里也不啻为另一种荒谬的集体迷信。堂兄弟们对"你"的轻蔑不过是"五十步笑一百步"。两者的区别在于，"你"在无果的寻找中彻底消解了这个无解的谜题，消解了南洋雨林的神秘和其所承载的蛮横异族力量，于是家族后世终可跳出神草圈套。失去已知的解药束缚，或许反能激发起探索未知的希望，面对宿命时将多一分勇气与从容。这似乎暗含了作者在马华文学新式身份认同构建方面的期待，正依了黄锦树的"故事必须接着讲而不是照着讲"；但同时，它也传达着一份深深的焦虑和悲观：若东卡阿里完全吞噬了昏昧的族人，原本的文明信仰将无从拯救。

把这些隐喻串联和统筹在一起，并与黎紫书文风相呼应的，是本文独特的嗅觉描述与第二人称叙事视角"你"。雨林在深寂中藏杀机，黎紫书的文字亦在敛静中见残酷。《国北边陲》基本保持着前后一致的平和口吻，对疾病和死亡的描述因为过于平和华美以至达到了陌生化效果，如"浅浅浮一抹死亡和饥渴的颜色，尸灰与青苍……泪腺涌出一行无感但滚烫的眼泪""近日来翻开眼肚已见斑点，舌床厚厚覆了一层霉绿色的苔藓""梦比夜尿满溢，醒来怀抱一颗扑通扑血漉漉的心""缺了一颗门牙的笑容让你看起来苍老而滑稽，蜷缩的睡姿驼下你的脊椎骨"。就像平静海面下的漩涡，隐匿着的恐惧、空洞和绝望分量巨大，比直言痛楚残忍千百倍，也震撼千百倍。除却对主人公身体状态的叙述，黎紫书习惯用气味代替视觉冲击，面目不再具有辨识度，如"你一个转身便记不起他的面目""在漆黑的太平间解剖一具没有五官的尸体""你开始丢弃许多记忆，关于图像的、光影的、动态的"；却提到了各种各样的气味如死亡的味道、草药"母性的平和的体味"、龙舌荟的腥气、呕吐的酸馊、屎臭尿骚等。"自有嗅觉告诉你，那神草的所在"，以嗅觉作为最重要的寻找线索，本身就具有虚幻性。而就视觉层面来看，出镜率最高的奇兽只现身于众人临死之际的幻觉中。这些都使得《国北边陲》的叙事含蓄而暧昧。

最后再谈谈第二人称叙事视角"你"。这是一种限知性叙事视角，某种程度上是第一人称和第三人称的调和品。"你"比"他"更亲切真实，更易表述血缘情感，而又比"我"增加了几分高度与窥探便利，尤其是在兼具女性主义视角的《国北边陲》中。作者"我"窥视或者说直接化身男主人公"你"，再借"你"之眼窥视"没有五官""少了两颗睾丸"的父亲残体，是女性身体被观看惯例的反面，比《疾》中的"女看男"更具"临下"意识，而父系血缘诅咒与壮阳药迷信更是将男权制度反讽到极致。其他史话类小说如《大卷宗》《山瘟》《七日食遗》等则采用了限知第一人称。这与黎紫书的成长经历密切相关。黎紫书是1971年出生的，不曾目击"5·13"的风云变幻，对父辈历史的了解和再现难免有道听途说、想象等虚构成分，这直接限制了作者的全知视角，凸显了马华新生代作家的某种不确定，造成了叙事上无可厚非的残缺、狭隘和模糊。但黎紫书并未放弃相关题材的创作，她用一种非直面和非还原的方式诠释曾经的伤痕与当下的反思。在解构与再建构的过程中，尽管她对未来的犹豫与迷茫浮游在暧昧的叙事中，但身为旁观者却无疑拥有理性和更开阔的视野。或许，有限的成长经验导致黎紫书难以驾驭波澜壮阔的史诗实录，但反向观之，以《国北边陲》为代表，这类笼罩着本土雨林色彩的、以家族喻国族的"小见大"寓言正开启着一项改变。执着于赤裸裸的历史真相或传统文明也许并不是最重要的，黎紫书更像在用诡秘阴暗的笔调探索着超越族群的主体性意义。

事实上，《国北边陲》并没有给出一个确切的结局，即未明写"你"的生死，也未明写观鸿的生死。在近乎虚无的擦肩一幕里，作者却将无双的家族脸谱刻画得清晰无比。鲜明对照下，叙述再度流于暧昧，却用最"黎紫书"的方式擦亮了一线希望。诚然，《国北边陲》算得上杰出的寓言式短篇，象征体选择与遣词造句均恰到好处，但寓言的程序化书写与叙事圈套滥用的弊端也是致命的，正如黑格尔在《美学》中所言："既然要使主体性格符合寓意的抽象意义，就会使主体性格变成空洞的，使一切明确的个性都消失了。"黎紫书用最新短篇小说集《野菩萨》展现从国族神话到日常细节的百态，或许就是一种拿捏有度的智慧吧。这一切观照与探索，都应了《野菩萨》封底的那句话：它不可被寻找，只能被抵达。

（作者单位：暨南大学文学院）

《国北边陲》的寓言叙事及意象解构

王仲斌

　　《国北边陲》从题目看像描述风土人情，实际表达内容却并非如此，整篇文章充斥着死亡的阴郁、孤独的阴冷，读起来一点也不轻松。小说主题既像是对生命的朝圣，也像是在等待死亡，萦绕着绝望与无意义的荒诞意味。黎紫书作为马来西亚的华文作家，通过第二人称"你"，讲述了整个马来华裔家族的变迁史，情节充满着寓言的味道，存在着错落异化的"身份认同"与"命运迷茫"。

　　"你"的家族因祖父宰食马来异兽，使整个家族受到诅咒，男性活不过三十岁。实际上是在述说外来的华人来到异土的马来西亚后，与当地文化的对抗与冲突，以致整个华人族群处于一种尴尬与危险的境地。黎紫书是 1971 年出生的人，虽然她并没有经历马来西亚 60 年代的"5·13"排华运动，但华人的创伤却通过父辈传递到她这一代。华人族群在马来西亚中属于多数族群，但不论从地位上还是文化上都处在边缘位置，经常受到排挤与打压，是一种"他者"的地位，马华作家在本土难以获得存在感与归属感，缺乏身份认同。因此，"黎紫书的小说往往都有一定身份认同的叙事书写。在身份转变、身份建构的漫长过程中，通过华裔族群流散性描写并以此展现'他者身份'和边缘化身份，建构其离散话语，从而导致作家由如何定位自身身份而产生'认同焦虑'"①。

　　《国北边陲》故事背景本身就是一种文化创伤的表达，通过华人家族面临的生存困境来隐喻马来西亚华人族群的尴尬处境，甚至题目"国土边陲"本身就有文化边缘的象征意味，作为华人的"你"虽然已经迁徙到了马来国土的中心与南部地带，但实际上救命的药依然坐落于国土的北方边

---

　　① 刘小波：《黎紫书小说新解读：以〈告别的年代〉为例》，《青年文学家》2012 年第 21 期，第 31、35 页。

境，处于边缘地带。

这种身份的边缘感也使得小说有着寻找与追寻的主题。"你"的伯父、父亲等父辈都在临死前来到蛮荒森林寻找龙舌苋，"你"目睹了伯父与父亲的死亡，也通过上一代的笔札得知整个家族的衰亡历程，唯有寻得龙舌苋，用这种药草的根茎才能消除诅咒，于是坚定而又宿命般地踏入了蛮荒地带。

作者将"龙舌苋"设定为解除诅咒的良药，有着复杂的情感表达。文中描述龙舌苋气味"腥味浓稠，如肉食兽照面打了一连串饱嗝，令人欲呕"。实际上这是一种既厌恶又满是渴望的态度。如果龙舌苋本身代表的是"传统的中华文化"，这就呈现出作者对传统中华文化的双向态度，既将它当作解救身份认同的良药，认同中华文化，又存在一定的陌生感与排斥感。与黎紫书同时期的李永平等马来作家也到台湾来寻找身份与文化的故乡，但结果却发现这故乡也依然是"异乡"，自己处于"异乡的异乡"，难以获得生命的解脱。

故而小说情节发展到最后，"你"虽然寻找到了龙舌苋，但却发现龙舌苋根本就是一种水中浮游植物，没有根茎。"身份认同"的寻找根本是一个无解的难题，不能得到解答。而在这种绝望之下，"你"甚至希望你这一房能够全部无后地死去，后辈不用再受这种诅咒的惩罚。但最后"你"却又得知，父亲的私生子观鸿却安然活着，他因为没有接受上一代的文化传承，没有迷信家族的历史，反而子孙满堂，活得滋润，诅咒根本是一个笑话。

从全文来看，作者通过这种荒诞而又意外的方法，表现了对身份认同错综复杂的想法。诅咒可以说并不存在，它存在的缘由来源于上一辈的悲惨命运，根源于初代人所具备的传统中华文化与马来本土文化的对抗，但"你"却是这种对抗下的产物，其诅咒的性质已经不再是与本土对抗，而是传承下来的文化负担，这种文化负担巨大到使家族的每一个人活得辛苦，反而失去了生命的价值感，将繁衍当成了生命的主题。

作者预想了这种诅咒的三种结局：第一种是类似"你"堂兄的做法，不愿承受这种文化负担，而转变了生活态度，变得只顾繁衍生殖，是一种逃避、享乐主义；第二种是"你"的做法，不仅承受这种文化负担，而且极力去寻找破解这种困境的结局，结果却发现这种困境是虚幻的，即诅咒并不存在；第三种则是观鸿的做法，他完全背离了中华传统文化，成为了马来族群的一分子，可以说，观鸿是中华文化完全被异化的结果。

作者的情感倾向很明显，认为想要从中国传统文化中寻得身份认同根本不可能，这种对中华传统文化的认同的做法反而可能是阻碍自身解脱的障碍。而观鸿则彻彻底底地认同了马来文化，既可以说完全丧失了自己，又可以说是完全赢得了自我，是一种比较难以抉择，也难以实现的结局，因为观鸿作为私生子，其存在的根基就不合理，他幸而没有接受传统文化的熏陶，故能够很容易得到融合，"你"是正常传承的一分子，天然就受到父辈的影响，是不可能摆脱父辈影响的。因此，小说的结尾充满了死亡的意味，"你"似乎死掉了，而"你"又看到你的族人来到这里去寻找一个并不存在的解答，成为西西弗斯式的悲剧。

在叙事方式上，文章以"你"为视角进行叙述，有浓厚的抒情意味。在以"你"为主体的叙述中，"我"虽然被隐去了，但却使得所有语言皆是"我"在述说，使得小说的每一句语言像是在进行自我的剖析与对话，形成独特的解构性语言。

在这种解构性质的语言下，迷茫、孤独的阴冷情绪能够强烈而具体地被表达出来，语言的风格与气息完全能够融于所有的描写对象之中，作者营造出了极其浓郁的死亡气息。另外，故事的真相隐藏于重重迷雾当中，读者不得不随着"你"的回忆，一步步地接近事情的真相，充满意外感。同时，非全能全知的第三人称视角与"你"这种视角的奇特化，使得描写对象呈现出陌生化倾向，跟随着"你"的一步步历险去追寻最后的结果，也能够更好地获得"你"的失落、坚持、绝望与对命运的迷茫。

然而，小说在描述具体的时间上却存在偏差，作者写道，父亲于"一九八九年西郊四十里，曾闻龙舌吐腥"，说明 1989 年时父亲的岁数必然小于 30 岁，但在后文的叙述中，却又说观鸿于 1968 年 10 月出生，而当时，父亲不过为 9 岁。另外，文章写"父亲在笔记本夹层中留有遗书，概略交代身后事。信后另有蝇头小字，写'五年前血气正盛，曾与寡妇冯氏苟合。伊人诞下一儿，一九六八年十月二十一日亥时出……'"，既然为遗书，那么父亲此时极可能为 30 岁，以怀胎十月计数，则可知，父亲实际上死于 1973 年，伯父年长父亲三岁，即伯父于

1970 年死去，又"你"比观鸿小三岁，则"你"生于 1971 年，则伯父死时，"你"还未出生，是不可能看到伯父死时的场景的。

这两点为作品出现的叙述性谬误。

（作者单位：广州卓越教育培训中心）

生之所寻，死之所至

——读黎紫书《国北边陲》

范晖帆

作为马华新生代作家中的佼佼者，黎紫书擅长把神秘的南洋风情融进写作，所以，读她的作品，就像走入了东南亚绵延不断的热带森林——尽管周遭阳光明亮，植物葱郁，密林暗处却散发出危险诱惑的气息，引人不断深入。而我以为，黎紫书能在小说中彰显如此鲜明的风格，和其独到的"诡异书写"① 是分不开的。笔者拟从三个方面来探讨《国北边陲》的"诡异"之处。

《国北边陲》讲述了陈氏后人为了摆脱"陈家子孙必死于三十岁前"的诅咒，不断寻找龙舌苋根部，最后却发现龙舌苋并没有根，诅咒其实无法解除的故事。可以看出，《国北边陲》整个情节本身就带有魔幻色彩，它不是对马来西亚华人生活的一次写实描写，更像一个流传于他们中间的传说或梦。首先，在情节设置方面，黎紫书安排主人公的梦境、回忆和现实交错出现，使真实和虚幻共存于文字中，如同双色河，表面上泾渭分明，细读时却分不清两者的界限。此外，故事里不断出现神兽、草药、老龟等富有东南亚气息的元素。它们就像一层一层的纱覆盖在小说之上，渲染出破败、阴暗，甚至略带恐怖的氛围，为全文奠定了"诡异"的基调。

其次，《国北边陲》选择了比较少出现的第二人称进行叙述，叙事观点则属于叙述者全知的全聚焦型。一方面，叙述者可以阅读主角即"你"的心理状态，拉近读者和主人公之间的距离；另一方面，他可以高于"你"，描述"你"所不知道或不关注的事情，而且这种时候不多，因此不

---

① 黄丽丽：《论黎紫书短篇小说的诡异书写》，张丽珍编：《中国文学与大马文化》，马来亚大学中文系，2007 年，第 89 页。

会过于引人注目，往往在神不知鬼不觉间就完整、补充了情节。换言之，第二人称既没有第一人称视角的狭隘，又能避免第三人称带来的失真，的确非常适合纪录片式的文本创作。但重点在于，《国北边陲》是寓言式的故事，可怖的神兽和祖辈的传说在不断地提醒读者，文本是虚构的。这时，第二人称的使用和上述的间离形成相悖效果，从另一种层次模糊了现实和想象的界限，也模糊了读者和主角的界限。文中的一切由此变得若隐若现，似真非真，自然给人诡异之感。

最后，在叙述细节上，黎紫书也特别选择一些虚幻之物作为全文的线索或意象的投射，使整个故事更显漂浮，传奇意味越发浓厚。其中，最典型的就是小说里对各种气味的描写。我们可以看到，《国北边陲》里充斥着各种各样的味道，"草叶腐坏的气息"、"胃癌病人呕吐的酸馊之气"、乳香……在开篇，叙述者就直言"你的记忆再无画面，只有气味、声音和质感"。不知不觉中，具体的图像被主人公有意抛弃，成为记忆缺失的部分，而气味则成为万物的标志。即便要证明龙舌苋存在过，主人公靠的也是其气味——"腥味浓稠，如肉食兽照面打了一连串饱嗝，令人欲呕"。这就形成了一个荒诞的反差，我们常说的"眼见为实"演化为虚渺和空白，摸不着、触不到的气味却成了最实在的证据。当视觉和嗅觉的虚实颠倒后，主人公眼前的世界随之异化，读者看到的故事似乎也被异化。在气味的导向下，小说透露出另一层面的"诡异"。

那么，在这诡异书写下，黎紫书想表达怎样的主题呢？

很多评论家认为，《国北边陲》"指涉了马来西亚华族的命运"。对此，我更倾向于王德威先生的说法：黎紫书不在文字表面经营历史或国族寓言或反寓言，而把国族大义消耗在穿衣吃饭、七情六欲之间。换言之，我认为，黎紫书写《国北边陲》时，并没有把马来西亚华族命运的抉择和陈家后人的解咒过程直接对等，而是以隐笔把自己对华人现状、未来的思考写入小说中。我们很难去一一辨别什么意象对应什么意义，只能从文本出发，慢慢去体会其中的深意。

文中曾说，寻找是陈家后裔的人生命题。但对《国北边陲》来说，生与死是它的重要命题。为了能够延续生命，从祖父到父亲，一代又一代陈氏后人把有限的三十年耗在对龙舌苋的追查上。到孙子辈，这个情况却发生了变化。堂兄弟们选择早早开枝散叶，以快速的繁衍来平衡生死，而

"你"则学习医科，回归故乡，意图找到真正的解药。在"你"眼里，前者的生是虚伪的，阳具不能代表生命的坚毅，生殖也不能代表生命的延续，充其量只能算生命的移植和复制。但直到抓住无根的龙舌荬，"你"才意识到自己所尊崇的生是虚无的，一生的寻找最后换来的不过是一个谎言。讽刺的是，依靠马来壮阳药东卡阿里致富的私生哥哥竟完好无缺地活过了三十岁。以欲望和生殖为代表的虚伪的生变成了真实存在，而"你"却在虚无的生中步入死亡。这时，我们看到了一个在生死拉锯战中困惑迷茫的陈氏后人。我们看到的，又何尝不是一个在文化错位里困惑迷茫的大马华人呢？

自祖辈下南洋到马来西亚，千里之外的中国成为华人精神的归宿，就像龙舌荬，是祖父辈无法放手的解药，支撑着他们在异国打拼求存。而随着子孙的繁衍，故乡的概念也代代相传，传成一个符号。结果，孩子们明明生于斯，长于斯，却仍视自己为异乡人。没有根的龙舌荬，是马来西亚华人不愿承认的事实——对新一代华族来说，故乡的意义已经发生了转变，游走在华人文化和马来西亚文化之间的他们，根本无法在两者中定位自己的精神归属。

在小说的开头和结尾，黎紫书两次写"你"遇见一个穿过小镇的人。不同的是，开头"你"似乎还活着，闻到了那个人身上死亡的味道，结尾"你"的确死了，却看到了陈氏家族独有的无双脸谱。从嗅觉到视觉的变化，代表着虚实的转换；而从生到死，则是从执着到释怀的过程，更是一次自我的重新审视。我想，如果前文黎紫书描写的是同处困境的陈氏后人和马来华人，那么这种安排也许就是她尝试给出的一个答案，亦是《国北边陲》诡异书写下所想表达的寓意——生之所寻，死之所至，希望在别处。

（作者单位：香港科技大学人文社科学院）

一项迷人而"危险"的任务

——评黄万华的台湾文学史研究

李　钧　徐　璐

　　黄万华先生的《多源多流：双甲子台湾文学（史）》（花城出版社2014年版），对台湾从1895年乙未割台时的汉文学起，至70年代政治威权终结前夜的文学分三个时期予以文学史的梳理，对80年代后尚不宜"入史"的台湾文学展开文学批评的考察，全面系统地梳理了台湾文学"本土"与"境外"之间汲取、反哺、接纳、互动等一系列的发展意图与实践，以宽阔多元的文学视野囊括了台湾文学多源并存、多重流动的历史风貌和文学成就。于多源多流中追求文学生命整体意识，体现的正是黄万华先生开阔的学术视野和扎实的治学境界。

　　台湾文学史编写存在的巨大难度，在于国族认同的复杂情况中，充满了不同思想路线和多元共生的文学观念的碰撞，因而在台湾，台湾文学史的撰写被称为"一项何等迷人却又何等危险的任务"，而关于隔岸对望的文学历史观察，黄万华先生等人的台湾文学史写作可称为"此岸书写"。实际上，"此岸"与"彼岸"之间的空间距离，不仅带给治文学史者资料搜集整理上的困难，还提供了远离"中心"的客观态度和更为自然素朴的文学视野。《多源多流：双甲子台湾文学（史）》（以下简称《双甲子台湾文学史》）作为一部成功的文学史，不能说体现了黄万华教授全部的治学精神，但至少呈现出他文学史写作研究的几个特点：

　　第一，审美与学术并重。治文学史者的审美层次，体现在对作家作品的思索、筛选和对文本的细致解读中。我们注意到，在黄万华先生的文学史研究中，对文本的细致解读构成了一个主要叙事特征，无论是分析王鼎钧"兰有剑气，不能伤人"的独特"乡愁美学"，还是探讨"最深刻理解乡村小人物的人性强韧和心灵善良"的黄春明，抑或是对林海音除"对乡土中国深切怀念"之外所关注的"男权社会中女性命运"的展现……与其说得出的是深刻的批评，不如说得到了深刻的体验。一方面，黄先生潜入作家作品的内部世界，与之同呼同吸；另一方面，也需要真实自然地面对自我内部的生命世界。正是在这两种"内部"之间悠然摆渡，先生的审美和文学批评具有了人性的关怀和美感的肌质。

而论及对文学史知识的求真，即写史实录，《双甲子台湾文学史》在收录台湾各个分期代表性作家和主要作品的同时，也涉及了被以往文学史写作忽略的作家群体。例如，在对台湾文学中身份困惑最为浓重的原住民文学的整体梳理过程中，重点介绍了原住民族作家拓跋斯、奥威尼·卡露斯、夏曼·蓝波安等人的个案研究，这些作家虽然或讲述原住民族的命运，或将原住民族的方言融入童谣书写而挽留其中独特的历史联系和精神效力，或呈现出原住民族生态审美的自然性和整体性特征。更为难得的是，黄万华教授还关注台湾原住民文学中两种尚未进入学界研究视野的形态：口传文学和"族群文学"的当代创作。黄先生的审美价值和学术判断由此可见一斑。

第二，本土与境外互参。在《双甲子台湾文学史》的前言中，黄万华先生阐释了其本土与境外互参的文学视野——"祖国大陆、台湾、香港等地的治文学史者各有其本土，本土之外就构成了其境外，旨在建立一种跨越本土的、流动性的文学史观，以文学的生命整体意识突破对现当代文学的人为分割"。这样的互参性在沟通海峡两岸和香港、澳门之间的文学界域上，并不只是横向上的拓展，更深层的是先生的一种"越界"与"整合"的新的文学史叙述。

这样的文学视野，不仅体现在《双甲子台湾文学史》中，1999 年，黄万华先生即出版了《新马百年华文小说史》，哈佛大学著名教授王德威指出，对于马华及新华文学传统的认知，"更引人注目的是晚近年轻一辈学者的加入研究，像在大陆的黄万华等人都是其中的佼佼者。他们发掘史料，引介理论，相互辩难，已经形成了一个新的论述场域。这些评者的'立足点'尤其彰显了马华文学论述的特性。黄万华人在中国，却能观照新马……这些学者所构成的复杂旅行路线及对话网络，适足以成为马华文学史的重要资源。一反以往文学史只此一家，别无分号的土地性，他们正为另一种史观——游动的、多重的、跨国的史观作准备"。

其实早在多年前，黄万华教授就针对深化调整当时的中国现当代文学研究格局提出，当我们把海峡两岸和香港文学纳入共同的参照视野，可看出在战后的历史进程中，他们虽然形成分合有致的多元格局，但其内在联系和文学相同性则呈现出战后中国文学的历史整体性，而今仍是交叠与共存的状态。虽然"身处本土却能关注境外，在学术旅行中既能反观原乡所在，又能对他乡文化有深切关怀。从不同的本土出发聚合起多重的流动的文学史观照，才能充分接纳汉语新文学历史和现状的丰富性"。所以，"越界"指的是跨越区域、学科、文化、方法、视野以及文本的边界，回归文学历史现场；"越界"指向"整合"，这种"整合"指的则是在多元性、差异性中开掘民族文学资源，借此理解中国新文学的生命整体意识。

而今，黄先生在整理中计划出版的《近百年香港文学（史）》《百年海外华文文学（史）》《20世纪汉语文学史》等几种书目，想必更能彰显他"本土"与"境外"互参的开阔包容的文学视野。在这样的文学史视野中我们就有可能借助于汉语新文学的一些认识对文学史分期问题进行新的思考。

第三，文学与历史融通。就《双甲子台湾文学史》而言，此书与同类文学史著作最大的不同之处在于是文学的台湾史，而不是思想史、意识形态史、各种主义交替控制下的历史。黄先生旨在依靠文学的生命整体意识，引领和消解由历史政治和意识形态等因素造成的编写中的等级观念，提醒人们回归到文学本身这个中心上来，以此来规避或挑战现行的产生"真理"的政治、经济和制度机制及其对文学史编纂的渗透。或正如先生在《双甲子台湾文学史》的后记中所言："诸种文学，都从不依附权威的（政治）思想，而倡导思想的权威，以个人性独立思考传承文学传统，互相呼应，又敞开胸怀，对话于世界潮流，让中西方从未有过的接近，其取得的艺术成就、产生的世界影响都令人仰慕、欣慰。"——这正是台湾文学自身的魅力所在。

而文学史与文学作品、文学理论的不同在于，它的关键、中心是"史"，而非"文本"或"理论"。《双甲子台湾文学史》广罗史料，其中收录的作家作品以及对文学的历史进程和思想过程的梳理、辨析都依靠了大量的历史资料，实际上除文学作品外，作家未发表的手稿、日记、笔记等潜在写作均在参考之列，而且最新史料研究至2013年，提供了研究台湾文学的新视野，有鲜明的现实性与当下感。史料的征集和发现与史识的探索、创新应视为文学史写作最为关键的因素，而无论是《多源多流：双甲子台湾文学（史）》，还是《中国现当代文学史》（2006 年），黄先生都以大量的文本阅读和个案研究为基础，追求的是将理论话语由有形化为无形，根据史料阐释出新的文学见解，而非标签式援引文学理论，将理论深藏于字里行间。王德威曾撰文评价由黄万华先生策划主编的《新生代华文作家文库》（山东文艺出版社 2007 年版）："（《新生代华文作家文库》）代表我们在新世纪想象中国的新开始，黄教授治华文文学有年，批评眼光公允独到，史料和文本的掌握尤其精密翔实。"先生将文学与史料通汇、史料与史论交融，既避免了意识形态教条化，也更能贴近 20 世纪汉语文学研究的丰富多元的现实空间。

（作者单位：曲阜师范大学文学院）

语言寻根　文学铸魂

——首届世界华文文学大会综述

黄汉平

2014年11月19日至20日，由中国国务院侨务办公室主办，暨南大学、中国世界华文文学学会承办的"首届世界华文文学大会"在广州举行。大会以"语言寻根、文学铸魂"为宗旨，以"华文文学的文化传承与时代担当"为主题。来自30余个国家和地区的37个文学团体共计400余名海内外文学代表、嘉宾和媒体人士参加了这次盛会。

全国政协副主席韩启德、国务院侨务办公室主任裘援平、广东省人大常委会主任黄龙云、广州市市长陈建华、暨南大学校长胡军、中国世界华文文学学会会长王列耀、马来西亚常青集团执行主席张晓卿等出席开幕式。大会开幕式由国务院侨办副主任何亚非主持。"这是一次国际性、开放性的全球华文文学盛会。"韩启德在开幕式上致辞，华文文学为世界所关注，伴随着华侨华人移居海外的步履，华文文学也在异乡的土地上生根发芽，是中华文化与世界各民族文化相遇、交汇、交融而开出的文学奇葩。"华文文学作用独特，华文作家大有可为。"韩启德寄语华文文学界人士努力传承和弘扬中华优秀文化，致力推动华文文学繁荣发展，助力实现中华民族伟大复兴的中国梦。国务院侨办主任裘援平在致辞中说，中华优秀文化在海外的广泛传播，离不开广大海外侨胞特别是华侨华人文学家、艺术家的努力与奉献。她希望全球华文文学界人士，特别是华侨华人文学家、艺术家发挥融通中外、学贯中西的优势，植根中华优秀文化土壤，借鉴不同文明的文化精粹；遵循文艺规律，观照现实生活，"讲述中国好故事，传播中国好声音"。作为大会承办方，暨南大学校长胡军希望为加强华文文学界的交流、繁荣发展华文文学作出更大贡献。中国世界华文文学学会会长王列耀表示，大会坚持文化传承、治学以恒、和而不同、创新思维，共同担起"以文化人"的时代责任。

开幕式之后的高端论坛是本届大会的一大亮点。论坛由中国作协名誉副主席张炯主持，参与嘉宾包括六位重量级作家：吉狄马加、严歌苓、陈若曦、刘斯奋、尤今、汪国真，他们从不同角度分享了自己对华文文学创作的见解与期盼。彝族诗人吉狄马加首先发表了题为"汉语写作在当今世界文学格局中的地位与作用"的演讲，他引用布罗茨基的一句话"无论你走得多远，你的民族文字就是你的祖国"，阐释了汉语写作在世界多元文化格局中的重要性。他还建议设立世界性奖项，把能够代表当代华文文学最高水平的作品向全世界推介。茅盾文学奖获得者刘斯奋也赞成吉狄马加的建议，他认为华文作家应有自己的文学追求，反俗还雅，去粗取精，回归诗教传统，坚守中华文化的审美理想，让华文文学在世界范围内赢得应有的尊重。作家严歌苓认为华文文学创作不能有焦灼感，讲好自己的故事尤为重要。她认为文学翻译和传播方式对作品的影响也很大。诗人汪国真认为中国古典诗词拥有穿越时间的魅力，他提出华文作家可以借鉴中国古典诗词中通俗易懂、引发共鸣以及经得起品味的创作规律，并借助音乐的形式，更好地推动华文作品的广泛传播。近几年社会各界对华文文学的日益重视，令中国台湾作家陈若曦颇感欣慰，她鼓励华文作家写出更多体现人类社会真善美的作品。新加坡作家尤今通过讲述异国人物故事而引出文学向善向上的意义，希望能带给大家立足本土、放眼海外、心系家乡的理念。

大会开设十个分论坛，包括"世界华文文学的理论建构""华文文学与丝绸之路""华文写作：带着乡愁的远行""华文女性文学的世界图景""华文创作论坛：经验、创新与融合""新移民文学的格局与走向""华文诗歌经典化问题对话""华文传媒与华文文学""台湾文学：文化传承与当代实践""作为文化窗口的港澳文学"专题，并分别进行了广泛而热烈的讨论。

一、华文文学经典化及理论之思

华文文学经典化及理论建构问题，是研讨会中议论最多的话题。暨南大学教授饶芃子对世界华文文学理论建构和学科发展进行了宏观考察，从时间意义、展示的生活深度和艺术角度三方面论述了经典文本具备的基本特征，阐述了世界华文文学理论建构的五大维度，勾勒出华文文学和学科发展的基本框架。吉林大学教授张福贵认为应该提升世界华文文学的学科地位问题。福建社科院研究员刘登翰提出华人性和华文美学应该成为华文文学研究的核心。香港学者黄维梁教授认为中国古典文论在华文文学的建构中有非常大的作用，这个作用还没有得到充分的发挥。

华语语系文学问题成为议论的焦点。深圳大学教授李凤亮认为，学科命名的每个变化背后都是学科方法、研究旨归的巨大变化，政治立场、文化立场的差异才是命名的实质。中国社科院研究员赵稀方举例说明了华文文学和华语语系文学的关系。加州大学教授张英进以"和而不同"的眼光重新反思现代语境中被经典化的作品。南京大学教授刘俊和美国学者张凤都认为，世界华文文学应该和华语语系文学展开对话，而且这个对话非常重要。马来西亚学者许文荣、德国学者黄凤祝分别论述了海外华文文学的本体性和属性界定问题。中国台湾学者李瑞腾强调，应以超越性视野面对全球各区域华文文学传统。

华文诗歌创作的讨论也是异常热烈。美国诗人王性初和四川大学教授张放都提出了诗歌与生态的关系。中南财经政法大学教授古远清分析了诗歌阅读的三种情况。云南大学教授杨振昆认为诗歌创作要注意多样化、平衡性，经典最根本的是要经过时间的考验。向明、吴岸、张诗剑等九位诗人还现场朗诵了自己的作品。

主题为"华文女性文学的世界图景"论坛参与者几乎全是女作家和女学者，涉及论题包括华文作品中的女性形象、母性情怀、性别视野、女性命运、性别空间和华文诗学等方面。巴西作家林美君、新西兰作家林宝玉、澳大利亚作家崖青就华文作家与当地社会融合情况作了介绍。马来西亚作家戴小华、加拿大作家李彦对华文文学与女性形象作了分析和解构。荷兰作家林湄、美国作家刘加蓉呼吁女性创作也要多关注人类生存际遇等大问题。暨南大学教授蒲若茜聚焦于北美新移民女作家的"跨界写作"与"双语诗学"，强调华裔女作家应建构自己的独特文化。中国香港作家周蜜蜜认为，黄碧云的小说真实地反映了香港被殖民的历史。江苏师范大学教授王艳芳、中国台湾作家方梓分别论述了香港女性小说的身份书写特征及产生的原因。

二、华文传媒与丝路"华语"

海外华文媒体在推动华文文学创新与嬗变等方面发挥了重要的影响，传统媒体在推动华文文学发展的同时也面临了不少挑战和困境。印度尼西亚作家袁霓、加拿大作家陈浩泉、美国报人游江、澳大利亚作家张新颖等，结合自己的传媒实践经验，以详尽的数据以及具有历史意识的纵向视角，展示了各区域的华文媒体报刊在华文文学发展中所起的作用。美国作家陈屹认为采访写作是建立与心灵对话的最佳方式。美国华文文艺界协会会长吕红也提出了传统文学报刊目前的生存困境问题。

如果说传统媒体在推动华文文学发展中的作用逐渐弱化，那么新媒体尤其是网络的崛起，则让华文文学面临新的发展机遇。美国文心社社长施雨论证了网络令海外华文文学飞得更快更远。约克大学教授马佳发现，华文文学在当代跨区域传播中出现了"二度阅读空间"现象，传媒是"第五要素"的观点已经打破了仅将其作为文学载体的传统观念。文学奖作为助推华文文学发展的运作机制，有必要对其进行个案探讨。中山大学教授谢有顺认为，文学奖可以在当代发挥很大的正向能量，华语文学传媒大奖就创造出了一种新的评奖文化。

近年来中国政府提出"一路一带"（"丝绸之路经济带"和"21 世纪海上丝绸之路"的简称）的顶层战略发展规划，这说明"丝绸之路"是东西方之间进行政治、经济、文化交流的重要通道。学者们围绕此论题展开了多层次的讨论。德国作家高关中和土耳其作家高丽娟分别从不同角度谈论了陆上丝绸之路的构想。福建社科院副研究员萧成认为海上丝绸之路使东盟的华文文学呈现出多维发展和融汇合成的新趋势。另外，丝绸之路的区域特色非常明显，主要集中在东亚和东北亚。新加坡作家骆明在题为"'"海外"存知己，天涯若比邻'——海内外华文文学的双向交流"的发言中强调交流的双向性。中国台湾学者蔡辉振和方明都集中谈论了越南华文文学的发展情况。韩国学者朴宰雨教授通过中国现当代文学中的六部作品论述韩、中跨国爱情叙事。华东政法大学副教授吴敏曾留学韩国，她谈论的话题是 1992 年中韩建交以后中国旅韩人士的韩国书写变迁。来自日本的林祁、廖赤阳和华纯等三位作家和学者，从不同方面论述日本华文文学的过去与现状。发言的学者们颇具前瞻性和比较视野，讨论的问题也具有相当的深度和广度。

三、新移民文学和港澳台文学

新移民文学涉及的问题颇为广泛，讨论中的思想交锋也相当激烈。华中师范大学教授江少川、加拿大作家林楠认为对新移民文学必须有一个更清晰的界定。澳门大学教授朱寿桐回应说，可通过时代对其概念进行大胆界定，并肯定了作家具有双重经验的重要性。中国香港作家盼耕发现，在新移民文学中出现了一种"新的家国情怀"。海南师范大学教授毕光明论证了中国经验、中国性、中国文学的想象，认为这些始终是新移民文学的参照系。德州学院副教授丰云强调了回归主题在新移民文学发展中的核心地位。广州大学周文萍副教授论述了新西兰华文文学的"长者现象"。深圳大学钱超英教授在讲评中认为，随着网络等媒体的发展，年轻创作群体在未来研究中应引起足够重视。跨国、跨界现象也绝不仅仅是一个单纯的学理问题，更是发生在社会上的现实变化，因此需要更加开放的思维。

新时代要有新视角，将香港和澳门放进全球语境中考察，为华文文学搭建了更广阔的平台。华南师范大学教授凌逾认为，香港文学的特色在于跨媒介叙事。中国香港作家李嘉慧认为，金庸的《神雕侠侣》反映出20世纪60年代"垮掉的一代"的文化精神。暨南大学龙扬志博士从四个维度反思了澳门批评场域及其建构问题。中国香港作家李远荣饱含深情地讲述了曾敏之先生对世界华文文学的贡献。论坛上的许多学者认同，港澳文学的研究不应成为过去式，而依然是值得挖掘的一口深井。

"流动"可以成为概括台湾文学历史脉络的关键词。中国社科院研究员黎湘萍的《战争与和平：燕京大学中的台湾籍人文学者》论述了台湾学者向北京的流动。台湾师范大学教授许俊雅则讲述了上海《申报》向台湾、新加坡的流动，说明了流动的双向性。福建师范大学朱立立教授和中国社科院副研究员张重岗都论及近二十年来台湾文学思潮或重写文学史的问题，朱立立还概括了重写台湾文学史的路径。福建师范大学教授袁勇麟在讲评中认为，上述论文是近几年来关于台湾文学脉络的最重要论述。中国台湾作家黄锦树阐述了台湾现代主义的流变。中国台湾作家蓝博洲、郑

州大学副教授李勇等分别从不同方面论述了海峡两岸作家的精神差异和应
承担的责任。

还有一些学者主张回到历史现场，对族群和地域视野中的台湾文学进
行探讨。江苏师范大学教授王志彬研究台湾原住民文学的审美特征，代表
了目前系统研究原住民文学的较高水平。中国社科院研究员李娜亲自到原
住民的部落中居住，通过田野调查而写作了扎实的论文《古调中的布农：
耕猎、信仰与部落民主的再造》。中国台湾作家巴代认为，台湾原住民并
不是要寻求保护，而是需要尊重。厦门大学教授朱双一从海峡两岸客家文
学的视角论证了客家文化特征是确实存在，而非人为建构的。郑州大学教
授樊洛平论述了台湾客家女性书写中的族群文化特征。

四、带着乡愁的文化远行

不断远行的写作者，倘若能从表象进行抽丝剥茧的内在剖析，就会惊
喜地发现异域异质文化给创作带来的巨大冲击，创作的触角也会更为敏
锐。新加坡作家尤今就是如此，她把文学与旅游结合，带来许多跨文化的
有趣发现。陈若曦认为，写作来自生活，只有深刻的内心体验才能打动
人。美国作家叶周、加拿大作家曾晓文都认为，海外华文作家有两种文化
融合的独特视角，因此写作应该由落叶归根转变为落叶生根。

在大历史时代的个人岁月中，很多作家都有去国离乡的经历，产生了
记忆割裂、情感失落以及存在疑惑的问题，因此就有了寻找和乡愁。作为
文化存在的个体，当他们讲述各自故事和思想的时候，每个人乡愁的内涵
是不同的。作家王十月认为，文学不能只是唱赞歌，而需要对自己的责任
进行反思。中国香港作家黄东涛、中国台湾作家向明、法国作家黄冠杰等
都发表了各自的见解，乡愁是个广义的概念，它超出了民族、地域和国家
的范畴。马来西亚作家多拉感叹博大精深的中华文化在她家的四代人中传
承下来，门外是属于马来西亚的，门内却是家乡的味道。

乡愁、祖国、精神原乡，这些不同词汇描述的内涵，使讨论超出了乡
愁的表意层面。一些新移民作家还谈到了远行时身上所肩负的使命。新西
兰作家范士林和美国作家江岚认为，海外华人可以通过当地题材的写作来
体现跨文化群体的境遇特点。作家熊育群谈及张翎的小说《金山》时，认

为文学还乡、情感还乡包括本次大会都是还乡的不同形式。谢有顺教授强调文学是对精神原乡的想象，我们要认同比母语更高的文化中国，否则大家都没有故乡。没有精神扎根的写作是可疑的，差异性是文化意义之所在，也是文化自信的力量。

大会的学术总结由中国世界华文文学学会监事长刘登翰主持，刘小新教授等十位代表分别对各论坛进行了学术汇报。中国社科院研究员杨匡汉作学术总结发言，认为本次大会有三项共识值得记忆：第一是要坚持创新思维，获取思想的光亮和学术的生长点；第二是要坚守华文文学大家庭精神和命运共同体的意识；第三是坚信华文文学的含金量是创作和研究的重中之重。随后举行了"文化中国·四海文馨"首届全球华文散文大赛颁奖仪式以及大赛散文集《相遇文化原乡》首发式暨第二届全球华文散文征文大赛启动仪式。首届全球华文散文大赛最终评选出十五篇优秀奖，三篇三等奖，两篇二等奖，一等奖空缺。会长王列耀表示，本届大赛评奖过程遵循非常严格的匿名评审，十分公正，不看名气，只看作品本身。

本届大会还倡议成立了"世界华文文学联盟"，希望打造出世界文学领域中代表最广泛、参与华文文学团体最多的全球性华文文学组织，促进华文文学的发展与繁荣。联盟本着"服务、互动、平等、共赢"的原则，以文会友，互学互鉴，平等交流，跨界融合，成为华文文学繁荣昌盛的纽带和桥梁。大会闭幕式上还宣读了《广州倡议》，呼吁世界华文文学界人士"以文化人，以侨为桥，以和促赢，以美含章，以德立文"。国务院侨办副主任何亚非致闭幕词，希望海内外华文文学界人士凝神静气搞创作，脚踏实地搞研究，更好更多地创作、生产和传播有筋骨、有道德、有温度和有品位的优秀作品，共同提升华文文学的国际影响力。

（作者单位：暨南大学文学院）

编后记

本辑共设 7 个研究板块。其中"纪念曾敏之先生"主要收入悼念、回忆、评说著名报人、学者曾敏之先生的文章若干，各作者根据相关交往细节切入，文笔细腻，质朴情深，从不同角度勾勒出曾先生心系家国、致力推动华文文学事业发展的文士形象。

21 世纪"一带一路"战略对重塑世界经济发展格局而言意义深远，同时也将充分激活汉语文化圈的历史内涵。萧成的《近 20 年"海上丝绸之路"诸国华文文学发展的融汇倾向》主要展望华文文学前景，讨论中国文学沿海上丝绸之路传播的发展方向。蔡辉振的《中国文学在越南的传播与影响》则从历史角度追踪了中国文学在越南的演进，特别梳理出历代贤吏良士及僧侣群体在传播中扮演的重要作用，还原了文学及其传播的复杂性面貌。

从学术角度看，加拿大华文文学的重要性是由历史层级景观与问题空间共同建构的，本辑收入研究加华文学的三篇文章，分别讨论早期、当代加华作家写作状况，呈现出丰富的历史感与鲜活的当代性。

讨论台湾文学的几位作者本身是台湾文坛的中坚，除苏伟贞写小说之外，向阳、雨弦、方群是台湾诗界的名片。相关论文体现了扎实的史料梳理功夫，严谨的大数据分析态度值得推荐。关于区域文学研究，来自场域内部的观察与言说是重要的，当然也要警惕内部的视域局限。《新诗》周刊在台湾新诗发展史上扮演奠基、传承与分流的角色，战后初期曾给省籍诗人、外省诗人提供发表园地，衍生出极为重要的现代诗社、蓝星诗社、创世纪诗社、笠诗社，开启台湾新诗的创作版图，但也暗示了特定历史时期在文化政治层面的局限。

华文文学学科建设需要针对理论问题展开深入探讨，离不开文本解析之类的基础性工作，后者对于华文文学的文学性探寻和美学标准定位具有实际意义，有效的个案阐释可以呈现不同视角的交汇效果，使经典建构在大众接受过程中体现出参与性和流动性。黎紫书曾在马来西亚"花踪文学奖"创造出三连冠、连续五届获奖的奇迹，令华语文学读者瞩目。长篇小说《告别的年代》2011 年获得"第十一届花踪文学奖马华文学大奖"。本辑揭载短篇小说《国北边陲》评析文章 4 篇，皆为暨南大学汉语言文学基地班学生提交的"文学批评"课程作业。欢迎学者就重要作家作品个案组织讨论或提交解读文章。

顺便谈谈我们的编辑计划，中国世界华文文学学会之所以把《世界华文文学评论》作为一项持续开展的学术工作，目的在于激活本专业领域之思想空间，充分展示当代学术成果，努力打造一个自由、多元、理性的公共学术空间。"有海水的地方就有华人"，是华人闯荡与拥抱世界的生动描述。若早期华人劳工表述"苦闷的象征"为华文文学之揭橥，历经数世纪沧桑，见证域外生存的华文文学已由涓涓细流汇成浩瀚江海，规模与格调皆蔚为大观。世界华文文学在海内外华人学术领域中逐渐发展为新兴的学科门类，它在逐渐显现重要的文化价值和学术价值的同时，也面临着由于学科的完善而不断深化理论语境和知识系谱的艰巨挑战。

《世界华文文学评论》设立学术委员会和编委会，按照学术委员会的规划，一年要出版两辑，常设栏目有："理论前沿"，主要刊发华人文学、中西方文学、比较文学及相关研究领域新成果；"海峡两岸和香港、澳门文学研究"针对中国大陆、台湾、香港、澳门等各区域的文学比较；"东南亚华文文学研究"针对东南亚华文文学流派及其问题展开研究；"北美华文文学研究"则探讨北美华文文学流派及其问题；"海外华人文学研究"关注海外华人作家个案，重点在于跨文化、跨语际书写的研究；"学科方法"是就世界华文文学学科建构提出学理反思；"跨界视野"揭载华人文学与华人历史、语言、文化、艺术等相关交叉学科研究成果；"对话与访谈"是有关世界华文文学诸问题的讨论或对话；"史料钩沉"则是世界华文文学领域重要的活动、重要海外华人作家年表、华文文学报刊史料调查与整理；此外还设有"新锐观点"（青年学者具有学术创新意识的研究论文）、"博士视野"（选题为世界华文文学研究的博士学位论文，择优发表论文章节）、"作品与阐释"（世界华文作家作品研究或解读）、"研究综述"（相关研究状况述评）、"学术动态"（报道学界会议、研究成果、出版消息）等相关专题。

来稿要求观点明确，论据充分，论证严谨，表述精练。严格遵守学术规范，注释采用脚注，标明所引文献精确出处，不使用文末"参考文献"。投递稿件务必提供论文摘要、关键词，作者简介及联系方式。字数以不超过一万字为宜，论文请寄到联系邮箱（longyangzhi999@163.com）。出版即付薄酬，并寄送样书两册。所有来稿一律文责自负，论文版权属于原作者所有，编辑部拥有编辑、修订及结集（全文或摘引）公开出版发行（包括不同传播介质）之权利，不同意者请随来稿声明。

最后要说明的是，诸多中间环节导致出版拖延太久，期待今后有明显改观，下辑拟推出马华文学研究专号，敬请关注。

编委会
2016 年 1 月